참말로 좋은 날

참말로 좋은 날

성석제 소설

문학동네

| 차례 |

고 욤

"왜 인간들은 이런 구질구질한 음식을 힘들게 찾아다니는 거지? 손두부, 시

래기, 된장, 보리밥 뭐 하여튼 그렇게 고급 음식도 아니고 비싼 것도 아닌데 어딘가 퀴퀴

한 냄새 나고 뭐 찝찔하고 그런 것들."

"옛날에는 다 이렇게 먹었으니까. 이런 게 옛날 맛이라고 찾아오는 거고."

"아 글쎄, 이 재래식 똥깐처럼 불편한 게 뭐가 맛있다고

너부터 고향에 오자마자 이런 데로 오자고 한 거냐고."

시가지를 벗어나자 사물의 윤곽이 흐릿해지기 시작했다. 세상을 흐릿하게 만드는 물질은 물이었다. 그늘진 곳에는 눈이 쌓여 있었고 햇빛이 닿는 곳마다 땅은 질척거렸다. 해가 정점을 지나 기울기 시작했지만 들판의 희뿌연 안개는 걷히지 않았다. 사물과 사물 사이 분명치 않은 경계를 애써 식별하느라 그랬는지 눈이 시큰거리며 물기가 느껴졌다. 태호는 창문을 조금 열고는 숨을 길게 들이마셨다.

"엊그제 겨울인가 싶더니 벌써 봄인가. 요샌 겨울하고 봄이 구별이 안 돼. 봄하고 여름이 구별이 안 되고."

정우는 앞을 주시하며 운전을 하고 있었다. 수십 번은 다녔을 길이건만 운전을 배우고 나서 처음 도로에 나선 사람처럼 어깨선이 굳어 보였다. 운전대를 쥔 손가락이 유난히 길고 희었다. 백수건달 팔자의 손모가지를 타고났지. 생전에 정우의 아버지가 늘 그 손을 두고 하던 말이었다. 정작 백수건달 팔자를 타고난 사람은 그 아버지였다. 국유지인

하천부지에 사과나무를 가져다 심어놓고 윗대가 농사를 지은 땅이라고 우겨서 결국 자신의 명의로 만든 아버지였다. 그 땅을 불하받은 뒤에 사과 농사꾼에게 임대를 주고 세를 받아먹고 살았다. 그러면서도 어디 하천부지 같은 눈먼 땅이 없나 찾아다니며 어떻게 자기 것으로 만들어 팔아먹을까 궁리하는 게 일인 그의 아버지 손은, 진짜 사과 농사꾼의 손보다 훨씬 투박하고 거칠었다. 그 손은 조사를 나온 공무원에게 대대로 농사를 지어온 사람의 후손임을 주장할 때는 유용하게 쓰였다.

도로 왼쪽으로 천천(泉川)이 천천히 흘러가고 있었다. 하천과 들판 사이를 구획짓는 제방도 천천과 나란히 이어졌다. 제방은 거듭되는 물난리를 막기 위해 백여 년 전 어느 의욕적인 목민관이 백성을 동원해서 쌓은 곳에서 시작되어 일제시대, 해방 후에도 필요한 만큼 계속 쌓아나가서 연장이 수십 킬로미터나 되었다. 제방은 길이 되었고 다른 큰 제방은 여전히 사람들이 다니기 좋아하는 길이었다. 제방 양쪽에는 소나 염소들이 풀을 뜯었고 제방 아래쪽 천변 갈대숲에서는 물고기와 오리가 잡혔다.

"봄타령이고 지랄이고 간에 바람에 턱이 얼얼하니까 창문 좀 닫지 그래."

빨리 달릴 때는 가까운 것들이 뒤섞여 있는 것처럼 보인다. 더 빨리 달리면 뒤섞여 있는 것들이 또 뒤섞인다. 속도로 주변의 사물을 뒤섞는 것도 있다. 시간 같은 것, 자동차 같은 것, 혜성 같은 것. 그 자체가 아니라 그와 같은 것. 딴생각에 빠져 있던 태호는 정우의 굵고 윤기 있는 말소리에 스위치를 눌렀다. 차창은 부드럽게 올라갔다. 햇빛가리개의 비닐이 아직 벗겨지지 않고 있었다.

"차를 언제 바꾼 거야? 전에는 가스로 가는 차를 썼던 것 같은데. 그
때 네 아버지가 오토바이 타고 가다가 교통사고 내고 나서 가짜 후유증
으로 받은 장애인 증명 가지고."

"그게 언젯적 이야긴데. 그새 차를 두 번 바꿨다. 뭐 네가 잘못했다는
건 아니고 서로 무심했던 거지."

다리를 지나면서 난간에 공기가 부딪치며 쏴쏴 하는 소리가 단속적
으로 들렸다. 물 위에 오리들이 떠 있었고 물가에도 수백 마리가 앉아
있었다. 척후대처럼 네댓 마리의 오리가 열을 지어 상류 쪽으로 향했
다. 그들이 건너온 천천 건너편에는 바위가 성벽처럼 이어지며 자연제
방을 이룬 곳이 많았다. 그중에서 높이 솟은 바위더미를 언제부터인가
아이들은 '절벽'이라는 고유명사로 불렀다. 절벽 역시 천천 위의 안개
로 윤곽이며 색깔이 흐릿해서 다른 부분과 구별이 잘 되지 않았다.

중학교에 가기 전 마지막 여름, 정우와 다른 친구들 몇몇이 매일같이
그 절벽 위까지 자전거를 타고 왔다. 정우는 뒷자리에 태호를 태우고도
가장 빠르게 달렸다. 태호는 자전거를 탈 줄 몰랐고 정우는 수영을 하
지 못했다. 자전거가 절벽에 도착하면 땀투성이가 된 아이들은 옷을 벗
어던진 뒤 와와 소리치며 절벽 끝으로 달렸다. 그러고는 주저없이 절벽
아래로 뛰어내렸다. 정우만 천천히 걸어서 절벽 위로 와서 아래쪽에서
이미 얼굴만 내놓고 오리처럼 동동 떠 있는 아이들을 무표정하게 굽어
보곤 했다.

"요새는 연 날리는 애들 보기 힘들지? 우리 어릴 때는 아침만 먹고
나면 연 들고 나와서 밥도 굶어가면서 저녁때까지 죽어라 하고 뛰었는

데 말이야. 그게 뭐가 그렇게 재미있었을까."

"그때야 심심해도 놀 게 뭐 있었어야지. 요새 애들도 피씨방 가면 나올 생각을 안 하잖아."

"네 애도 고등학교 갔겠다. 공부는 잘하냐?"

"아 그 자식 인사성 한번 밝네. 언제 한번 보기는 했어? 벌써 대학생이다, 둘 다."

아하, 하고 태호는 감탄했다. 사십대 초반에도 아이가 있기는커녕 혼인신고 한 번 해보지 못한 친구를 옆에 태운 대학생의 아버지는 여전히 앞을 정시하며 운전을 하고 있었다. 아무 말도 하지 않았던 것처럼 표정도 변하지 않았다. 정우는 어린 시절 말이 거의 없었고 입을 다물면 몇 시간이고 말을 하지 않은 적도 많았다. 그런 그도 대학에서 가르치다보니 말하기 싫어도 말을 하지 않을 도리가 없었는지 빈말, 수사도 늘었다.

태호가 정우의 아이를 본 것은 향지의 장례식 때였다. 유치원 이름이 새겨진 노란 제복을 입고 고깔모자를 쓴 아이는 제 어머니의 손을 꼭 잡고 무엇엔가 질린 것처럼 그를 올려다보았다. 그 아이에게 어른들이 자신에 관해 무슨 말을 했을까, 태호는 궁금했다. 고모의 결혼식장에 와서 신부를 납치해서 도망간 불한당. 그랬을지도 모르지만 아이에게는 이해가 되지 않았을 것이다. 납치든 자발적 가출이든 신혼여행이든 간에 두 사람은 그길로 휴전선에서 가장 가까운 소도시로 가서 이 년을 살았다. 혼인신고는 하지 않았다. 혼인신고는 물론이고 그와 비슷한 것들도. 행적이 드러날 수 있었으니까. 그렇게 대충 숨어서 대충 터를 잡은 뒤부터 매일 싸우며 살았다. 왜 나를 데리고 여기까지 왔느냐. 왔으면 책임을 져야 하지 않느냐. 나는 불행하다. 심심하다. 행복하게 해다오. 재미있게 해다오. 그게 향지의 주장이었다. 나는 너를 도망치게 해주면 그것으로 끝나는 건 줄 알았다. 너는 도망치는 걸 원했으니까. 너는 그곳에서, 뻔한 결말에서 벗어나기만을 원했고 그것을 이루었지 않느냐. 태호는 대꾸했다. 태호는 일 주일에 한두 번은 향지를 넘보는 사내 꼴을 한 인간들과 시비를 벌여야 했다. 그 사내들이 자기 소유라고 믿는 여자들과도. 어린 남편은 싸움을 하지 않는 동안에는 도망을 잘 가는 재주를 살려 신문 배달, 우유 배달, 음식 배달을 했고 입씨름을 잘하는 재주를 살려 초등학교 아이들을 가르치기도 했다. 사는 게 고행에 가까운 것이었지만 그런 게 더욱 집착을 키웠다. 지금까지 고생한 걸 포기할 수 없다는 생각이 그를 붙들어앉혔다. 어린 아내는 싸우지 않는 동안에는 바닷가를 돌아다니며 걸지도 않을 조개목걸이를 만들 조개를 주웠다. 산에 가서는 꽃병에 꽂지 않고 버릴 꽃을 꺾었다. 음식이나 빨래를 할 줄 몰랐다. 억지로 했을 때는 못 먹게 만들거나 물에 떠내려보냈다. 그게 빌미가 되어 어린 부부는 또 싸웠다. 그렇지만 누구도 먼저 헤어지자는 말은 하지 않았다. 매일 싸우는 소리 때문이 아니더라도 사람이 많지 않은 곳이어서 그들은 사람들의 주시 대상이 될 수밖에 없었다. 주민등록을 하지 않았다는 것 역시 금세 드러났다. 은행 잔고가 거의 없고 송금되는 것도 없고 하루 벌어서 하루 먹고사는 처지라는 것 역시 마찬가지였다. 심지어 향지가 불임증이라는 소문까지 여인네들의 입에 올랐다. 맨 먼저 그런 사실을 알게 된 공무원이나 은행원, 보건소의 직원은 무슨 재미있는 이야깃거리이기라도 한 듯 주변에 알렸다. 동물원 우리 속에 들어 있는, 어항 속에 들어 있는 사람처럼 부부는 살았다. 물론 그들은 자신들이 다른 사람의 눈에 어떻게 비치는지 상관하지 않았다. 매일 싸웠고 상처를 핥느라 정신이 없었다.

"좀 오래가네. 혼자 왔다가는 찾지도 못하겠어."

태호는 중얼거렸다. 그러고는 조금 더 소리를 크게 하여 "그 두부집 이름이 뭐야?" 하고 물었다. 이윽고 "이름 같은 게 어디 있어. 질문 같은 질문을 해라" 하는 대답이 돌아왔다. 대답 같지도 않은 대답이었다. "동네는?" 태호는 다시 물었다.

"동네 이름?"

"그래, 동네 이름."

"나는 동네 이름 보고 찾아온 적 없어. 밤에 눈 감고도 가는 동네다."

길가에 '범죄 없는 마을 오봉 2리'라는 팻말이 서 있었고 거기서 흙길이 갈라졌다. 길 오른쪽으로 야트막한 봉우리가 어깨를 걸 듯하며 이어지고 있었다. 오봉이라면 다섯 봉우리일 것이고 마을이 있다면 그 다섯 봉우리 사이 어딘가에 있을 것이었다. 말이 봉우리지 비닐하우스가 서 있는 들판 바닥에서 백 미터가 되지 않을 언덕이었다. 길가에 서 있는 미루나무가 형제 같았다.

차가 언덕의 모퉁이를 돌았다. 정우가 도착했다는 의미로 네모진 턱을 들었다 내렸다. 길가에 세 채의 집이 나란히 서 있었다. 맨 앞에 있는 집은 대문이 닫혀 있었고 짙푸른 빛깔의 대문에는 지나가는 차바퀴가 튀긴 흙이 잔뜩 묻어 있었다. 대문 위로 솟아 있는 나무에 달린 열매가 태호의 눈에 익었다.

"고욤나무!"

태호의 입에서 그 말이 나오는 동안 차는 대문을 지나 다음 집 앞에 있는 공터, 녹슨 경운기 수레가 세워져 있는 곳에 멈췄다. 보조브레이크를 올리는 소리가 끄르륵, 하고 났다. 정우는 손가락을 깍지 끼워 뚜둑 소리를 내어 꺾으며 태호를 돌아보았다.

"뭐라고 그런 거야?"

"저거, 감나무같이 보이는 저 나무. 너희 집에도 있었는데 못 알아보냐?"

"나무 같은 소리. 관심 없다."

정우는 문을 열고 내렸다. 고욤나무는 그의 아버지가 하천부지 과수원에 집을 지었을 때 심은 나무였다. 고욤나무는 감나무의 대목으로 쓰는 게 보통이었지만 그는 그렇게 할 생각은 전혀 없었다. 심은 걸로 그만이었다. 반면 태호의 아버지는 두엄더미 옆에 심은 고욤나무에 감나무를 접붙였다. 거름을 잔뜩 먹고 빨리 자란 그 감나무에 달린 감은 유난히 씨가 많았다. 씨는 감에서 먹을 수 있는 과육의 양을 줄였고 먹을 때 혀에 걸려서 귀찮았다. 씨가 많고 귀찮아서 먹기 싫으면 내비둬라. 나도 안 먹는다. 태호의 아버지 같은 아버지들은 그런 식이었다. 자신이 내켜서 하면 그것으로 끝이었다.

세번째 집의 대문 한 짝은 담벽에 세워져 있었다. 한 짝은 열린 채 지게작대기로 받쳐져 있었다. 집은 한 채뿐이었고 왼쪽에 부엌이 있었으며 방 두 개 사이에는 마루가 있었다. 부엌이 붙은 큰방은 앞 벽을 허물고 유리문을 달았다. 안에는 선반과 상자를 놓고 그 위에 성냥곽, 공책,

과자류, 모기향, 라면, 소주 등등 대중없이 잡다한 상품이 진열되어 있었다. 사무용 책상이 하나 있었고 그 위에 담배가 든 유리진열장이 있었으며 낡은 서랍이 하나 놓였다. 그리고 누런 빛깔의 비닐깔개가 얹힌 의자가 놓여 있었다. 사람은 없었다. 가게의 유리문에는 작은 번호자물통이 걸려 있었고 담배 진열장도 잠겨 있었다.

"아줌마! 아줌마! 할머니! 할머니!"

정우가 소리치며 흰 페인트로 'W'와 'C' 사이에 커다란 점을 찍어놓은 담벽 뒤로 돌아갔다. 태호는 윗도리 안주머니에서 디지털 카메라를 꺼냈다. 나중에 기억이 나지 않을 것을 대비해 가지고 다니는 카메라였다. 유리문에 카메라를 바짝 붙여 안을 찍었다.

"뭘 찍고 있어?"

정우가 다가오며 물었다. 태호는 별것 아닌 일을 비밀스럽게 하다가 들킨 사람처럼 쑥스러운 기분으로 웃었다.

"요새 내가 블로그에 올리는 게 좀 있거든."

정작 정우는 태호가 뭘 찍는지 궁금한 건 아니었다. 태호의 말을 듣는 것 같지도 않았다.

"이 할마씨가 올 때마다 어디 가고 없네. 하여간 시골 사람들은 장사 마인드가 전혀 없다니까. 이 집 두부는 점심때 면사무소에서 공무원들이 나와가지고 다 먹어치운다고. 얻어먹기가 힘들어, 원래."

"변소까지 가서 아줌마를 불러대야 하나? 사방에 두부 파는 데가 여기밖에 없어?"

"두부야 수퍼 가도 팔고 시내 할인마트도 팔지. 시골 할매들이 농사지은 콩 가지고 직접 만들어서 파는 게 귀한 거야. 너도 이런 거 먹어보자고 일부러 여기까지 온 거 아니었냐. 참, 제 장인어른 돌아가셔도 안 오던 놈이 두부 처먹으려는 다 오고."

"하여튼 딴 데로 가 보자."

태호는 무안함을 감추려고 몸을 돌렸다. 차로 가자 고욤나무가 다시 눈에 들어왔다. 고욤은 추위에 얼었다 녹았다 하면서 검게 변했고 썩은 것처럼 보였지만 가지에 매달려 있는 게 아직 많았다. 작은데다 꼭지가 강하게 가지에 붙어 있는 덕분에 겨울철 거센 북풍에도 견디는 게 고욤이었다.

고욤나무는 열매가 감나무보다 작아서 소시(小柿)라고 불리긴 해도 실상은 감의 원종이다. 파랄 때는 도저히 먹을 수 없도록 떫지만 겨울에 얼었다 녹았다 한 고욤은 단맛이 났다. 개량종인 감에서 맛보기 힘든, 야생의 본질적인 맛이었다. 한번 고욤을 맛본 사람은 그 맛을 잊을 수 없게 되어 있었다.

정우의 아버지가 고욤의 야생적인 맛, 본질적인 맛을 보려고 고욤나무에 감나무 접을 붙이지 않고 그냥 놔둔 것은 아니었다. 그는 야생, 아니 시골 날건달의 본질에 충실하게 내킬 때까지만 관심을 가졌을 뿐이었다. 날건달은 집 앞 나무에 달린 게 고욤인지 감인지에 대해서는 전혀 상관하지 않고 날이면 날마다 오토바이를 타고 읍내의 다방으로 나갔다. 단골 다방이 있었고 단골 마담이 있었으며 그 다방에 단골로 드나드는 사람들이 있었다. 사람들은 그를 어려워했다. 형님이라고 부르는 이도 있었고 아예 무엇이라고도 부르지 못하는 사람도 있었지만 그가 없는 데서는 사람들 대부분, 특히 아이들은 성을 빼고 이름만 불렀다. 그의 이름은 당시 읍내에서 호가 난 깡패, 날건달의 대명사였다. 태호의 아버지는 깡패를 흠모하는 철없는 어린아이가 아니었고 다방의 단골도 아니었지만 정우의 아버지를 그냥 이름으로 불렀다. 두 사람은 초등학교에서 중학교, 농업고등학교와 전문부 과정이 모두 있는 학교를 함께 다닌 적이 있었다. 여남은 살까지 두 사람은 동기동창이었다. 정우의 아버지가 퇴학을 당한 뒤 십여 년 동안 태호의 아버지는 같은 학교의 대문을 계속 드나들었다. 두 사람이 서로 이름을 부르는 건 당연했지만 초등학생이던 때 태호는 평범한 아버지의 입에서 주먹이 호박만한 깡패의 이름이 아무렇지도 않게 나오는 게 불안했다. 그의 아들이면서 태호와 초등학교 육 년, 중학교 삼 년 동안 한반이었던 정우는 제 아버지의 이름이 모든 아이들의 입에서 불린다는 것을 잘 알고 있다. 정우는 유일하게 태호의 아버지 이름만 자신의 아버지 이름이 다른 아이의 입에서 불리는 방식으로 불렀다. 정우가 등 뒤에서 말했다.

"그래 요새 학수는 잘 크냐?"

태호는 정우를 돌아봤다. 이십 년 전까지만 해도 "니 애비 중환이는?" 하고 반격을 했을 테지만 물방귀처럼 힘없는 웃음이 비어져나올 뿐이었다. 그러던 세월에서 너무 멀리 왔다. 두부 하나 먹으러 여기까지 온 것도 너무 멀리 온 것이다.

"어떻게 오셨어? 두부 잡수러?"

고욤나무 집 대문에 달린 우편함이 말을 했다. 정우까지 깜짝 놀라 한 걸음 뒤로 물러섰다. 쪽문이 삐익 소리를 내며 열리고 누런 스웨터

주머니에 한 손을 넣고 풍성한 검정 바지를 입은 여자가 나왔다. 웨이브가 다 풀린 흰 머리카락으로만 보면 예순 살이 훨씬 넘어 보였다. 언제부터 그들을 지켜보았는지 모를 일이었다. 어쩌면 고욤나무 아래서. 고욤나무 아래에는 온 동네 사람들이 고욤나무 열매처럼 모여 있을지도 모를 일이었다. 어쩌면 겨울 고욤나무 열매처럼 죽은 듯 숨죽이고.

"어이, 아줌마. 사람 놀래키기는. 두부 있어요, 순두부?"

"난 또 누구라고. 교수님 오셨세요? 우리 두부가, 갸가 오늘따라 어째어째 몽글몽글 잘 맹글어졌는데 이상하게 찾아오는 손님이 없더니만 교수님 오셨네. 여기 동네 사람들은 내가 가게에 없으면 이 집으로 와서 문을 두드리거든. 외지 손님들은 그런 걸 모르니까 사람 없다고 가실라고 하시는 거 같아서 내가 얼른 나왔지. 들어가요, 교수님. 저 방으로 들어가. 내가 보일러 올리면 금방 따져져. 들어가셔들. 그저께도 교수님들 한 차 다녀가셨는데 얘기 못 들으셨나?"

여자는 그들이 그 집 앞에 도착해서 머무른 시간 동안 했어야 할 말들을 한꺼번에 몰아서 하듯 재재거렸다. 태호는 작은방 앞마루에 엉덩이를 올려놓고 등산화 끈을 천천히 풀었다.

정우가, 자신의 아버지가 초등학교 과정 사 년만 다니다 중퇴한, 초중고에 전문학교까지 있던 학교가 고등학교와 전문부만 남게 되고 이어서 전문부가 전문대학이 되었으며 전문대학이 마침내 사 년제 종합대학으로 승격된, 학교 박물관 같은 대학의 교수가 된 데는 그의 아버지의 영향력이 컸다. 정우는 고등학교에 교직원으로 취직할 때 고등학교 교장이던 아버지 친구의 덕을 보았다. 그 뒤로 어찌어찌 교사 자격을 얻고 고등학교에서 가르치다 전문부로 옮겼으며 그 전문부가 전문대학으로 독립하면서 교수가 되었다. 몇 년 뒤 그 전문대학이 사 년제 대학이 되고 그 대학의 정교수가 되기까지 언제나 그의 아버지의 이름이 그를 따라다녔다. 왕년의 날건달의 영향력이 얼마나 대단할까, 오히려 악영향을 끼치지나 않으면 다행이라고 할 수도 있지만 악명도 명성이고 악연도 인연이며 악영향도 영향이었다. 어떻든 한 지역에서 한 분야의 정상 근처에 가본 사람에게는 정상 근처의 분위기가 남게 된다. 그 분위기가 힘이었다. 정우는 그 힘을 부정하지 않았다.

"우리 아버지는 내가 고등학교 때 책 펴고 공부할라고 그러면 사내놈이 젊을 때 하고 싶은 대로 하고 살아야 된다고 나가서 주먹질하라고 권한 사람이다. 세상에 그런 아버지 잘 없다. 나 우리 아버지 존경해. 장인도 존경해. 아버지는 지역사회에서 처세하는 법을 가르쳐줬고 장인은 나를 한 번도 안 봤지만 절대적으로 봐줬지. 두 양반 다 이상하지만 존경해. 고마워."

두 사람이 들어가 앉은 작은방은 밤에는 부부가 잠을 자는 곳 같았다. 노인들이 거처하는 방 특유의 군냄새가 났다. 낡은 텔레비전 앞에 펴놓은 포마이카상은 골동품에 가까웠다. 그나마 제대로 행주로 닦은 것 같지도 않았고 군데군데 목질이 일어난 곳도 있었다. 숟가락은 족히 몇십만 명의 입을 드나들었는지 목 부위가 닳아 있었다. 듬성듬성 파를 썰어넣은 양념간장 그릇은 가장자리가 깨져 있었다.

정우는 군에서 휴가 나온 친구로부터 태호와 향지가 있는 곳을 알게된 뒤 두 사람을 때려죽이겠다고 나선 길에 기차에서 혜민을 만났다.

부잣집 딸이고 처음 만난 사이에도 먹을 거 잘 사주고 순진한 여자. 정우는 그렇게 생각했고 그날 밤 함께 여관에서 잤다. 정우가 잔 건 목적지까지의 행로가 아직 남았고 기차를 갈아타야 했는데 기차가 끊어졌기 때문이었다. 여동생과 여동생을 훔쳐간 친구를 때려죽이고야 말겠다는 의욕만 가지고 집을 출발한 정우에게는 내렸다 탈 차비나 음식값이 없었다. 여관비가 없으면서 여관에 간 것은 혜민이 여관비를 지불할 능력이 있어서였다. 정우는 그날 혜민과 섹스를 할 마음이 전혀 없었고 그럴 생각을 불러일으키지 않는 여자이며 그 여자가 사준 술에 떡이 되도록 취했다, 그래서 하지 않았다고 주장했다. 혜민 역시 그날 하지 않았다는 것을 부정하지 않았다. 다만 정우가 필사적으로 자제했다고 생각하는 게 정우의 생각과 다르다. 아꼈기 때문에 순결을 지켜주었다고 믿었다. 그 다음날 정우와 혜민은 혜민의 고향에 가게 되었다. 정우가 그곳에 간 것은 태호와 자신의 여동생 향지가 숨어 산다고 들었던 곳이 혜민의 고향에서 얼마 되지 않아서였다. 나중에 그 거리가 이백 킬로미터를 넘는다는 것이 밝혀졌을 때 정우는 말했다.

"뭐 어때. 같은 강원도잖아."

하룻밤을 같이 보낸 정우와 혜민은 기차를 타고 가다가 혜민의 고향에서 함께 내려 식사라도 하고 헤어지려고 했다. 그 지역에서 가장 높은 건물 꼭대기층, 양식당에서 정우는 난생처음으로 '비후까스'를 썰고 나오다가, 그 지역 출신 웨이터의 연락을 받고 온 청년들의 공격을 받았다. 청년들은 정우에게 변명할 틈도, 무슨 변명을 어떻게 해야 하는지도 어려운 문제이긴 하지만, 도망갈 기회도 주지 않고, 도망을 가봤자 좁은 지역에서 어디로 가야 할지도 모르고 차를 타려고 해도 차비도 없었지만, 죽지 않을 만큼 두들겨팼다. 어디서 굴러먹다 왔는지 모르는 말뼉다귀 같은 놈이 감히 남의 고향 동네에서 또래의 청년들이 공통적으로 연모하는 고향 처녀를 데리고, 연모니 처녀니 하는 표현이 구식이긴 하고 실제로 그런 상황이었는지도 알 수 없지만, 제가 돈은 좀 있는지는 몰라도, 자신들은 돈이 있어도 아버지나 선생님을 만날까 싶어 함부로 가지 못하는 스카이라운지 레스토랑에서, 고기나 썰어가며 되지도 않은 표준말로 '이빨을 까고 자빠졌다'는 게 이유였다. 그것도 백주 대낮 중인환시리에. 정우가 죽었다면 식당 맞은편 건물에 있는 병원 지하의 영안실로 갔을 것이나 죽지 않았기 때문에, 실제로 세 번만 연거푸 자빠지면 코가 닿을 거리에 있는 응급실을 거쳐 병실에 입원했다. 그 건물이며 병원, 영안실까지 모두 혜민의 아버지 소유였으므로 죽었든 살았든 정우는 혜민 아버지의 신세를 지게 되어 있었다. 정우는 자빠지며 깨진 뒤통수 상처는 물론이고 엎어지며 깨진 코를 치료하는 김에 고질병이던 축농증 수술을 받고 완쾌되어 살이 통통하게 오를 때까지 두 달 동안 혜민의 간호를 받게 되었다. 뻔한 이야기지만, 이때까지도 뻔한 이야기였지만 두 사람은 사랑하게 되었다. 병실에서 가진 첫 관계에서 아기가 생겼고 그 아기를 지울 수는 없겠다고 판단한 혜민은 그 사실을 홀아비로 십 년 넘게 살아온 아버지에게 이야기했다.

"네가 어디 근본 없는 그 말뼉다귀 같은 꺽다리 놈한테 시집을 가겠다고 하면 집안에서 의절을 당할 줄 알아라."

혜민의 아버지는 미리 못을 박았다. 고명딸인 혜민에게는 호랑이 같은 오빠, 늑대 같은 오빠, 여우 같은 오빠 하여 오빠 셋이 있었다. 모두 나름대로 혜민을 사랑했다. 하지만 어디 사는 누군지도 모르는 개뻑다귀 같은 꺽다리에 주먹 하나 제대로 휘두를 줄 모르는 녀석에게 하나뿐인 여동생이 시집가는 데는 한결같이 반대했다. 그래서 혜민은 시집을 보내서 가는 게 아니라 자신이 선택해서 결혼하는 것이라고 오빠들을 설득했다. 혜민의 나이는 그때 스물한 살이었다.

"지금 이 사람을 놓치면 나중에 대통령 영부인이 되더라도 나는 후회할 거야."

혜민은 아버지에게 의절을 당했고 그길로 정우의 집으로 가서 서둘러 결혼식을 올렸으며 또 그로부터 두 달 뒤 정우는 군대에 갔다. 정우가 군대에 있는 사이 혜민은 아들을 낳았고 정우가 두번째 휴가를 다녀간 이듬해 다시 아들을 낳았다. 혜민의 시아버지는 여전히 다방의 단골, 날건달, 쉰 살을 넘어도 아이들이 이름을 부르는 깡패의 대명사 같은 존재였다. 악영향, 악명은 여전했고 뒷구멍을 파는 솜씨는 녹슬지 않았다. 식구들을 자신의 인생을 소모하는 존재로 인식하는 철학도 바뀌지 않았으며 손자가 생겼다고 달라지지 않았다. 그에게 손자들은 기저귀를 차고 발치에서 기어다니는 자그만 동물에 지나지 않았다.

혜민이 의절을 당할 때 혜민의 아버지는 그래도 한때 자신의 딸이 남의 집에 가서 서러움을 당하지 않을 만큼의 돈을 주었다. 그래봤자 자신의 전 재산에서 흔적도 남지 않을 정도, 그러니까 전체 재산을 돈으로 환산하고 은행에 넣었을 때 나오는 한 해 이자의 삼분의 일 정도의 돈을 통장에 넣어서 혜민에게 넘겨주었던 것이다. 물론 혜민의 아버지,

아니 전 아버지는 그러고 난 다음날이건 백 일 뒤건 삼 년 뒤건, 지역에서 가장 부자였다. 지역 서열 2위 부자보다 두 배는 더 재산이 많았는데, 그 부자가 자신의 맏아들, 곧 혜민의 호랑이 같은 오빠였다. 그들의 부의 서열은 십여 년 뒤 정반대로 역전되지만 여전히 부자부자(富者父子)들이라는 집안 남자들의 속성은 변하지 않았다.

정우는 제대를 하고 아버지의 모교라고 하기는 어렵지만 관계가 전혀 없다고 할 수는 없는 전문대학에 입학했다. 두 아이의 아버지여서 그랬는지, 싫건 좋건 아버지에게서 물려받은 성격 덕분이었는지 친구와 후배들은 그를 학생회 간부로 추대했다. 정우는 재학하는 내내 학생회비에서 나오는 돈으로 학교를 다니고 단 하루도 빠짐없이 친구와 후배들과 부어라 마셔라 하며 청춘을 구가했다. 아무리 아들이 둘이나 된다고 해도 학생회비를 집에다 월급처럼 가져다줄 수는 없는 노릇이었다. 그래서 정우는 대학에 재학하는 동안 단 한푼의 돈도 집에 가져가지 않았다. 나중에 정우는 같은 대문을 쓰는 학교에 취직을 하고 나서도 학교에서 받은 월급을 집에다 가져가는 걸 어색하게 여기게 되었고 학교에 재직하는 동안 혜민에게 한 번도 월급봉투를 가져다주지 않았다. 월급은 학생 시절처럼 친구들, 선후배들, 좋은 사람들과 먹고 마시고 노는 데 다 썼다. 가사와 육아에 드는 대부분의 비용은 혜민의 수중에서 나왔다. 혜민은 아버지와 의절하면서 생긴 돈을 몽땅 써버릴 작정이었고, 펑펑 돈을 써댔는데도 여전히 많이 남아 있었다. 그 돈을 다 쓰려면 정우가 함께 쓰기라도 해야 했다. 그런데 정우에게는 월급이 있었다. 정우가 아무리 사람들 만나서 흥청망청 마시고 놀고 그 값을 자신이 부담하는 것을 취미이자 본분으로 생각하기로 집에서 돈을 가져다 쓰는 것이 쉽지만은 않았다. 지역은 좁았고 친구도 음식점이라는 것도 숫자도 수준도 빤했다. 여자라도 있으면 쉽게 해결될 일이었으나 정우 자신이 그런 면에서는 깨끗한 편이었고 혜민도 한 번도 정우를 의심한 적이 없었다. 정우는 결혼생활 십오 년이 넘어서 비로소 대도시 중산층 수준으로 자신의 수준을 조정했다. 고급 와인이나 싱글몰트 위스키, 송이버섯이나 꽃등심 같은 값비싼 미식을 먹기 위해 친구들과 함께 대도시로 가는 것도 마다하지 않게 되었다. 그로부터 이 년쯤 지나서 정우는 호랑이 같은 처남에게 편지를 썼다. 자신이 빚을 지게 된 정황에 대해서는 한마디도 없이 명색이 교수로서 아쉬운 소리 안 하고 살려다보니 월급만 가지고는 한계가 있다, 형님이 좀 도와달라고 했다. 호랑이는 눈에 넣어도 아프지 않을 하나뿐인 여동생의 남자에게 당장 전화를 걸어 얼마나 필요한가 묻고 남자가 말한 금액의 두 배가 되는 돈을 보내주었다. 삼 년 뒤 정우는 늑대 같은 처남에게 같은 수컷이면 공감할 수 있는, 심금을 울리는 간절한 편지를 또 썼다. 둘째처남은 자신의 형님이 그랬듯 여동생에게는 철저히 비밀을 지킬 것을 다짐받고 정우가 빚이라고 말한 금액을 보냈다. 정우가 마지막 처남에게 편지를 쓰기 전에 그의 장인이 죽었다. 그사이 혜민은 아이들 교육 수준을 대도시 중상류층으로 맞추었는데, 그 수준으로 과외를 할라치면 대도시의 강사들을 데려와야 했다. 그에 따라 강사들에게는 대도시보다 더 많은 보수에 교통비까지 지불했다. 유명 과외 강사들을 불러들이는 게 점점 힘들어지자 아이들을 데리고 서울로 갔고, 거처할 아파트와 아이들이 과외를 받는 데 쓸 아파트를 샀다. 두 아파트는 몇 배로 폭등해서 의절하면서 받은 돈을 다 쓰는 일을 거의 불가능하게 만들었다.

"그렇게 과외에 돈을 때려넣으니까 맏이놈이 등록금 싼 국립대를 가긴 했는데, 그게 뭐 잘해봐야 졸업하면 남 밑에 가서 뼈 빠지게 일하는 뭐 그렇고 그런 과야. 둘째놈은 의대로 갔지. 요샌 국립대가 최고가 아니고 의대가 최고야. 점수도 그래. 국립대 의대 뒤에 사립대 의대들이 죽 줄을 서 있고 한의대까지 다 돌고 난 다음에 국립대 법학과니 바이오니 컴퓨터니 뭐 이런 게 있다고."

민속장판이 깔려 있는 방바닥이 따뜻해져왔다. 태호는 엉덩이 밑에 있는 방석 아래로 손을 집어넣었다. 말을 하는 정우의 머리 위에 종묘회사의 상호가 적힌 달력이 벽에 걸려 있었다. 그 아래로 두 해 지난 달력이 벽에 붙어 있었다. 비키니 차림의 여자가 번쩍거리는 오토바이 곁에 서 있는 사진이 주인의 마음에 든 것 같았다. 그와는 대조적으로 찌그러진 양은그릇에 담아온 김치는 썰지도 않은 채여서 들고 찢어서 먹어야 했다.

"왜 인간들은 이런 구질구질한 음식을 힘들게 찾아다니는 거지? 손두부, 시래기, 된장, 보리밥 뭐 하여튼 그렇게 고급 음식도 아니고 비싼 것도 아닌데 어딘가 퀴퀴한 냄새 나고 뭐 찝찔하고 그런 것들."

"옛날에는 다 이렇게 먹었으니까. 이런 게 옛날 맛이라고 찾아오는 거고."

"아 글쎄, 이 재래식 똥깐처럼 불편한 게 뭐가 맛있다고 너부터 고향에 오자마자 이런 데로 오자고 한 거냐고."

"음식 맛은 우리 각자가 기억하지 못하던 때에 각인된 거야. 기억이 안 나는 다섯 살 때 먹은 음식이 학교 가서 먹은 급식보다 더 본질에 가깝다고. 맛있다는 게 본질적인 건 아냐. 더 거슬러올라가서 엄마 뱃속에서 엄마 입을 통해 맛본 게 본질적인 거지. 그때 엄마 시어머니가 해준 밥맛 같은 거. 그게 할머니 손맛 아니겠어?"

양은냄비에 넣고 데워온 순두부는 뜨거웠다. 씹으면 이가 시려오는 김치를 곁들여 두 사람은 한동안 두부를 먹는 데 열중했다. 두부는 사람을 열중하게 하는 성질의 음식이 아니다. 매운 음식처럼 중독성 같은 건 없다. 양념맛이 가미되기 전 두부 자체의 맛은 무미에 가깝다.

향지 자신은 단번에 모든 사람의 눈을 사로잡는 강렬한 인상을 가지고 있지 않았다. 향지에게 특별할 게 있다면 자신을 바라보는 사람을 빨아들일 듯 바라보는 것 정도였다. 그 눈길에는 자신의 모든 것을 던지는 듯한 느낌이 있었다. 일단 거기에 끌리게 되면 거리의 힘이 생겨났다. 닿을 듯 말 듯한 거리에 있는 향지를 손을 뻗어 선택하기만 한다면 영원히 소유할 수 있을 듯한 느낌을 주었다. 거리 안에 들어서면 냄새가 기다리고 있었다.

"나 낳고 나서 엄마가 죽었어. 외할머니가 나를 씻어주었는데 씻은 물에서 사향 같은 냄새가 났대. 이상하게 동네 개들이 내가 누워 있는 방 앞에 모여들었대. 그 물을 거름더미에 뿌렸는데, 그러면 또 개들이 코를 들이밀고 늑대처럼 모여서 울고."

나중에 태호가 들은 대로라면 향지는 짐승조차 매혹하는 냄새를 타고났지만 그 냄새는 사람의 코로는 맡아지지 않는 냄새였다. 대부분의

곤충이나 포유류는 상대방을 성적으로 자극하거나 끌리게 하는 성페로몬을 가지고 있고 인간 역시 피부나 생식기에서 분비하는 페로몬을 가지고 있을 것으로 추정되지만 실체가 확인되지는 않았다. 향지는 향이 강한 화장품이나 향수는 쓰지 않았다. 본능적으로 인공적인 향기가 자신이 가진 냄새 같은 어떤 것 ─ 이름 따위는 몰랐고 실체가 있는지 없는지도 불분명했지만 결과적으로 보면 존재하는 어떤 것의 힘을 떨어뜨린다는 사실을 알고 있었다.

정우와 향지는 호적상 오누이였다. 정우가 한 살 위지만 태어난 날로 치면 다섯 달밖에 차이나지 않는다. 정우에게는 삼촌이 있었다. 군 장교였던 삼촌은 부대 근처 술집에 있던 향지의 어머니를 알게 되어 향지를 낳았다. 향지가 태어나고 나서 얼마 안 되어서 삼촌이 타고 가던 차가 바다에 추락했다. 옆에는 그의 정식 부인, 곧 정우의 숙모가 타고 있었고 뒷자리에는 정우의 사촌형이 타고 있었다. 형이라고는 해도 차이는 열 달밖에 되지 않았다. 정우의 아버지는 단 하나밖에 없는 가족으로 연락을 받고 장례식에 갔다가 새끼고양이를 얻어가지고 오듯 향지를 데리고 왔다. 향지의 말대로라면 제 외할머니가 지은 향지라는 이름까지 그대로 호적에 올렸으면서 향지의 향은 정우나 정우의 어머니, 정우의 아버지에게는 느껴지지 않는 모양이었다.

태호는 기억했다. 초등학교 1학년 때 정우의 집에 맨 처음 가서 경험한 그 냄새 아닌 냄새를. 정우의 집 마당에 헐벗고 마르고 작은 여자아이가 작대기를 들고 암탉을 쫓고 있었다. 태호가 마당에 들어서자 향지는 냄새 아닌 냄새를 풍기며 태호를 빤히 바라보았다. 어쩌면 그 냄새는 닭똥이 손에 묻었을 때 나는 냄새 같았다. 그때 향지의 손에는 닭똥이 묻어 있었다. 달콤한 냄새도 아니고 맛있는 냄새는 물론 아니었다. 불쾌하다면 불쾌한 냄새를 떠올리게 했다. 냄새의 원종 같은, 원시적이면서 결코 잊혀지지 않을 냄새였다. 냄새를 의식한 순간은 아주 짧았다. 그렇지만 이미 그 순간 태호는 향지에게 숙명적으로 끌려들고 말았다.

그 이후로 태호는 향지가 어떤 곳에서 무슨 일을 하는지 늘 의식하며 자랐다. 가장 친한 친구의 동생이면서 한 학년 아래라 자주 볼 수 있었고 직접 친구의 집에 가서 만날 수도 있었다. 열 살이 넘고 난 뒤부터 향지에게는 언제나 사내들이 꼬였다. 아이들이 아니었다. 성년이 되었든 아니든 향지에게 관심을 가졌다면 그건 성숙한 여성에 대해 성숙한 남성이 가질 수밖에 없는 범주의 관심이었다. 향지 자체는 호적상 가족들이 알고 있는 것처럼 시골 초등학교에 다니는 조금 예쁜 정도의 평범한 아이에 지나지 않았다. 그렇지만 향지에게는 남자를 끄는 무엇인가가 있었다. 성인의 초상 뒤에 그려지는 후광, 부처의 원광(圓光) 같은 것은 미의 여신이 향지에게만 부여한 것이었다. 정우의 아버지는 어느 날 자신의 성채 주변에 수상한 수컷들이 방황하는 걸 알게 되었다. 웃기는 일이라고 판단한 그는 소가 꼬리로 파리를 쫓듯 오토바이를 부릉거리며 그 무리를 제방 아래로 쫓곤 했다.

향지가 중학생이 되자 사내들은 정우의 아버지의 지배력이 미치지 않는 제방 건너편에서 향지를 기다렸다. 사내들은 선물을 가져왔다. 과자도 있었고 학용품도 있었고 직접 농사지은 과일, 집에서 키운 오리가 낳은 알도 있었다. 옷도 머플러도 있었다. 향지는 그런 것들을 당연하게 받아들였다. 태호는 그런 선물을 들고 집으로 돌아오는 향지를 정우의 집 마루에서 바라볼 때마다 불같은 질투에 휩싸였다. 중학교를 졸업할 때가 되어서 향지의 방은 선물로 가득 찼고 태호는 더이상 정우의 집에 가지 않았다. 중학교를 졸업할 무렵 향지는 제 나름의 방식으로 사내들을 지배하기 시작했다. 정우의 아버지는 문득 그 사실을 깨달았다. 그때부터 향지는 집에 갇혔다. 집이 수컷 무리로 둘러싸이자 정우의 아버지는 사제 총을 꺼내 휘둘렀다. 과수원의 사과나무 밑에, 제방의 갈대숲에 숨은 사내들은 내버려두었다. 그들이 향지의 음성이나 냄새나 잠깐 보이는 모습만 가지고도 참지 못하고 미쳐 날뛸 때까지는. 정우의 아버지가 사제 총을 가지고 있다는 소문이 그의 날건달로서의 영향력을 더욱 높여주었다.

향지가 갇혀 있는 동안 향지를 아는 사내란 사내들은 더욱 사무치게 향지를 그리워하게 되었다. 향지가 얼마나 더 아름다워졌는지 소문도 커져만 갔다. 대도시에 있는 고등학교로 진학하면서 고향을 떠난 태호에게까지 향지에 관한 이야기는 끊임없이 들려왔다. 소문 속에서 향지는 대통령 영부인의 육촌동생과 잠자리를 같이했고 지역 출신인 전설적인 레슬러의 아이를 낳았다. 들에 세워져 있던 우마차 아래에서 일곱 명의 고등학생들을 상대해서 모두의 뼈가 녹아내리는 저주를 내렸다. 읍내 제일의 부자가 향지의 배 위에서 죽었다. 향지는 몇 남자가 목을 매게 만들었으며 경찰서장의 차로 청요리를 배달시켜 먹었다. 향지는 수십 년 동안 지역에서 태어난 미인들의 소문을 다 합친 것만큼의 소문을 만들어냈다.

스무 살이 되어서 향지는 집에서 나왔다. 지나가는 차를 붙들어 탄 향지는 견습과정도 없이 읍내 치과의원에 간호보조원으로 취직했다. 지나가는 차의 운전자가 치과의사였기 때문이었다. 그로부터 여섯 달도 되기 전에 그들은 약혼했고 한 달 뒤 결혼식을 올리기로 했다. 결혼하기 사흘 전, 향지는 태호에게 만나자고 했다. 우연히, 아니 심장이 터져 죽을 것을 무릅쓰고 태호는 치과의원의 의자에 누워 향지가 스케일링을 해주기를 기다리고 있었다. 향지는 스케일링을 하는 틈에 그의 귀에다 대고 저녁때 생맥주집 맥천(麥泉)에서 생맥주를 사주겠노라고 속삭였다. 태호가 형편없는 스케일링에 잇몸이 피투성이가 된 채로도 살아서 맥천에 가자 향지는 1000cc짜리 생맥주잔에 엄지를 제외한 네 손가락을 끼워넣은 채 그를 뚫어지게 바라보았다. 처음 그를 바라보아주었을 때처럼.

"나는 나를 이용하려고 하는 사냥꾼 같은 인간하고 평생을 같이 보내고 싶지 않아. 그 인간은 내가 중요한 게 아니라 저 자신이 중요한 거야."

향지에게 이용이라고 말하는 이유가 뭔지, 치과의사가 어떤 사람인지 물었어야 했는지도 모른다. 그러나 그렇게 물을 사람이라면 맥천에 오지도 않았을 것이고 결혼식장에서 신부를 빼내어 도망을 칠 행운을 갖지도 못했을 것이다. 아니, 신부가 예정한 대로 영화 〈졸업〉에서처럼 드레스를 입고 꽃을 든 신부의 손을 잡고 도망을 친 게 아니라—〈졸업〉이 신부의 생각과 같은 줄거리인지도 확실하지 않다—신부는 주례 앞에서 혼인서약을 할 때 "네" 하고 대답하는 대신 "아니요, 미안합니다" 하고는 어안이 벙벙한 표정을 한 사람들 사이로 걸어서 나와버렸다. 태호는 택시를 대절해두었다가 신부를 태우고 가장 가까운 기차역으로 가자고 주문했을 뿐이었다. 그리고 나머지 일은 택시 운전사와 열차 기

관사와 버스 운전사가 처리했다. 그들은 그들을 강원도 하고도 휴전선에서 가장 가까운 작은 도시에 데려다주었다.

"참 심심한 맛이네. 내가 아까 이 집 순두부를 두고 음식의 본질이 어쩌구저쩌구했는데 정말 사람들이 이런 맛을 보고 싶어서 찾아오는 거라면 음식맛의 본질은 무미라고 해야겠어."

태호가 말하자 숭늉그릇을 탁 소리내며 내려놓은 정우가 그를 바라보았다.

"그놈 거 끝까지 잘난 척하기는. 그냥 먹고 놀다 가는 거지, 인생 뭐 별거 있다고."

태호는 아하, 하고 탄성을 질렀다. 종이를 바른 창문으로 희부윰하고 약한 빛이 비쳐들고 있었다. 창이 서향인 모양이었다.

태호와 향지는 정확하게는 일 년 하고 세 달을 함께 살았다. 어느 겨울날 오후, 태호는 휴가 나온 사병과 시비가 붙어 싸우던 끝에 두개골이 파열되어 가장 가까운 군 병원 응급실로 실려갔다. 태호를 쓰러뜨렸던 군인은 쫓아오는 헌병을 피하다 군용 트럭에 치어 죽었다. 버스정류장에서 버스를 기다리던 군인이 방문 앞까지 따라오도록 방치해서 싸움의 빌미를 제공한 향지는 수컷들끼리의 목숨을 건 싸움이나 하나는 죽고 하나는 죽기 직전까지 간 결과에 대해서 별 관심이 없었다. 그때까지 태호와 향지 두 사람은 법적으로 아무런 관계도 아니었다. 태호는 군 병원에서 응급수술을 받았고 연락을 받고 쫓아온 가족에게 붙들려 집으로 실려갔다. 향지는 수학여행이라도 끝난 듯 간단하게 집으로 돌아갔다.

딸이 집을 나갔든 돌아왔든 정우의 아버지는 여전히 날건달로 살았다. 그는 늙어갔고 그의 친구들, 마담도 늙었으며 그가 빌려준 과수원의 나무들 역시 늙었다. 집으로 돌아온 향지는 처녀도 아니고 부인도 아니고 특정한 누군가의 연인도 아닌 채 나이를, 그리고 많은 음식을 먹었다. 아버지가 새삼스럽게 딸을 유폐시키려 하지 않았지만 스스로 방에 들어앉았다. 그러고는 갓난아기인 조카를 돌보는 데 열중했다. 혜민이 두번째 아이를 낳고 난 뒤에는 첫째조카를 자기 자식처럼 자신의 방에 데려다 키웠다. 그 조카가 말을 하기 시작해서 가장 먼저 발음한 것은 엄마였지만 두번째 단어는 '고모'였다. 고모가 살아 있는 동안 엄마보다는 고모가 훨씬 더 아이의 입에서 많이 불렀다. 고모가 된 향지는 과거의 행적과 관련된 사람들이며 사건, 이름 같은 건 입에서 꺼낸 적이 없었다. 어느 때부터인가 향지는 누구도 정시하지 않았다. 사람을 끄는 냄새 아닌 냄새도 나지 않은 건 훨씬 더 오래 전부터였다. 소문도 없었다. 아무도 향지를 찾지 않았다. 태호도 찾아가지 않았다. 아무리 발악해봐야 향지에게 자신은 아무런 의미가 없는 존재임을 확인했기 때문이었다. 향지는 두부처럼 하얗게 살이 찌기 시작했다. 집으로 돌아온 지 두 해가 지나면서 향지는 집으로 돌아왔을 때의 세 배가 넘는 몸무게가 되었다. 어느 날 그녀의 삶의 무게는 0이 되었다. 사인은 심장마비였다. 아이와 함께 마당에서 암탉을 쫓다가 쓰러져 손쓸 틈도 없이 죽었다. 아이는 그녀에게서 아무 말도 듣지 못했다. 죽은 그녀의 얼굴은 부푼 빵처럼 무표정했다.

정우가 계산을 했다. 노인은 의자에 앉은 채 금고 서랍을 열어 거스름돈을 내주었다. 돈은 곧 찢어질 듯 낡았고 더러웠다. 도시에서는 보기 힘든 돈이었다.

"두부 값이 비싸. 우리는 직접 농사를 지은 콩으로 두부를 만들어. 우리집 농사로 모자라면 여기 이웃집 농사지은 콩을 쓰는데, 요즘 콩이 좀 비싸야지. 교수님이 이해를 해주서."

수십 장의 카드만으로도 뚱뚱한 지갑에 지폐를 집어넣으면서 정우가 힐끔 태호를 건너다보았다. 정우는 자신의 부인이, 그러니까 태호에게는 비공식적으로, 비호적상으로 처남댁이 되는 여성이 아버지가 죽으면서 유산을 받았다고 했다. 의절은 법적으로 이루어진 게 아니었고 정우의 장인도 유언장에 그 사실을 공식화하지 않았다. 무엇보다 정우의 처남들이 하나뿐인 누이가 궁핍하게 사는 것을 못 견뎌했다. 그들은 그들의 아버지가 물려준 재산 없이도 자신의 고향 출신 인사 중 재산 보유 순위로 1위에서 3위를 기록하고 있었다. 그리하여 떼어가지고 올 수 없는 땅과 건물을 제외한 모든 유산은 돈으로 환산되어 그녀의 명의가 되었다.

"이젠 마누라 눈치가 좀 보이게 생겼어. 다시 처남들한테 도와달라고 편지하기도 뭣하고."

고욤나무의 가지 끝이 어쩐지 날카로워진 것 같았다. 검은 고욤들이 더욱 동그랗게 웅크린 것처럼 보였다. 웅크린 채 자신을 둘러싼 세상과 정밀한 경계선을 새로 만들어내고 있었다. 태호는 눈을 비볐다. 그러면서 눈이 문제가 아니라는 생각을 했다.

"뭐 해? 너 자꾸 정신을 얻다가 파는데?"

정우가 희고 긴 손가락을 뚝 소리나게 꺾었다. 땅이 얼고 있었다.

환한 하루의 어느 한때

그는 사십여 년 전 어느 하루가 들어 있는 사진을 떠올린다. 냇가 절벽 아

래 배를 띄워놓고 그 뱃전에 걸터앉아 카메라를 바라보고 있는 사내들의 사진이다. 맨 앞

왼쪽의 사내는 서른 살이 되었을까 말까 해 보인다. 다른 사람들과 마찬가지로 셔츠만 입

고 양복바지는 무릎까지 걷어올린 채 미소를 짓고 있다. 그의 아버지는

그 뒤쪽에 앉아 있다.

인빈간다리

영빈관(迎賓館)다리 앞에는 영빈관이 없다. 영빈관이 있던 흔적은 다리의 이름으로 남았을 뿐이다. 영빈관다리 남쪽의 낡은 삼층 건물에는 영빈다방이 있다. 계단이 가파르고 어두운 지하다방이다. 그러고 보니 '손님(賓)을 맞는다(迎)'는 식의 고리타분한 한자 이름을 단 옛날식 다방은 낙양 중심가에서 사라진 지 오래다. 시내에서 다방이라는 이름을 단 곳은 '티켓'으로 젊은 여자들의 시간을 판다. 그런 곳의 이름은 '영' '수' 같이 간단하다. 의미는 크게 상관하지 않는다.

고려다방, 호수다방 같은 옛날식 다방만 있던 그 옛날, 낙양읍 북천을 가로지르는 다리를 소년들은 '인빈간다리'라고 불렀다. 아버지에게서 한자를 배운 소년 하나는 인빈간다리는 인(人)과 빈(貧) 사이(間)에 있는 다리라고 생각했다. 인이 북쪽, 빈이 남쪽이었다. 6·25 때 인민군

이 내려온 방향이 북쪽이고 그 인민군에 쫓겨 피난을 갔다 돌아온 가난한 사람들이 읍내에 많이 살았으니까. 그때 인빈간다리 밑에는 얼굴을 흙으로 칠하고 옷과 철모에 풀을 꽂아 위장한 군인들이 즐비하게 누워 있기도 했다.

삼백 년 전쯤 세워졌던 영빈관은 낙양을 왕래하는 관원을 접대하던 곳이었다. 성내 관아에 비슷한 용도로 지은 객사가 있었지만 영빈관을 따로 지은 것은 다른 지역의 오리정(五里亭)처럼, 관아에서 오 리쯤 떨어진 곳에 손님을 맞고 보낼 시설이 필요했기 때문이었다. 그 영빈관은 옛날 옛적에 헐려 다른 데로 옮겨졌고 그마저 사라졌다.

오늘 영빈다방에 첫 손님으로 두 사람이 들어온다. 앞장선 사람은 얼굴이 둥글고 눈이 가늘고 긴데 그 눈으로 늘 웃고 있는 듯한 사내다. 그 뒤로 덩치가 크고 덩치에 비례하게 튀어나온 배를 한 사내가 천천히 따라온다. 그들은 무수한 엉덩이를 맞고 보내면서 가운데가 주저앉아버린 소파에 앉자마자 "요새도 모닝커피 할까?" "계란 노른자도 동동 띄워주나? 그런데 커피에 계란 노른자를 터뜨려서 마시면 커피 맛이 영 이상하단 말야" 하면서 70년대식 이야기를 나눈다. "꽁피라고 생각나? 커피가 귀할 때 색깔 낸다고 담배꽁초를 넣어서 팔았잖아." 그들의 대화 내용은 70년대에서 십 년을 더 거슬러올라가지만 그때 그들이 존재했는지, 존재했다 하더라도 그런 것들을 마셔봤는지는 불확실하다. 덩치 큰 사내는 말을 하는 동안에도 푹 꺼진 눈으로 다방 구석구석과 뒷문까지 세세하게 살핀다. 계산대와 어항과 어항 속 물풀, 물방울, 플라스틱 재떨이, 음료수 상자가 쌓인 계단 구석자리가 서치라이트가 지나가는 포로수용소처럼 드러난다. 바닥에는 걸레 자국이 아직 마르지 않았고 대걸레에서는 약간 쉰 냄새가 난다.

분홍 치마에 치자색 저고리를 입은 다방 마담이 그들에게 다가가 옛날식 다방의 격식대로 주문을 받는다. 커피 한 잔, 쌍화차 한 잔, 그리고 마담 몫으로 인삼차 한 잔. 마담은 치맛말기를 슬쩍 말아올리며 일어나 주방을 향해 조용한 목소리로 주문을 넣는다. 아무리 옛날식이고 옛날 그 자체인 다방이라고 해도 마담이 한복을 입은 것은 좀 심하다고, 시대착오적이라고 할 수도 있겠다. 마담이 한복을 입은 건 자신이 좋아해서다. 마담은 옛날식 다방의 마담이 되기로 했을 때 여름이건 겨울이건 비가 오나 눈이 오나 다방 안에서는 한복을 입을 수 있겠다고 작은 위안거리를 찾았다.

손님 한 사람이 마담의 등에 대고 화장실, 아니 변소가 어디 있느냐고 묻는다. 마담은 밖으로 나가 건물 뒤 마당에 있는 작은 블록건물이 화장실이라고 말해준다. 그 화장실 때문에, 더러워서 마담 노릇 못 해먹겠다고는 하지 않는다. 그런 심정이 될 때도 있지만 지금은 그렇지 않다. 주방에서 차가 나오자 마담은 달각달각 소리를 내며 찻잔을 손님들 앞에 가져다놓고 자신 몫의 찻잔을 든 채 손님들과 자리 하나만큼 떨어져서 앉는다.

"요새는 옛날 다방 찾기가 너무 힘들어. 편한 마담 있고 편한 소파 있고 백원짜리 넣으면 오늘의 운세가 나오는 재떨이 있는 다방 말야. 오늘 우리 이런 다방 찾아서 삼십 분을 헤맸어. 요새는 시골까지 왜 이래. 망했어, 옛날 다방 하나 안 남겨놓는 세상은 금방 망한다구."

눈으로 웃는 사내가 마담에게인지 친구에게인지 어중간한 말투로 말한다. 억양 역시 낙양 사투리인지 표준말인지 어중간하다. 마담은 처음 보는 인간이 나한테 반말을 할 리 없지, 하는 생각과 그래도 요즘에는 별 괴상한 놈들이 많다니까, 하는 생각을 번갈아 하다가 입을 살짝 벌려 인삼차를 마신다. 인삼차는 인삼 향기만 약간 날 뿐 설탕물과 별반 다르지 않다. 다방 공기가 눅눅하다. 마담은 환풍기를 켜러 일어선다. 영빈다방 위의 바깥세상은 가을의 황금빛 햇살로 한창 살이 찌고 있을 것이다.

"야 이 새끼야, 다방이 다 같은 다방이지, 뭘 그렇게 따지고 지랄이냐. 나는 요새 읍내 다방들이 마음에 딱 들더구마는. 아가씨들도 젊고 이쁘고 계산 깨끗하고 말 잘 듣고. 옛날에도 돈만 내마 다방에서도 술을 얼마든지 먹었어. 나도 군대 가기 전날에 맥주를 빡스로 쌓아놓고 먹었다고. 그때는 안 그랬는가, 마담?"

덩치 크고 입술이 두꺼운 사내는 대놓고 반말을 한다. 마담은 대꾸를 하려다 말고 사내의 살찐 눈두덩 아래 안으로 오 리는 들어간 듯한 눈과 마주친다. 그 눈알은 그 멀리서도 무엇인가 살피는 듯하다. 사내는 자신의 말이 다른 사람에게 어떤 영향을 끼치는지 알고 싶어하고 있다. 상대의 반응에 따라 평범한 손님이 될 수도 있고 탁자를 뒤집어버릴 수도 있으며 태도를 문제 삼아 돈을 안 내고 나가버릴 수도 있다. 마담은 관심이 없다는 듯 살짝 하품을 해 보인다. 무시하는 것처럼 보이지 않게, 그저 잠이 좀 모자란 듯이, 그래서 그의 이야기를 제대로 듣지 못했을 수도 있지만 고의는 아니니 기분 나빠하지는 말라는 태도로. 옛날

40

다방에서 맥주를 상자 단위로 팔던 시절, 문을 닫아놓고 마담 하나와 손님 네댓이 밤새 퍼마시던 그 시절, 마담은 자신이 다방에 취직할 거라고는 꿈에도 생각하지 않았다. 그때는 유치원에서 뛰어다니고 있었으니까. 촌스럽게 시골 다방에서 술을, 그것도 박스로 처먹었다고 그게 무슨 자랑이야. 마담은 이제는 진짜로 하품을 한다. 차를 다 마셨는데도 손님들은 나갈 것 같지 않다. 마담은 자기들끼리 낮게 무슨 이야긴가를 나누기 시작하는 손님들을 두고 자리를 뜬다. 계산대 옆 거울을 향해 미소짓는 것을 잊지 않는다. 아직은 마담으로 충분히 버틸 만하다. 옛날식 다방, 한복 없이는 못 사는 마담으로. 마담은 가벼운 걸음으로 계단을 올라간다. 마음이 가볍건 무겁건 계단은 언제나 가파르다.

　오전 열시의 햇빛이 눈부시다. 날씨 참 더럽게도 좋네. 마담은 중얼거린다. 영빈식당, 영빈체육사가 같은 건물 일층에 나란히 있지만 두 가게의 주인은 아무 관계도 없다. 마담은 파리채를 들고 큰길가 들마루에 앉아 있는 식당 남자의 눈에 띄지 않게 건물 반대편으로 돌아간다. 마담이 영빈다방에 온 지 얼마 되지 않았을 때 식당 남자는 오전 내내 다방의 텔레비전 앞에 앉아서 지냈다. 그렇게 일 주일이 지났어도 마담에게 말 한 번 붙여보지 못했다. 그런 숙맥에게도 짝이 있었는지 어느 날 그의 부인 겸 식당 주인이 들이닥쳤다. 그녀는 청소라도 하고 있었던 양 빗자루를 들고 계단을 내려와서는 추호의 망설임도 없이 남편 겸 주방장을 그 빗자루로 쓸고 후려쳐서 계단 위로 몰고 올라갔다. 그 뒤로 그 숙맥은 다시는 지하다방으로 가는 계단을 밟지 못했다. 어쩌다 지상에서 마담을 보면 얼른 고개를 숙이곤 했다. 지금 마담이 그의 앞을 지나가더라도 감히 알은체하지 못할 것이다. 그렇지만 마담은 숙맥이든 다 익은 조든 고개를 숙이게 하고 싶지 않다. 먼저 알아서 돌아간다. 마담은 화장실로 다가가 문을 연다.

삼층에 사는 건물 주인은 제 집 화장실은 수세식으로 만들면서 세입자용 화장실은 건물 뒤편 마당에 재래식으로 지어놓았다. 삼십여 년 전의 일이다. 십여 년 후에 양변기를 설치하고 타일을 붙였지만 제대로 시설을 하지 않아 냄새며 벌레는 재래식보다 약간 나은 수준이다. 이층의 기원과 지하의 다방, 식당과 체육사에 오는 손님들이 다 함께 쓰는 화장실이므로 깨끗하기는 어렵다. 식당 손님들이 먹은 술과 음식을 토해놓는 경우도 더러 있다. 그런 인간들은 구멍 하나 제대로 맞추지 못하고 꼭 사람 발 디딜 곳에 벌겋게 토사물을 쏟아놓곤 한다. 식당 주인에게 청소를 하라고도 해보았지만 문신눈썹 아래 가느다란 눈이 찢어지도록 마담을 노려보았을 뿐 손가락 하나 까딱하지 않았다. 결국 더러운 걸 못 참는 사람들이 되는대로 치워왔다. 겨울만 아니면 청소가 그렇게 어려운 건 아니다. 화장실 밖에 있는 수도꼭지에서 양동이와 바가지에 물을 받아서 휙, 뿌리면 그만이다. 성의가 있으면 구석에 세워진 빗자루로 바닥을 한두 번 쓸 수도 있지만 마담은 손때가 새카맣게 묻은 자루를 만지기가 겁난다. 마담은 변기 위에 오도카니 앉아 이런저런 생각에 잠긴다. 파리 떼가 날고 있는 좁은 공간에 오래 앉아 있고 싶지는 않지만 뱃속 사정이 마땅치가 않다. 요즘은 늘 이런 식이다. 갑자기 문이 확 열린다. 햇빛이 마담의 큰 눈을 사정없이 찌른다.

"엄마!"

"어이쿠!"

문을 연 사람은 얼굴이 둥근 사내다. 그런데 그는 문을 금방 닫지 않고 눈을 찡그리고 안을 들여다보고 있다.

"도대체 뭐예요!"

"왜 문이 안 잠겼나 해서……"

"빨리 닫아요!"

"고장났나? 원래 문고리가 없는 거야, 아니면……"

"빨리 닫기부터 하라니까요!"

"알았어요. 예, 예."

사내는 궁금증이 남은 얼굴로 문을 닫는다. 문고리는 있었다. 그런데 그게 며칠 전에 부러져버렸다. 급한 대로 문에 끈을 매고 그것을 문틀에 박아놓은 못에 달아매곤 했는데 그 못이 잡아당기는 힘에 돌아가며 줄이 풀린 것이다. 마담은 못 믿을 못에 다시 줄을 매지 않고 줄 끝을 단단히 붙들어쥔다. 더이상 앉아 있을 수는 없다. 몸을 일으킨다. 그런데 다음 동작을 하기 위해서는 줄을 어떻게든 해야 한다. 새끼손가락만한 못에 다시 돌돌 줄을 말던 마담은 손을 멈춘다. 그냥 손에 쥐고 있는 편이 나을 것 같다. 그러면 다음 동작은? 한 손으로? 마담은 줄을 묶었다 다시 푼다. 땀이 나기 시작한다. 마담은 줄을 손가락에 단단히 매고 다음 동작에 들어간다. 오른손이 하는 일을 왼손이 걱정하는 짧은 순간에 또 누가 문을 잡아당기지나 않을까 마담은 걱정스럽다. 그런데 그 걱정을 알아차리기라도 한 듯 또 문이 벌컥, 사정없이 열린다. 마담은 손가락에 매여 있던 줄이 앞으로 가는 바람에 따라 끌려가면서 문을 열어젖힌 사람에게 고개를 숙이고 달려가는 자세가 되었다. 자칫하면 품에 안길 뻔했다.

"아이, 정말! 뭐예요!"

아까 그 사내다. 사내의 늘 웃고 있는 듯한 눈이 전형적인 바람둥이의 눈임을 마담은 잘 알고 있다. 그런데 사내의 눈이 지금은 웃고 있지 않다.

"그쪽이 한복을 입었잖아요……"

"빨리 닫아요!"

"한복을 입고 있어서 아무것도 못 봤어요."

"문부터 닫고……"

"아무것도 못 봤다는데, 왜, 화를 내고 그러냐구!"

사내는 문을 꽝, 소리나게 닫는다. 마담은 다시 줄을 말아쥔다. 그런데 웬일인지 웃음이 나온다. 마담은 피식피식 웃는다. 웃다보니 줄을 쥔 손에 힘이 빠져나간다. 마담은 하하하, 웃는다.

사지땅

영빈다방에서 두 사내가 나온다. 그들은 가을 한낮의 찬란한 햇빛에 눈을 찡그린 채 악수도 인사도 없이 헤어진다. 석호는 걸어가고 만기는 거의 빈틈없이 흙을 뒤집어쓴 지프를 타고 간다. 그 지프에는 석호가 다방에 들어가기 전 만기에게 건네준 검정 비닐봉투가 실려 있다. 비닐봉투에는 현금지급기에서 신용카드 두 장의 대출한도를 꽉 채워 빼낸 현금이 들어 있다. 그 돈이 어디로 갈 것인지 그는 모른다. 만기 역시 모를 수 있다. 어쩌면 제 목구멍으로 집어넣을지도 모른다. 그렇다고 토해내라고 할 수도 없는 게 그가 만기에게 준 돈이다. 그에게는 전날 까지만 해도 차가 있었다. 그 차는 지금 경찰서 앞마당 아니면 만기의 후배가 운영하는 카센터에 세워져 있을 것이다. 그는 전날 밤의 일을 잘 기억할 수 없다. 평소에는 양처럼 착한데 술만 들어가면 슈퍼맨이 되는 사람이 그였다. 그리고 다시 양이 되고 나면 슈퍼맨 시절의 일은 거의 기억하지 못했다. 그는 자신이 전날까지 '사지땅'이라고 알고 있 던 곳에서 읍내로 넘어오던 다리, 읍과 사지땅의 경계를 이루는 냇물에 그의 차가 빠진 것은 기억한다.

그는 사실 그 차를 약간은 자랑하고 싶었다. 자신의 아버지에게서 배 운 한자만 기를 쓰고 가르치던 아버지, 그 아버지의 아들로서 신통한 것 하나 물려받지 못하고 벌거숭이와 다름없던 자신이 서울까지 가서 치열한 생존경쟁에서 승리했음을, 3600cc짜리 엔진을 장착한 최신 최 고급 승용차를 뽑을 여유가 있음을 자랑하고 싶었다. 죽음의 땅, 사지 에서 나서 손발을 힘겹게 꼼지락거리던 아이가 대한민국의 잘난 놈들 이 다 모였다는 서울 하고도 중심지 두 곳에 귀금속점을 낼 정도로 출 세한 것을 자랑하고 싶었다. 그런데 그의 자랑스러운 현재를 보아줄 사 람이 없었다. 그가 가지고 있던 연락처의 주인들은 모두 서울 가서 출 세한 놈 자랑을 안 받아주기 위해 만든 친목계에라도 가버렸는지 짜고 죽은 척하는지 도무지 연락이 되지 않았다. 결국 그는 혼자 사지땅으로 향했다.

사지땅이 외가가 있던 곳이고 자신이 태어난 곳이라고는 해도 자신의 의지로 간 것은 단 한번뿐이었다. 그의 나이가 그때 열두 살이었던가. 가을이었고 사지땅 가는 길가 논밭에 심어진 조며 수수며 벼이삭에는 바람 한 점 없었다. 그의 손에는 고구마 두 개가 들려 있었다. 고구마는 삼베수건에 싸여 있었는데, 할머니는 고구마를 싸주면서 그에게 "느 엄마가 사지땅 밭에 일하러 갔는데 배고플 때가 됐다. 이것 좀 갖다 주고 오니라" 하고 말했다. 사지땅에 밭이 있다는 것은 그때 처음 알게 된 사실이었다. 어쩌면 그건 외가에서 물려받은 것일지도 몰랐다. 그가 태어났던 외갓집은 그때 그곳에 없었고 외가 식구들도 모두 흩어지고 없었다. 할머니는 이리로 가서 저리로 가라고 위치만 가르쳐주었을 뿐, 그 밭에 대해 그가 나중에 가지게 될 궁금증에 대한 해답을 그때에도 그후에도 말해주지 않았다.

"가을바람 선들선들 조 대가리 끄덕끄덕 조 대가리 따는 아낙 시비 시비 하지 마라."

그는 아이들 사이에 유행하던, 시조인지 가사인지 모를 말을 중얼대며 신작로를 따라 걸어갔다. 냇가 한쪽 둑도 되는 신작로에는 나무 한 그루 없었고 하늘에는 구름 한 점 없어 소년은 뙤약볕을 맞받으며 걸어야 했다. 고개를 숙이고 걷다가 때로 뒷걸음질로 걸으며 뙤약볕을 피하던 소년은 그러노라 언제 사지땅과 사지땅 아닌 세계의 경계선을 넘었는지 몰랐다. 문득 사지땅이 잎이 거무스레하고 줄기 역시 검은 거대한 감나무를 내세워 그를 맞는 것이었다. 소년은 직감적으로 감나무가 자신을 보고 있다는 것과 그 감나무에 어떤 영(靈)이며 혼(魂)이 깃들어 있다는 것을 깨달았다. 감나무는 다가갈수록 커지고 무서워졌다. 길은 점점 좁아졌고 길 양쪽 풀은 언제라도 가느다란 길을 덮칠 것처럼 안쪽으로 휘어져 있었다. 길 끝 사지땅 마을에서도 인적이 보이지 않았다. 말리는 고추도 빨래도 개 짖는 소리도 없이 침묵에 잠겨 있었다. 햇빛은 엿가락처럼 희고 뜨거웠으며 조 대가리는 움직이지 않았고 바람도 불지 않았다. 그 모든 것이 소년쯤은 무시하고 있는 것 같았다.

사지땅 뒷산은 무덤 천지였다. 사지땅이 아니라 묘지땅이라고 해도 될 정도였다. 무덤 사이로 덤불과 가시나무가 무성하게 자라 숲을 이루었고 여름밤마다 도깨비불이 흐른다고 했다. 읍내 아이들은 도깨비불을 쉽게 볼 수 없었지만 사지땅 바로 맞은편 마을에 사는 아이들은 사실이라고, 큰 비밀을 가르쳐주듯 말했다. 사지가 왜 사지인 줄 느들 아나? 죽을 사(死), 따 지(地)라서 사지땅이라. 죽은 땅. 아니 '죽음의(死之) 땅'인지도 모른다. 노랫말처럼 머릿속에서 맴도는 말을 누가 만들어냈는지, 스스로가 만든 건 아닌지 그는 확실히 알 수 없었다. 여우가 사람을 홀려 간을 빼가고 늑대가 아기 울음을 흉내내어 여자들을 꼬여낸 뒤 잡아먹는 곳. 그래서 무덤이 더 불어나는 악순환의 공동묘지, 사지땅.

그는 공동묘지에서 눈을 떼지 못한 채 자그마한 언덕을 넘어섰다. 그리고 무수한 무덤들 바로 아래 깨밭에서 김을 매는 어머니를 발견했다. 깨밭 안에도 무덤이 있었다. 깨밭 아래에도 무덤이 있었다. 그때 벙어리 뻐꾸기가 울었다. 벅벅 벅벅구. 벅벅 벅벅구. 그 소리를 듣는 순간 그의 머리털은 하늘로 곤두서고 온몸에 맥이 풀렸다. 다리가 실처럼 꼬여 금방이라도 넘어질 것 같았다.

그런데 그의 어머니는 그를 보지도 못하고 무슨 일엔가 골몰하고 있었다. 어머니의 손에는 호미가 들려 있었다. 몸은 밭고랑에 있었고 손은 풀을 뽑아내고 있었다. 그렇지만 어머니의 정신은 딴 데 팔려 있었다. 그게 그를 제정신으로 돌아오게 했다. 어머니의 베적삼은 땀에 젖어 있었다. 머리칼 역시 땀에 젖어 있었다. 얼굴도 땀에 젖어 있었다. 그리고 뭔지 모르는 것에 온 존재가 젖어 있었다. 그는 당황했다. 맨 먼저 손에 들고 있는 고구마를 어떻게 할지 갈피를 잡을 수 없었다. 재빠르게 어머니 앞으로 달려가, 아들이 착하게도 고구마 도시락을 가지고 왔다고 말할 것인가. 그러기에는 어머니의 모습이 너무도 완전했다. 그 정경에 뛰어드는 것은 새 거울을 깨는 것처럼, 잘 차려놓은 밥상을 걷어차는 것처럼 어려웠다. 무엇엔가에 골몰해 있는 그의 어머니는 젊었다. 아름다웠다. 전에 한 번도 본 적이 없는 딴사람이었다. 그는 고구마를 움켜쥐고 돌아섰다. 그 여자가 어머니가 아닌데 고구마를 줄 이유가 없었다. 소년은 달리기 시작했다. 맞바람이 불었다. 돌아가라는 듯이 불었다. 그의 몸이 곧 공중에 떠오를 것 같았다. 그는 입을 벌렸다. 너무나도 갈망해왔던 일이 벌어지려고 하고 있었다. 그때 그의 어머니가 그를 불렀다. 뒤에서 쫓아오기라도 하는 것처럼 "석호야, 석호야" 하고 불렀다. 여우처럼 늑대처럼 불렀다. 넋을 앗듯 간을 뺄 듯 불렀다. 그 소리가 마법을 푸는 주문이라도 되는 양 그의 몸이 가라앉기 시작했다. 실망한 그는 돌아보지 않았다. 그는 그 뒤 단 한번도 그 따위 여우나 바람이나 어머니의 부름에 돌아본 적이 없었다.

사지땅에 가기 전 그는 시내에서 가장 큰 할인매장에 들렀다. 거기서 십칠 년산 위스키를 찾았다. 십이 년산이나 십오 년산은 흔했지만 십칠 년짜리는 별로 없었다. 그런 건 서울에나 있었다. 그는 창고까지 뒤지게 한 끝에, 결국 십칠 년산 위스키를 두 병 살 수 있었다. 그러고는 사지땅으로 갔다.

어린 시절 그가 살았던 초등학교 근처에서 사지땅까지는 차로 십 분밖에 걸리지 않았다. 신작로는 콘크리트로 포장이 되어 있었고 냇가에는 새로 놓은 듯한 시멘트 다리가 있었다. 그는 그 다리를 오 초 만에 통과했다. 산 아래 왼편에 있는 마을은 자그마했다. 그 마을의 어딘가에서 그가 태어났을 것이었다. 마을 오른편, 좁다란 밭둑길을 따라 언덕으로 걸어올라가면 깨밭이 있을 터였다. 그는 길가에 차를 세웠다. 깨밭을 어림해보았지만 잡목숲 때문에 보이지 않았다. 무덤은 훨씬 더 많아진 것 같았다. 예전에 비해 훨씬 작아 보이는 마을은 여전히 고추도 빨래도 개 짖는 소리도 없이 눈부시게 흰 햇빛 아래 침묵하고 있었다. 날씨 참 좋구먼. 좋아. 그는 참나무통 속에서 십칠 년 묵은 스카치 위스키를 꺼냈다. 포장을 뜯고 한 모금 마신 뒤 병을 들고 밭이 있던 곳으로 걸어갔다. 감나무는 없었고 벙어리 뻐꾸기도 울지 않았다. 그를 위협하는 존재는 더이상 없었다. 가시나무와 풀뿐이었다.

실상 그는 맨정신으로 사지땅의 깨밭을 대면할 자신이 없었다. 그래서 그는 술을 마셨다. 길을 찾으면서 자신에게 그런 일을 하게 만든 아버지를 욕하기 시작했다. 그는 자신의 아버지가 책임지지 못할 말만 골라서 하는 허풍쟁이였다고, 어릴 때 얻어배운 한자 나부랭이 같은, 아무 쓸데 없는 것을 자랑하면서 세월 다 보내고 가족의 생계에는 무책임하던 아버지라고 욕했다.

그 무책임한 남편과의 사이에 1남 4녀를 두고 꼬박 이십 년을 산 그의 어머니, 환갑을 조금 넘어 치매증상이 나타나기 시작한 그의 어머니는 둘째여동생과 함께 살고 있었다. 그의 아내는 가게 하나는 자신이 맡아 운영해야 하고 아이들 교육환경 때문에라도 환자를 집에 모시고 살 수가 없다면서 시어머니를 몇 해 전 이혼하고 혼자 사는 둘째시누이에게 가게 했다. 여동생은 일하는 동안 어머니가 집을 나와 발작을 하든가 해서 시청으로 신고가 들어가면 곧바로 집으로 돌아가야 했는데 그러다가 직장에서 해고되고 말았다. 어머니를 요양기관에라도 보내면 좋겠지만 돈이 많이 든다니까 차라리 그 돈을 월급처럼 받고 어머니를 모시고 살겠다고 여동생은 말했다. 처음에는 오남매가 금액을 분담하기로 했지만 몇 달이 지나자 각자의 집에도 비슷한 일이 생겨 더이상 돈을 낼 수 없겠다는 통고가 왔고(그것도 짜고 한 듯 한날한시에) 모든 부담이 그에게 돌아왔다. 그가 금액을 삼분의 이로 줄이고 난 뒤 다른 여동생이 분담금 대신인지 둘째언니가 어머니를 때린다는 소문을 그의 아내에게 전해왔다. 그는 막 차를 사고 난 다음이라 한동안은 여동생에게 돈을 더 보낼 여력이 없었다. 그러던 차에 그는 사지땅의 밭을 기억해냈다.

그는 어머니에게 전화를 걸었다. 그의 어머니는 사지땅의 밭은커녕 자신이 어디 있는지도 몰랐다. 그는 현장에 가보면 생각이 나겠지 하는

마음으로, 군청 가서 찾아보면 되겠지 하면서 근 십 년 만에 낙양에 온
것이었다. 새 차를 타고 왔다. 사지땅에 왔다. 그렇지만 그의 눈에는 밭
이 보이지 않았다. 무덤이었고 가시나무 숲이었고 다리를 휘감는 풀,
어슬렁어슬렁 지나가는 맹꽁이만 있었다. 길은 끊어지고 밭은 사라졌
다. 양주병을 들고 있던 그의 팔뚝의 긁힌 자국에서 피가 흘렀다. 땀으
로 셔츠가 젖었다. 바짓단에는 끈끈한 쇠무릎 씨가 들러붙었다.

"지기랄. 지기랄. 지기랄."

그는 욕을 하면서 그때마다 한 모금씩 술을 마셨다. 한 시간 넘게 헤
맸지만 밭은 찾을 수 없었다. 무덤가에 앉아 있다보니 땀에 젖었던 몸
이 떨려왔으므로 그는 다시 몇 모금의 술을 들이켰다. 그는 결국 밭 찾
는 일을 포기했다. 차로 돌아오자 날이 갑자기 어두워지기 시작했다.
그는 길가 도랑에 대충 팔을 씻고 차를 출발시켰다.

사지땅과 읍내의 경계를 이루는 냇가 다리 앞에 이르렀을 때 도로가
파여나간 자리가 있어서 차의 바닥이 땅에 긁혔다. 그의 입에서 다시
욕이 튀어나왔고 그는 방금까지의 전례에 따라 다시 술을 한 모금 들이
켰다. 그런데 전조등에 다리와 다리 곁에 서 있는 무릎 높이만한 자연
석이 비치는 것이었다. 그는 자연석에 글자가 씌어 있는 것을 알고 무
심코 그 글자를 읽었다.

"사, 직, 단."

그는 고개를 돌려 자신이 헤매던 곳을 바라보았다. 앞을 보고 "사직
단" 하고 다시 말한 뒤 부름에 답하듯 뒤를 돌아보았다. 어느새 마을에
는 주황색 가로등이 켜져 있었다. 불을 켠 손가락의 주인은 누구인가.

그는 귀신이 마을에 있다가 불을 켠 것으로 생각했다. 그리고 그 귀신들이 자신이 그 밭을 못 찾고 헤매는 것을 숨죽여, 귀신도 숨을 쉬는지는 모를 일이지만, 지켜보고 있다가 길을 찾을 듯하면 숨기고 감추었을 것이라고 단정해버렸다. 그러면서 소름이 끼치고 머리칼이 곤두서게 된 그는 차에서 내렸다. 자연석에 검은 글씨로 음각된 글자를 다시 읽었다. 다리의 이름은 사직단교(社稷壇橋)였다. 그는 돌을 발로 찼다.

"사지땅은 사지땅이지, 사직단이 무슨 말이야. 될 수가 없지. 없다고. 한 번 사지땅 하면 죽어도 사지땅이야."

술병은 어느새 다 비었다. 그는 차에 올라서 유리창을 내린 뒤 냇가로 빈 술병을 던지려고 했다. 그러면서 힘이 가해진 그의 발끝에 가속 페달이 눌려지며 차가 왈칵 앞으로 굴러갔다. 핸들을 붙드는 순간 이미 차는 삼사 미터 남짓 높이인 다리 아래로 기울기 시작했다. 다행히도 뒷바퀴 부분이 다리에 걸려 차는, 훈련병이 엉덩이를 높이 들고 엎드려 뻗쳐를 한 것 같은 모양으로 멈추었다. 그는 안전벨트를 풀고 나가보려고 버둥거렸지만 기울어져 있는 차 안에서는 도무지 힘을 쓸 수가 없었다. 냇물과 칠십 도 정도의 각도를 이룬 채 그는 운전대와 그 주변에 온몸이 밀착된 채 고함을 질렀다. '살려달라'고 해야 할 것이지만 그가 알기로 사지땅에는 산 사람을 죽음으로 몰아넣기 좋아하는 귀신이 있었다. '누구 없어요?' 하기는 쑥스러웠다. 그래서 그의 입에서 나온 소리는 '이이이익' 하는 아무 의미도 없는 소리였다. 그러고 있는데도 전화가 왔다. 놀라운 것은 그런 정황에서도 전화를 꺼낼 수 있고 받을 수 있다는 것이었다. 전화를 걸어온 사람은 병역과 무슨 일로 한두 해쯤 교도소에 다녀온 것 말고는 태어나서 지금까지 낙양을 떠나본 적이 없다는 만기였다.

"핸드폰에 번호가 찍혀서 전화했는데요. 거 누구십니까."

그는 급한 와중에도, 너는 누구냐, 개새끼야, 라고 호기롭게 외쳤다. 그러자 상대도 네가 누구인지 밝히라고, 개새끼를 달아서 소리를 질렀으므로 두 사람이 서로에 대해 알게 되는 데는 상당한 시간이 흘러야 했다. 그와 만기는 서로의 정체를 확인하고 난 뒤 근황을 물었다.

"나 지금 십 년 만에 고향에 왔다가 사지땅 다리 밑에 있다, 개새끼야."

"네가 정찬조도 아닌데 뭐 한다고 거기 처박히 있나, 개새끼야."

정찬조라는 광인이 다리 밑에 살면서 스스로를 세계 대통령이라고 호칭하며 오줌으로 세계지도를 그리던 시절에 그들은 같은 초등학교에 다녔다.

"모르겠다, 개새끼야. 빨리 꺼내조라, 개새끼야."

"야, 이 등신 같은 새끼야. 술 처먹고 사고 쳐놓고 욕을 하고 지랄이냐, 개새끼야. 너 거기서 꼼짝하지 말고 있어라, 개새끼야. 내 후배놈 하는 카센터에 전화해서 견인하러 보낼 테니까, 라이트 끄고 가만히 처박히 있으란 말이다, 개새끼야. 지나가던 경찰이 너를 보면 구속이다, 개새끼야. 알았나, 이 개새끼야."

"알았다, 개새끼야."

오 분도 되지 않아 견인차가 조용히 달려왔고 조용히 차를 끌어올렸다. 차는 처박혔다 제자리에 돌아온 것치고는 거의 멀쩡했다. 그 역시 목이 조금 쉰 것 말고는 멍든 데 하나 없었다. 그는 견인차 기사에게 돈을 치르고 나서 멀쩡한 차의 시동을 걸었다. 그러고는 멀쩡할 사지땅 밖의 세계로 향했다. 차와 사지땅 바깥세계는 정상이었는지 몰라도 운전자는 정상인도 순한 양도 아닌 슈퍼맨이었다. 시내에 들어선 그의 차가 차선을 왔다갔다하자 뒤따라오던 차의 운전자가 전조등을 번쩍거리고 경적을 울렸다. 그는 그 차가 추월하지 못하도록 길 양쪽을 눈부신 속도로 왕복하다가 싫증이 나자 차를 세웠다. 뒤차의 운전자 역시 차를 세우고 내렸다. 차에서 내린 슈퍼맨과 일반인의 싸움은 결과가 뻔했다. 그는 뻔한 결과를 뒤로하고 늠름하게 차로 돌아가 차를 출발시켰다. 그런데 멀쩡하던 차가 슈퍼맨의 영향을 받았는지 전진하기 전 먼저 후진으로 뒤차를 들이받아 엔진룸 앞부분이 벌떡 일어나게 한 뒤 다시 전진하기 시작하는 것이었다. 일심동체가 된 그와 그의 차가 떠나고 난 뒤 한 방에 나가떨어졌던 뒤차의 운전자가 경찰에 신고란 걸 했다. 그는 낙양 영빈관다리 북쪽 검문소에서 경찰의 제지를 받았다. 음주운전 단속을 하자는 게 아니었다. 폭행, 뺑소니에 대해 신고가 들어와서 그런다는 것이었다. 그는 상황이 복잡해지자 만기에게 전화를 걸었다. 만기가 낙양 지역 최대 규모 계모임의 회장을 십여 년 역임하고 나서 증경회장이라는 명예로운 호칭을 얻었다는 것을 그도 알고 있었다.

"야 이 개새끼야. 너 거기 어디야, 개새끼야. 물에 빠져서 죽어가는 놈 살려냈더니 술 처먹고 오줌눈다고 하고는 도망가? 너 이 개새끼, 나한테 걸리면 죽었다. 어디냐고, 이 개새끼야."

그는 휴대전화를 얼른 경찰에게 넘겨주었다. 경찰은 어리둥절한 채 전화를 받고 상대를 확인하더니 조금 길다 싶게 통화를 했다. 그는 만기가 힌트를 준 대로 오줌을 누는 척하고 도로 옆 숲으로 갔다가 논두렁 밭두렁을 박박 기어서 도망쳤다.

다음날 아침 그는 만기에게 다시 전화를 했다. 만기는 차가 망가져서 고쳐야 하니까 두고 가라고 했다. 신고를 한 사람도 있고 신고를 받은 사람도 있는데 신고 대상이 된 사람이 사라져서 생긴 문제를 해결하기 위해 돈이 필요하니 있는 대로 찾아서 맡기고 가라고 했다. 그는 시키는 대로 했다. 휴대전화를 돌려받을 때도 욕 같은 건 한마디도 하지 않았다. 술이 깬 그는 술 취하기 전과 마찬가지로 얌전한 새끼양 같았다.

넙춘이

그는 영빈루에 들어선다. 영빈루는 중국음식점이다. 그는 자신이 오전에 친구와 들렀던 지하다방 이름이 영빈다방이라는 것을 기억하지 못한다. 그가 영빈루에 발을 들여놓은 이유는 이름과는 별 상관 없다. 정확히는 이름이 적힌 간판과 유리창 때문이다. 붉은 나무판에 금색으로 씌어진 영빈루 간판은 일제시대에 지어진 이층집 짤따란 처마 위에 비뚜름하게 걸려 있었다. 그 뒤 흐린 유리창에 한 글자씩 한자로 '迎, 樓, 賓'이라고 씌어 있었고 조금 떨어진 유리창에는 짜장, 우동이라는 글씨가 다른 글자보다 작게, 다른 글자와 마찬가지로 붉은 페인트붓으로 씌어 있다. 그는 창에 적힌 붉은 글자들과 늙은 짐승의 입처럼 벌어진 목조계단을 보고는 미끼를 문 물고기처럼 딸려온 길이다.

그는 낙양 읍내에서 태어나서 중학교를 마칠 때까지 읍내를 벗어나지 않았다. 자장면을 가장 많이 먹을 법한 시절을 읍내의 중국음식점과 함께 보낸 것이다. 간혹 집에 모임이 있을 때 부인네들은 중국음식을 배달시켜 먹었는데, 그 중국음식을 일컬어 청요리(淸料理)라고 했다. 그는 청요리가 속이 말갛게 들여다보이는 요리인지 청나라식 요리인지 아니면 또다른 뜻인지에 대해서는 관심이 없었지만 자신이 살던 학교 사택에서 곗날 청요리를 시켜 먹던 부인네들 대부분이 한복을 입는 데 대해서는 궁금하게 생각했다. 그의 어머니도 그날만은 한복을 꺼내입고 화장까지 했다. 교사도 아니고 학교의 소유자는 더더욱 아니면서 공립학교 사택에 들어갈 수 있었던 아버지의 능력에 대해서 그가 잘 몰랐던 것처럼 그 당시 부인네들이 곗날 한복을 왜 입었는지에 대해서도 잘 모르고 있었다. 그가 알고 있는 곗날의 한복은 아무 의미가 없을 수도 있다. 이를테면 집에 한복밖에 없는 여인들끼리의 계모임이라서 그랬는지도 모른다.

그중에서도 그가 아직까지 기억하고 있는 얼굴은 계원 가운데 나이가 많은 축에 들면서도 '넙춘이'라고 누구에게나 이름을 불리던 여인이다. 대략 삼십대 중반에서 후반 사이인 그녀는 이름에서 연상되는 것처럼 얼굴이 넙데데하거나 네모진 게 아니라 갸름한 달걀형이었다. 그런데도 비슷한 연배의 부인네들은 넙춘이, 넙춘아라고 그녀의 이름을 불렀다. 그녀보다 나이가 아래인 부인네들은 자기들끼리는 아이들 이름을 따서 철수 엄마니, 철수네로 부르다가도 넙춘이에게만은 넙춘이 형님 하는 식으로 부르고, 없는 데서는 그냥 이름만 불렀다. 그럼에도 그녀 넙춘이는 그런 일에 그다지 개의치 않는 눈치였다. 아니 워낙 어린 시절부터 그렇게 불려왔기 때문에 이름에 관해서는 어느 정도 체념한 것인지도 몰랐다. 이름이 불리든 말든 그녀는 그의 어머니를 포함해서 모임의 여인네들 가운데 가장 여성스럽고 마음이 고왔다. 아니, 그건 소년의 일방적인 판단이었을 수도 있다. 오후 서너시에 학교에서 돌아오면 이미 계모임은 절정으로 치닫고 있어서 그의 어머니를 포함한 여인네들은 저고리가 땀에 젖을 정도로 노래와 춤과 놀이에 열중해 있었다. 오직 넙춘이만이 소년에게 잘 다녀왔느냐고 인사를 하고 손에 동전을 쥐여주든가 머리를 쓰다듬어주었는데, 그게 진심에서 우러나온 행동임을 소년은 즉각 알아차렸다. 여인들은 저녁때가 다 되도록 맥주를 돌려 마시기도 했고 목청 높여 서로를 손가락질하기도 했다. 학교 사택은 일제시대부터 있던 것이라 나무가 무성하고 담이 높아 이웃에서 여인네들의 취태를 알아차릴 가능성은 높지 않았다. 그래서 계모임은 그의 집에서 자주 열렸을 것이다. 소년의 아버지가 병으로 쓰러져 눕고 환자와 함께 식구들이 그 집에서 물려나게 되기까지는. 소년은 넙춘이를 열 번쯤 보았는데 그 열 번 동안 넙춘이는 한 번도 몸가짐이 흐트러진 적이 없었다.

식당 안은 조용했다. 일고여덟 개의 낡은 식탁이 놓인 홀과 칸막이가 있는 방이 있어서 넓다는 인상을 주었다. 벽에는 흰색 아크릴에 요리 이름이 적힌 식단이 걸려 있었는데 그게 그 공간 안에서 가장 새것인 것처럼 보였다. 그 식단에 들어가지 않는 음식은 아크릴 식단이 생기기 전 원래 써왔던 것으로 보이는 칠판에 나열되어 있었다. 신식 식단은 중국

음식을 대표하는 자장면, 짬뽕, 우동, 탕수육, 라조기, 팔보채 등속이었다. 칠판에 적힌 음식은 그의 눈에는 생소한 것들이 대부분이었고 그가 먹어본 것은 류산슬 정도였다. 홀 한가운데에는 난로가 놓였던 흔적이 남아 있었고 흰 가운을 입은 중년의 사내가 의자에 앉아 스포츠신문을 보고 있었다. 가운 때문에 그는 그 사내가 주방장임을 알아차릴 수 있었다. 신문 너머로 그를 흘끔 넘겨보는 사내의 얼굴은 펼친 신문처럼 넓적했다. 그는 그 순간 넙춘이를 떠올렸는데 사내는 다시 생김새로 보면 자신의 큰형님이라 할 만한 신문으로 눈을 옮겼고 어서 오라, 앉아라, 무얼 먹겠느냐 등등의 손님맞이 의례를 의례적으로라도 할 생각이 전혀 없는 것 같았다. 그런 일은 다른 사람이 하게 되어 있는 것 같았고 그 사람들은 주방 안에서 자기들끼리 무슨 이야기를 하고 있었다.

그가 넙춘이의 이름에 얽힌 비밀을 푼 건 오래되지 않았다. 그의 어머니에게 넙춘이의 부고가 전해진 건 치매가 오기 전 그의 집에 살았을 때이니 서너 해 전이었다.

"아이고마, 넙추이가 죽었구나. 나보다 나이가 한 살밲이 안 많은데. 가보기는 가봐야 하겠구마는 가마 또 누구 죽고 누구는 다 늙어 비름박(바람벽)에 똥칠하고 산다는 소리 듣기 싫어서⋯⋯"

전화를 끊고 그를 향해 중얼거리다시피 말하는 어머니에게 그는 비로소 궁금했던 것을 물었다. 왜 넙춘이는 나이가 많으면서도 사람들에게 이름으로 불리는가. 왜 넙춘이의 얼굴은 넓적하지 않은가. 그의 어머니는 고개를 갸우뚱했다.

"내가 언제 넙추이를 넙추이라 캤노."

그는 지금도 넙춘이라고 하면서 어째서 넙춘이라고 한 적이 없냐고 힐난하듯 말했다. 그러나 그의 어머니는 고개를 저었다.

"그기 그런 기 아이라. 넙추이 어머이가 넙추이 전에 딸만 다섯을 낳고, 또 넙추이를 뱄다가 이번에는 백분 아들이지 했는데 낳다보이 또 딸이네. 그래서 저 어머이가 도로 들어가라, 나중에 늦게 나오라고 막 밀어넣었다 카대. 그래 늦게 나오라고 해서 늦추이라."

그러니까 그가 잘못 알고 있었던 건 '너'와 '느'의 발음이 잘 구별되지 않는 사투리 탓이었다.

"그래도 이름에 봄 춘(春)자를 넣은 걸 보면 딸을 이뻐하긴 했네. 춘이란 글자가 들어가면 여자잖아. 둘째이모도 춘희고 성춘향이도 춘자 들어가고……"

"누가 지 애비 안 닮았다 카나, 이름 가이고 따져쌓기는…… 그기 봄 추이 아이고 나중에 하는 늦게 나와라 하는 출이라 카더라."

"아니 늦게 나오라는 날 출(出)자면 늦출이가 되어야지 왜 넙춘이가 되느냐고. 나는 어릴 때 만날 그렇게 들었는데."

"그기 암매 이핀네들이 부르기 핀하라고 그랬는가비다. 무슨 뜻이 있었겠노."

그 뒤에 그는 '늦출'이의 자매들 이름도 알게 됐다. 맏이가 서운(西 云, 일명 섭섭이), 둘째가 후남(後男), 셋째는 필남(必男)이었다가 말순(末順), 필녀(畢女), 고만에까지 이르렀다고 했다.

정작 얼굴이 푸짐하게 넓어 넓디넓은 세상에 나왔다는 의미의 넙출이라고도 불릴 법한 주방장은 계속 스포츠신문만 보고 있었다. 그것도 만화가 양쪽에 있는 면을 크게 펼쳐놓고 입으로 무슨 말인가를 중얼거려가며. 그는 주방 안에서 사람들이 나오기를 기다렸지만 안에 있는 사람들은 그가 왔는지 안 왔는지 관심조차 없는 것 같았다. 주방 밖 홀에 앉아 있는 사람들 모두의 귀청이 울릴 정도로 큰 대화 내용으로 미루어, 그들은 음식점 주인과 여주인이었다. 여주인의 말인즉 남편이 무슨 체면에 상관이 된다고 그러는지 음식 재료 손질 하나도 제대로 하지 못한다, 안 한다는 것이었다. 그런 한심한 주인 때문에 식당은 곧 망하게 될 것이다. 요새 도대체 하루 종일 오는 손님이 몇이나 되느냐.

"그랜께 재료가 뭔 필요가 있니야고. 손님도 없는데 어떤 놈이 처먹는다고 양파를 열 자루 스무 자루를 까라 카니야고. 또 내가 양파를 안 깠니야고. 눈물이 나서 깔 수가 없어서 잠시 이래 놔둔 거를 가이고 사람을 콩 볶고 쥐 잡듯 하마 내가 콩이고 쥐라 캐도 성질이 안 나겠니야고. 내가 콩이요, 쥐요?"

그는 주전자가 있는 식탁으로 가서 잔에 물을 따라 마시면서 넓적한 얼굴의 사내에게 주문을 했다.

"간자장 한 그릇요."

그러자 넙출이는 신문을 탁 접어서 탁자에 내려놓고 자리에서 일어섰다. 무표정하게 뒤돌아서서 주방으로 향하는 그의 키는 날개에 파리 똥 자국이 새카만 천장의 선풍기에 닿을 듯 컸다. 이윽고 주방에서 무엇인가를 써는 소리가 경쾌하게 탕탕, 들려오기 시작했다. 치이익, 하고 무엇인가 볶이는 소리가 났고 그의 코를 벌름거리게 하는 음식 냄새가 풍겨오기 시작했다. 양파에 관한 주인 부부의 논쟁이 다시 되풀이되고 난 뒤 넙출이는 면이 담긴 그릇과 자장 그릇, 양파와 단무지 반찬을 두 손에 나눠 들고 나타났다. 그릇을 그의 식탁에 내려놓은 넙출이는 의자에 앉아 긴 다리를 쭉 뻗으며 스포츠신문을 다시 집어들었다. 그는 젓가락을 쪼개 면을 비비면서 주방에서 들려오는 사람들의 말에 귀를 맡겼다.

도대체 내가 콩이요, 쥐요?

심청전

"할매요, 그거 지발 밑에다 내려다놓으소. 냄새가 나서 갈 수가 있습니까. 예?"

버스 기사는 두번째로 노인에게 권유하고 있었다. 노인은 그전과 마찬가지로 고개를 절레절레 흔들었다.

"서울 사는 우리 딸네 먹을 낀데 누가 훔치가마 우앨라고."

플라스틱 통을 검정 비닐로 싸고 보자기로 묶어 제법 단단하게 꾸린 것 같았지만 냄새는 막을 수가 없는 모양이었다. 노인이 옆자리에 놓고 껴안다시피 하고 있는 건 어른 무릎 높이 크기의 김치통이었다. 건너편 자리에 앉아 있던 그는 웬일인지 노인에게서 눈을 뗄 수가 없었다. 그에게 노인의 사투리보다 더 고향의 느낌을 주는 것은 노인의 생김새와 행동이었다. 노인은 몸이 자그마했다. 원래 작았다기보다는, 아이들이 자라서 고향집에 갔을 때 집이 작아 보이는 것처럼 작아진 것 같았다.

동작도 작았다. 버스에 올라올 때도 계단 하나에 두 발을 다 올려놓고 한 발을 떼놓는 식으로 올라왔다. 짐이 무거워서 그런 것만은 아닌 것이 그 짐을 먼저 버스에 타고 있던 그가 들어올려주었기 때문이다. 노인은 말을 할 때 입을 크게 열지도 않았다. 작은 손으로 김치통을 껴안고 작은 이를 보이며 말했다.

"여 탄 사람들도 다 짐치 먹고 산다. 짐치 먹고 딘장 먹고 고치장 먹고 사는데 누가 뭐라 칸다고 자꾸 밑에다가 주너라 카나."

김치를 먹고 사는 사람들이라면 잘 익은 김치 냄새가 버스 안을 태풍처럼 휩쓸고 다닌다 해도 개의치 않을 것이라는 게 노인의 주장이었다. 된장 먹고 고추장 먹는 대한민국 사람이라면 그에 대해 뭐라고 하는 게 도리가 아니라는 뜻이리라. 기사가 작전을 바꾸었다.

"할매요, 어데서 오싰어요? 어데 사시요?"

노인은 경계를 풀지 않았지만 금반지를 낀 손가락으로 입가를 훔친 뒤 대답했다.

"저 심청전을 지나가이고 연원에."

"무슨 동네 이름이 이야기 제목하고 같애요? 심청전이라이 효녀 심청이 살던 동넨가."

사십대 중반쯤 되는 기사는 낙양 사람이 아니었다. 아니, 낙양 사람이라도 심청전을 본 적이 없는 동네 출신일 것이다. 낙양읍에 살던 사람들은 심청전을 다 알았다. 효녀 심청 이야기를 많이 들어서, 심청의 고향이 낙양이라서가 아니었다.

16세기에 한 인물이 낙양부사로 부임하여 이듬해 봄까지 직을 역임

하면서 낙양의 소년과 젊은 선비를 모아 가르치고 그들로 하여금 문회(文會)를 열도록 했는데 이때 지은 정자가 연당(蓮堂)이었다. 임진왜란 때 불타버린 것을 중건했고 한일합방 후 시가지를 정비하던 중에 헐릴 뻔한 것을 독지가 십여 명이 사들여서 북천가 지금의 자리로 옮겼다. 마침 그곳에 약천(藥泉)이라는 샘이 있어서 이름을 침천정(枕泉亭)이라고 했다. 침은 베개를 삼는다는 것이고 천은 샘이니 유유자적 자연에서 즐기는 것을 일컬을 것이다. 언제부터 침이 심이 되었는지 모를 일이지만 침이 심이 된 연후에 천이 청이 되기는 한결 쉬웠을 터이다.

그가 어떻게 이런 사연을 세세히 알고 있는가 하면, 그 독지가 중 한 사람의 손자였기 때문이고 그 독지가가 침천정을 옮기고 중수한 기록을 목판에 새겨 침천정 안에 남겼기 때문이며 그의 아버지가 틈만 나면 침천정의 목판 이야기를 꺼냈기 때문이었다. 그의 아버지는 낙양에서 심청전을 침천정으로 알고 있는 몇 안 되는 사람 중 하나였다. 또한 자신과는 별 상관 없는 영빈관을 인빈간으로 알고 있는 수많은 사람 가운데 하나이기도 했다.

그는 사십여 년 전 어느 하루가 들어 있는 사진을 떠올린다. 냇가 절벽 아래 배를 띄워놓고 그 뱃전에 걸터앉아 카메라를 바라보고 있는 사내들의 사진이다. 맨 앞 왼쪽의 사내는 서른 살이 되었을까 말까 해 보인다. 다른 사람들과 마찬가지로 셔츠만 입고 양복바지는 무릎까지 걷어올린 채 미소를 짓고 있다. 그의 아버지는 그 뒤쪽에 앉아 있다. 다른 사람과 달리 큰 선글라스를 끼고 담배를 물고 있는데 사진 한 장 한 장이 큰 의미를 가졌을 당시 스스로가 파격을, 예를 들어 벼슬에 연연치 않고 강호에서 유유자적하려 정자를 옮겼던 사람들처럼, 시도하고 있다는 데 적이 만족하고 있는 듯하다. 입가에 있는 웃음기가 그의 만족감을 대변하고 있다. 그의 아버지는 막 자신의 아버지가 당대의 명사들과 함께 침천정을 옮기고 중수기를 썼다는 이야기를 했을 수도 있다. 그 청중이 되었을 법한 서너 명의 사람들이 배에 앉아 있는데 나이는 비슷해 보인다. 그는 그들이 누구인지 살았는지 죽었는지 모르지만 그 사진을 찍은 장소가 어디인지는 안다. 사진 아래에 '北川. 六四年. 九月.'이라는 글자가 세로로 씌어 있기 때문이다. 그가 태어나기 한 달 전 그의 아버지는 북천으로 뱃놀이를 하러 갔다. 배부른 어머니를 떼어놓고 갔다. 젊은 아버지의 얼굴은 무척 희었다. 그 사진으로 아버지의 나이는 서른 살에서 멈추었다. 죽은 아버지의 소지품을 불태울 때 사진첩에서 그 사진만 빼낸 어머니는 그 사진을 가지고 자식들 집을 전전했다. 죽기 직전 그의 아버지는 중풍으로 온몸이 굳었다. 검은 감나무처럼 늙어 보였다. 사진 속의 아버지는 그와 대조적으로 생생하게 살아 있었다. 해맑은 가을 햇빛 아래 영원히 빛날 것 같은 양양한 기록으로.

"서울 산다는 딸래미는 어데 살아요? 할매 손자는 및이라요?"

운전기사의 작전은 계속되고 있었다. 그러나 노인은 만만치 않았다.

"왜 집에까지 딜다줄라고? 우리 다섯째딸 밑에는 손자가 하나뿐이라. 다 합치마 손자 손녀가 한 오십 되겠네. 바로 가들 집이 사당동이라 카던데."

"아, 사당동, 우리 처남이 사당동 사는데. 우째꼬. 버스는 가야 되고. 할매요, 지가 이거 들고 니리가서 짐칸 제일 안쪽에 잘 모시놓고 있다가 니릴 때 꼭 챙기드리겠으니까 이거 좀 날 주소."

"그카다가 잃어뿌리마 우얠라고."

그때 뒤쪽 자리에 앉은 중년 여인이 끼어들었다.

"아따, 그 김치 한 통 잃고 말고 하는 게 뭐가 그리 대단하다고 그래 싸시오. 그래 대단한 김치마, 그거 꼭 끌안고 가시야 되마 기차를 타고 가시지 그랬어요. 할매요, 고마 그러시소. 그거를 밑에다 실어야 차가 출발하든동 하겠네."

노인은 뒤를 돌아보고 같은 열에 앉은 그에게도 시선을 보냈다. 누군가 자기 편을 들어주기를 기다리는 것 같았다. 그러나 노인의 편을 들든 안 들든 간에 버스 안에 있는 손님은 그들이 전부였다. 그때 검표원이 올라와 표를 확인했다. 뒷자리에서부터 표를 확인하고 그의 차례가 되자 검표원은 코를 킁킁거리기 시작했다. 노인이 가방에서 힘들게 표를 꺼내는 동안 그의 시선은 버스의 내부 전후 좌우 상하를 거쳐 노인의 보따리에 멎었다. 표를 확인한 뒤 검표원은 냉큼 그 보퉁이를 들고 내려가버렸다.

"아이고, 저 사람, 저 총각이 왜 저카나!"

총각은 촌각의 지체도 없이 보퉁이를 짐칸으로 집어넣었다. 그제야 노인은 사태를 파악하고 힘없이 중얼거렸다.

"우리 딸내미 온 식구들 먹을 낀데, 저 잃으마 우리 딸네 사우한테 클 나는데……"

기사가 문을 닫았다. 짐칸 문이 닫혔다. 버스가 움직이기 시작했다.

버스가 북천 위를 지나간다. 그는 북쪽 언덕의 침천정을 무심히 보고 있다. 눈을 감는다. 마음속의 거대한 흑백사진을 유심히 본다. 사진 바깥에 살아 있는 그를 실은 버스는 영빈관다리와 평행하게 달려간다. 그의 옆에서 스포츠신문이 펄럭거린다.

노인이 작은 입을 벌려 작은 소리로 외친다. 작고 주름진 눈을 약간 찡그린 채.

"아이고마, 오날 날씨 참말로 좋을세."

고귀한 신세

실제로 그는 실제 나이보다 열댓 살은 젊어 보였다. 아버지처럼 머리가 일찍 세긴 했지만 흰머리와 대조되는 붉은 얼굴에는 주름이 거의 없었다. 물론 그도 오십대에 들어서면서 피부 클리닉을 받았다. 그때도 기미와 점을 빼고 사소한 흉터를 지웠을 뿐이었다. 주름살 제거수술은 받을 필요가 없었고 살결은 아직 부드러웠다.

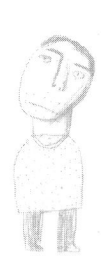

박희제는 J대학병원 앞 네거리의 횡단보도 앞에서 신호가 바뀌기를
기다리고 있었다. 왕복 십이차선의 넓은 아스팔트 도로 표면이 약간 번
들거릴 정도로 빗방울이 떨어지고 있었지만 우산을 써야 할 정도는 아
니었다. 지금 그가 가려는 곳은 걸어서 십 분이면 도착할 수 있었다. 그
는 원래 서울 같은 대도시 도심에서 걷는 일을 좋아하지 않았다. 걸어
다니면서 먼지와 매연, 탁한 공기를 들이마시는 건 줄담배를 피우는 것
이나 다름없다는 게 그의 생각이었다. 하긴 그 속에서 줄담배를 피우며
걸어다니는 사람보다는 낫겠지만, 그는 줄담배라는 게 시간이 걸린다
뿐 한강다리에서 투신하는 것이나 마찬가지라고 말해왔다. 그렇지만
그도 어쩔 수 없이 서울 도심의 길을 걸어야 할 때가 있었다.

  그는 길 건너편 언덕에 자리잡은 J대학병원 강당에서 강연을 하기로
되어 있었다. 그가 차를 타고 나타나는 것을 혹 강연에 참석할 사람들
이 보기라도 한다면 그에 대해 좋지 않은 선입관을 가질 수도 있었다.

J대학병원의 의사와 간호사, J대학의 교수와 교직원이 청중인 그 강연의 제목은 '조화로운 삶'이었고 부제는 '일상으로 만들어가는 행복, 고귀한 나'였다. 그는 이와 비슷한 제목의 강연을 수백 군데 넘게 해왔고 텔레비전에 출연한 것도 수십 번이었다. 마침내 국내 최고 수준인 대학병원의 의사며 교수 같은 전문가들 앞에서 그의 지론과 경험을 풀어놓을 기회를 맞이한 것이었다.

그가 강연에서 말할 내용에는 운동도 포함이 되어 있었는데, 그는 운동 가운데서도 걷기가 얼마나 건강에 유용한 일상적인 행위인지 누누이 강조해왔었다. 걷기는 서울 강변이든 헬스클럽이든 지리산 종주구간이든 다 좋다고 해왔다. 그런 마당에 그가 승용차에서, 그것도 배기량 4200cc 8기통 엔진의 외제차에서 내리는 것을 청중들이 본다면 뭐라고 할 것인지 신경이 쓰이지 않을 수 없었다. 그가 탱크처럼 육중하고 튼튼한 승용차를 가지게 된 건 안전성을 최우선 조건으로 꼽았기 때문이었다.

박희제가 서 있는 큰 네거리의 횡단보도 신호가 바뀌는 데는 평균 일분 사십 초 정도가 걸렸다. 그는 신호가 파란색에서 빨간색으로 바뀐 직후 도착했으므로 짧다면 짧고 길다면 긴 백 초의 시간을 기다려야 했다. 강연 시각까지는 약 이십 분이 남아 있었다. 그가 병원에 도착해 자신을 초청해준 재활의학병동 원장에게 인사를 하고 그의 안내를 받아 청중 앞에 서기까지는 시간이 빠듯했다. 원장이 차라도 한잔 권해온다면, 그 차가 뜨겁기라도 하다면 그는 자칫 입술이나 입 안을 델 수도 있었다. 그는 이처럼 모든 것을 계산하고 미리 대비하는 사람이었다.

원장은 석 달 전, 대체의학 관련 세미나에서 그날 그의 강연이 뜻 깊었다는 인사를 하면서 기회가 닿으면 자신이 재직하는 병원에서도 강연을 했으면 한다고 초청해왔다. 외과와 암 분야에서 특히 유명한 그병원은 그로서도 언젠가 한 번은 신세를 질 수도 있는 곳이었다. 아니그것보다는 J대학병원을 비롯한 유명 병원의 그 오만함, 독선을 귀에못이 박이도록 들어온 까닭에 병원 구성원들에게 생로병사가 자신의일이 될 때 그들 역시 똑같은 오만과 독선에 부딪힐 것이라는 점을 경고해주고 싶었다.

그는 시계를 들여다보았다. 그가 횡단보도 앞에 도착해서 시계를 봤을 때와 달라진 게 거의 없었다. 그는 자신의 시간을, 그게 이 분도 안되는 짧은 시간이라고 해도, 자신의 주변에 서 있는 도심의 보행자들처럼 흘려보내고 싶지 않았다. 그는 집에서 강연장까지 걸릴 시간을 지하철을 기준으로 계산했고 그 계산의 결과에 오십 퍼센트의 여유까지 더해서 집을 나섰다. 그런데 그의 집 앞 지하철역에서 달려오는 열차에뛰어든 사람이 있어서 지하철이 자신이 예정한 시간보다 이십 분 이상늦어질 거라는 말을 들었다. 이십 분은 기다릴 만한 시간이었다. 그러나 그는 열차에 뛰어든 사람의 사정이 어떻든 자신의 시간을 자신이 납득할 수 없는 이유로 허비할 수는 없다고 생각했기 때문에 곧장 지하철역 밖으로 나왔고 오 분쯤 기다려 좌석버스를 탔다. 그는 평소에 택시를 거의 타지 않았다. 상대적으로 비싼 값을 치르고도 그에 걸맞지 않은 불결함과 불친절에 맞닥뜨리는 일이 자주 있었지만 무엇보다 불필요한 언쟁을 하는 게 싫었기 때문이었다. 한번은 선거철에 택시를 탔다가 택시 기사와 말을 주고받다 추락사고를 당할 뻔한 적이 있었고 또 한번은 기사가 무리하게 끼어드는 바람에 접촉사고가 났다. 그는 그때마다 택시에서 내렸고 요금을 주지 않았으며 그 때문에 심한 언쟁을 벌였다. 자신이 원하는 서비스를 받지 못했으므로 돈을 낼 수 없다는 게 그의 주장이었다. 이동한 거리만큼은 돈을 내라는 게 택시 기사의 요구였다. 그런데 이번에는 그가 탄 좌석버스가 우회전하는 도로에서 손님을 기다리고 있는 택시들 때문에 쉽게 빠져나가지 못했다. 버스 운전기사는 버스가 떠나가라 욕을 하고 경적을 울려댔지만 택시들은 꿈쩍하지도 않았다. 그는 그런 일 때문에 쓸데없는 스트레스를 받지 않으려고 노력하는 사람이었다. 그래서 그 다음 정류장에서 버스에서 내렸던 것이고 세 정류장쯤을 걸어왔던 것이며 마침내 횡단보도 앞에서 신호가 바뀌기를 기다리고 있는 것이었다. 그의 삶, 그의 육체와 시간은 남들보다 많은 비용을 치르고 얻어낸 것이라고 그는 믿었다. 남들처럼 산다는 것은 낭비나 다름없었다.

박희제는 조경 비용이 웬만한 집값에 해당하는 산 아래 단독주택에서 살았다. 집에서 멀지 않은 특급호텔 헬스클럽의 회원이기도 했지만 그곳을 자주 이용하지는 않았다. 그는 자신과 비슷한 수준의 재산을 가지고 있다고는 해도 배가 튀어나오고 개기름이 흐르는 회원들과 같은 시설을 이용한다는 게 마음에 들지 않았다. 그에게는 혼자 하는 운동이 있었다. 그게 바로 그가 주창하는 일상의 운동이었다. 숨쉬기, 맨손체조, 목욕, 걷기, 기지개처럼 일상에서 늘 하게 되는 동작을 운동으로 만들어 활용하자는 게 그의 주장이었고 공개적으로 그런 주장을 하기 전부터 적극적으로, 또 모범적으로 실천해왔다.

이를테면 그는 숨을 쉴 때 심호흡과 복식호흡을 했다. 그것만으로도 얼마든지 건강을 유지할 수 있다는 것은 기공을 하는 사람들로 증명이 된다고 그는 주장했다. 예컨대 거북이 숨을 쉬듯 숨을 쉬면 천 년을 사는 거북처럼 장수할 수 있다는 이론이었다.

그의 집 목욕탕에는 욕조가 두 개 있어서 냉탕과 온탕을 오가며 목욕을 할 수 있었다. 냉온욕으로도 웬만한 병은 예방할 수 있고 치료법 (theraphy)으로도 쓸 수 있었다. 또 목욕은 그의 아내가 좋아하는 향기치료요법(aromatheraphy)이나 '스파'를 병용하기에도 좋았다. 반신욕, 좌욕, 족욕, 냉수마찰 등 때로는 간편하게 때로는 편안하게 때로는 심도 있게 활용할 수 있는 것이 목욕이었다.

맨손체조는 요가의 응용이었고 걷기는 버릴 게 하나도 없는 '완전운동'이었다. 운동에는 부상과 운동중독 같은 위험, 부작용이 뒤따르는데 그가 주창하는 방식의 일상적인 운동에는 그런 위험, 부작용이 거의 없었다. 그 흔한 살빼기는 호흡법으로도, 목욕으로도, 걷기, 맨손체조로도 부작용 없이 가능했다. 그것도 즐겁게.

그는 책은 물론 왕성한 기고와 강연으로 자신의 주장을 일관되고 줄기차게 폄으로써 대중에게 깊은 인상을 주는 데 성공했다. 그에 따르는 명성과 충족감은 아무리 돈을 많이 들여도 얻을 수 없는 불로장생의 영약 같은 것이었다.

실제로 그는 실제 나이보다 열댓 살은 젊어 보였다. 아버지처럼 머리가 일찍 세긴 했지만 흰머리와 대조되는 붉은 얼굴에는 주름이 거의 없었다. 물론 그도 오십대에 들어서면서 피부 클리닉을 받았다. 그때도 기미와 점을 빼고 사소한 흉터를 지웠을 뿐이었다. 주름살 제거수술은 받을 필요가 없었고 살결은 아직 부드러웠다.

그의 아버지는 환갑이 되기 직전 수삼 년의 병고 끝에 죽었다. 그의 할아버지가 그랬던 것처럼 그의 아버지 역시 일생 동안 돈에 필사적으로 집착했고 자신과 비슷한 사람들과의 경쟁에서 살아남기 위해 몸과 마음을 바쳤다. 그에 따르는 스트레스를 미식(美食)과 술, 담배로 풀었던 까닭에 만년에는 갖가지 병에 시달렸고 보통의 관에 넣을 수 없을 정도로 뚱뚱해져서 최후를 맞았다. 아버지를 묻으면서 그는 결심했다. 아무리 돈이 많다 해도 병마에 시달리며 비참하게 죽을 바에야 무슨 소용이 있는가. 남보다 더 맛있는 것을 먹고 비싼 것을 마시고 질 좋은 담배를 피웠다는 게 무슨 의미가 있는가. 나는 굵고 짧은 인생이 싫다. 굵고 길게 살자. 아니 굵지 않아도 좋으니 길게 길게 내 나름대로 행복하게만 살자. 그때부터 그는 무병장수의 비법을 얻으러 세계를 돌아다녔다.

그는 지구상에서 가장 기(氣)가 세다는, 그래서 명상가들이 '세계의 명당(vortex)'으로 일컫는 미국의 세도나에 갔다. 그곳에서 명상을 배웠고 천혜, 천부의 기를 받아들였다. 명상음악을 들으며 향을 피우고 참선을 했다. 그런데 그것만으로는 뭔가 모자라는 것 같았다. 심심하기도 했다.

이어서 그는 전기, 자동차와 같은 문명을 거부하는 종교단체가 운영하는 채식마을에 가서 상당한 돈을 기부하고 그곳의 채식 프로그램을 실천했다. 그 말고도 스스로 찾아와 적지 않은 돈을 내고 채식을 하는 사람들이 있었는데, 종교단체에서는 채식과 숙소 말고는 아무것도 제공하지 않았다. 한마디로 본전 생각이 간절하게 나도록 만드는 곳이었다. 다행히 종교나 의식을 강요하는 일 따위는 없었다. 그는 그곳에서 그렇게 해서 모인 돈을 어디에 쓰는지 궁금해하면서 몇 달을 보냈다. 그곳을 나오기 직전 그가 알게 된 것은 그 돈이 그 채식마을과 같은 시설을 다른 곳에 짓는 데 들어간다는 것이었다. 거기서 모인 돈으로 다시 새 시설을 짓고 다시 짓고 또 짓고 할 모양이었다. 전 세계가 채식마을이 되기 전까지 그런 일은 멈춰지지 않을 것 같았는데, 전 세계가 채식마을이 될 리가 없으니 그 일은 영원히 계속될 것이었다.

그 뒤에 그는 하와이의 활화산에 가서 폭발하는 대지의 위력을 실감했고 아무도 없는 바닷가에서 알몸으로 십여 일을 보내며 화산암처럼 검게 선탠을 했다. 겨울을 맞아서는 일본의 온천마을에 가서 살았다. 인도로 가서 명성이 높은 요기에게 탐욕과 화, 어리석음을 버리고 마음을 다스리는 공부를 하기도 했다. 중국에서는 기공의 대가인 여성을 만났다. 일흔이 넘은 대가는 기로 칼끝을 새빨갛게 달구는 것을 보여주었고 남자 제자로 하여금 그에게 기를 불어넣어주도록 했다. 대가에게 직접 기를 나누어받은 사람은 중국 최고의 정치지도자뿐이라고 했는데 대가가 기를 넣어줌으로써 수명이 십 년 연장되었다고 했다.

그는 세계 각지의 전설적인 장수촌도 가보았다. 오키나와, 티베트, 중앙아메리카, 동유럽, 산지와 사막을 가리지 않고 돌아다녔다. 은퇴한 유럽인들이 모여 사는 태평양의 섬들도 물론 가보았다. 그런 섬들에는 공통적으로 쾌적한 자연환경과 완벽한 의료시설이 갖추어져 있었다.

국내에서 그는 양택풍수의 명당 수백 군데를 찾아보았다. 산중의 오지 마을과 청정해역의 무인도도 그가 가본 곳이었다. 그 무렵 그는 사회적인 성취감 때문에라도 한국을 떠나서는 살 수 없는 사람이 되어 있었다.

그는 건강 관련 책 가운데 쓸 만한 것이라면 무엇이든 구해 읽었고 국내외 잡지를 정기구독했으며 언론에도 관심을 기울였다. 일례로 미국의 타임지가 선정한 '오래 살게 만드는 열 가지 식품'을 알게 된 뒤부터 토마토, 마늘, 적포도주, 브로콜리, 귀리, 연어, 견과류, 녹차, 시금치, 블루베리는 그의 집에서 떨어진 적이 없었다.

물 역시 한때 그가 관심을 가졌던 것이었다. 지하 암반수와 남극 빙하수, 화산 암반수는 물론 바다 밑에서 길어올린 해양 심층수도 먹어보았다. 맥반석수, 전해수(電解水), 자화수(磁化水), 육각수, 지장수처럼 나름대로의 이론에 근거해 가공한 물도 마셔보았고 전국 유명 약수의 물을 길어다 마시기도 했다. 그러면서 그가 내린 결론은 물의 자연스러운 성질 그대로를 가지고 있는 물이 가장 자신의 몸에 맞는다는 것이었다. 그의 집 뒤안에는 산에서 자연 용출되는 샘물이 사시사철 흘러나오고 있었다. 그는 그 물을 바위와 자갈, 숯과 대나무로 만든 물길로 여러 번 순환시키고 걸러 차를 마실 때 사용했다. 일상적으로 마시는 물은 지하 수백 미터를 파 끌어올린 암반수였다. 물론 그 물들은 불순물이며 중금속, 바이러스가 없어 마시기에 적합하다는 사실이 입증될 때까지 공인기관의 엄격한 검증을 거쳤다. 그런 물이 있는 한 그는 자신이 살고 있는 집을 떠날 수 없었다.

또 그는 십여 년 전에 허브 전문가에게 의뢰해서 집 안에 자그마한

밭을 만들었다. 여기서 농약과 화학비료를 일절 사용하지 않고 키운 허브를 식재료와 차, 소스로 만들어 먹고 마셨다. 일반인이 잘 모르는 종류의 허브에는 역시 일반인이 잘 모르는 약성이 있었고 그것만으로도 어지간한 병은 예방할 수 있었다. 그는 매일 일정한 시간에 집 안에 있는 나무와 풀, 꽃과 밭을 돌봤다. 그가 가장 중시하는 것은 자연의 순환에 순응하는 규칙성이었다. 그러면서 한해 이십사절기를 저절로 외우게 되었다. 그런 그에게 아무리 살기 편하다고 해도 아파트며 고층 오피스텔은 어불성설이었다.

음식은 그가 가장 많은 노력을 기울여 찾고 확인한 분야였다. 전통적인 어업방식으로 잡은 멸치는 스트레스 없이 죽어서 모양이 그대로 살아 있었는데 한 마리에 몇백원씩 했다. 전통방식으로 양식하면서 염산 같은 독성물질을 쓰지 않는 까닭에 파래가 많이 섞인 김도 비싼 값에 사다 먹었다. 쇠고기는 역시 전통방식으로 짝짓기를 해서 낳은 새끼를 넓은 초지에서 돌아다니도록 하든가 유기농 짚을 먹여 키운 소에서 나온 것만 먹었다. 유전자 변형사료나 동물성사료, 항생제와 성장 호르몬이 든 사료가 아니라 옛날식으로 밥찌꺼기와 등겨를 먹고 자란 재래종 돼지를 된장을 푼 물에 넣고 삶은 수육도 즐겨 먹었다. 간장, 된장, 고추장은 생산자에게 직접 가서 관상과 밭을 보고 고른 것이었다. 그러면서 그는 '할머니 장사'라는 걸 알게 되었다. 아침마다 시골마을 노인들을 승합차로 데려다 유명 관광지 노변에 내려놓고 값싼, 수입산 농산품을 일반인들의 '시골 할머니'에 대한 연민과 믿음에 기대어 비싼 값에 팔게 하고 폭리를 취하는 업자들이 있다는 것이었다. 그 말을 들은 뒤로 그는 혹 심심풀이로라도 노변에서 물건을 사게 되면 젊은 남자가 하는 가게를 찾았다.

역시 직접 가보고 확인한 생산자의 논에서 수확해서 햇빛에 알맞게 건조한 유기농 나락을 받다가 그때그때 먹을 만큼만 집에 있는 도정기로 찧는데 껍질을 벗긴 뒤에도 부스러진 게 없이 제 모양을 갖추고 있는 '완전미'로만 밥을 해먹었다.

소금은 미네랄이 풍부하고 오염이 되지 않은 천일염을 구해다 먹었다. 값이 싸거나 수상쩍은 수입산 소금은 거들떠보지도 않았다. 싸구려 수입산 소금으로 만든 식품은 물론이고 그랬을 법한 것도 무조건 거부했다.

산화되기 쉬운 참기름은 짜자마자 먹었고 냉장고에 보관해서도 보름이 지나면 무조건 버렸다. 기름이 들어가는 음식에는 대부분 지중해산 극상품 올리브 오일을 썼다. 올리브 오일을 사면서 유럽에는 대지의 여신의 이름을 딴 데메테르 농산물이 있다는 것도 알게 됐다. 데메테르 농산물이 농약과 화학비료를 전혀 쓰지 않고 지은 것이면서 일반 유기농 농산물의 두 배 이상의 가격이라는 것을 알게 된 뒤로는 무조건 데메테르 농산물만 찾았다.

그는 와인을 좋아했는데 그렇다고 알코올 중독은 아니었다. 그는 한 병에 수십만원 하는 유기농 와인을 오백 병들이 상자로 직접 수입해다가 지하실 와인 보관 창고에 넣어두었다. 일상적으로 마시는 와인은 전용 냉장고에 보관했다. 그 냉장고의 가격은 일반 냉장고의 서너 배였다.

그 역시 몸에 좋다고 하는 건강보조제나 기능성식품의 유행과 무관하게 살아오지는 않았다. 천연 토코페롤(비타민 E), 비타민 C, 아스피린, 콘드로이친, 식이섬유, 복합지질, 레시틴, 타우린, 올리고당, 리놀산, EPA, DHA 등을 먹어보았고 키토산, 클로렐라, DHEA, 아미노산도 섭취해보았다. 그러면서도 천연, 생약을 중요시하고 합성, 가공된 것은 가급적 먹지 않았다. 뱀, 물개 같은 정력제와 산삼, 녹용, 사향 같은 강정제를 전혀 안 먹어본 것은 아니지만 크게 신뢰하지는 않았다. 그는 근본적으로 일상에서 먹고 실천하는 것만으로도 충분히 건강을 누릴 수 있다고 믿는 사람이었다.

이런저런 일로 돈은 적지 않게 들었지만 그는 똑같은 방식으로 백 년을 살아도 끄떡없을 정도의 재산을 물려받았다. 스스로의 건강과 행복에 대한 투자라고 생각하면 아까울 게 전혀 없었다. 그렇게 세월을 보낸 뒤 그는 마침내 신선처럼 환골탈태한 모습을 갖추게 되었다. 물, 일상의 운동, 유기농 식품, 전문성, 전통, 규칙적 생활습관, 음식, 허브, 건강보조제 등등 어느 쪽이 효력을 발휘했는지는 확실치 않았다. 어쩌면 건강과 행복을 찾아서 내 것으로 만든 뒤 오래오래 간직하고 길게 살아야겠다는 그의 집념이 가장 효과가 있었는지도 모른다.

박희제는 지금까지 십여 년 넘게 아파본 적이 없었고 하다못해 무좀에도 걸리지 않았다. 십여 년 전 단 한번 외과수술을 받았는데 수술을 받기 전의 십여 년 역시 수술을 받고 난 뒤의 십여 년과 마찬가지로 완벽했다. 십여 년 전 그는 혼자 산에 올라간 적이 있었다. 그는 걸음이 남보다 조금 느린 편이었고 정상을 정복하기보다는 느린 산행을 즐기는 쪽이어서 동행할 사람이 마땅치 않아 혼자 가는 경우가 많았다. 적당히 올라갔다 천천히 내려오던 그에게 벌을 치는 사람이 보였다. 한창 아까시꽃이 만발한 숲에서 벌들이 분주히 날아다니며 꿀을 따 나르고 있었다. 그는 그 이전에 네팔의 산지 절벽에서 따온 석청과 설악산 깊은 숲 고목에서 땄다는 목청을 먹어보았을 정도로 꿀에 관심을 가지고 있었다. 벌이 나무 속에 살기는 사는데 벌통에 꿀이 없자 나무 밑에 설탕물을 가져다놓고 거기서 만들어진 꿀을 목청이라고 속여서 판 사람의 꿀을 먹은 적도 있었다. 꽃이 부족할 때 벌에게 설탕물을 주다가 첫번째 꿀을 따면 설탕꿀이지만 꽃이 만개했을 때 따면 그 꿀의 효능이 속여 파는 목청보다 훨씬 낫다는 것도 그는 알고 있었다. 이런저런 생각을 벌의 날갯짓처럼 바삐 하던 그의 눈과 벌 치는 사람의 눈이 잠깐 마주쳤다. 그 직후에 그는 신발이 바닥의 돌에 걸리는 바람에 균형을 잃었고 기울어진 몸이 어이없이 길 옆 벼랑으로 떨어지며 서너 차례 굴렀다. 마지막에 허리와 머리를 호되게 부딪힌 그는 몇 분 동안 정신을 잃었다. 깨어나자마자 그는 자신이 움직일 수 있는 게 입과 눈밖에 없다는 것을 깨달았다. 그는 목이 터져라 "사람 살려!" 하고 소리쳤는데 이미 벌 치는 사람이 망사가 달린 모자를 쓴 채 그를 굽어보고 있는 것이었다. 그는 그 사람에게 두 가지 부탁을 하겠으니 꼭 들어주어야 한다고 다짐을 받았다. 그의 첫번째 부탁은 자신의 키만한 평평한 나무판을 구해서 그의 몸 아래에 집어넣은 뒤 흔들리지 않게 단단히 묶어달라는 것이었다. 그런 나무판을 구할 수 없으면 문짝을 뜯어와도 된다고 했다. 그 다음의 부탁은 반드시 나무판을 그의 몸 아래에 받치고 묶은 뒤에 구조대에 신고할 것이며 들것에 그의 몸이 실릴 때 절대로 나무판이 그의 몸을 떠나지 않도록 해달라는 것이었다. 그리고 반드시 그 보답을 하겠노라고 했다. 그는 이처럼 철두철미한 사람이었다. 그의 부탁대로 일은 진행되었고 그가 염려했던 것처럼 그가 병원으로 실려가는 도중에 척수신경이 끊어지는 일은 일어나지 않았다. 그리하여 평생을 보조기나 휠체어에 의지해서 사는 일도 없게 되었고 보름 뒤에 퇴원할 수 있었다. 그는 벌 치는 사람이 뜯어온 움막 문짝을 새 문짝으로 치고 그 값의 백 배에 해당하는 돈을 보상해주었다. 벌 치는 사람은 해마다 꽃이 가장 많이 피었을 때 딴 꿀을 그에게 보내왔다. 그 꿀 덕분인지 그는 자신이 하고 싶은 일이 있는데 힘이 모자라서 못 한 적은 없었다. 산행은 하기 싫은 일로 변했다. 두 사람은 자주 만나지는 못하지만 서로를 존중하는 사이가 되었다. 그에게는 이처럼 서로를 존중하는 친구가 여럿 있었다. 가정의학 전문의, 한의사, 환경운동가, 전통무술 전수자, 심마니, 목수, 소설가, 승려, 식품연구가, 민박집 주인, 스포츠댄스 강사, 차연구가, 요리사…… 그들과 주기적으로 따로, 아니면 같이 만나 지식을 나누고 부족한 것을 보충했다. 그런저런 사람을 알게 된 연고로 그는 자연스럽게 글을 쓰게 되었고 곧 밀려드는 청탁에 시달리게 되었다.

그는 성생활도 운동처럼 규칙적으로 해왔고 일 주일에 세 번 섹스를 하면 일 년에 백이십 킬로미터를 달리는 것과 마찬가지의 운동효과가 있다는 것도 알고 있었다. 그의 부인은 특별한 운동을 하고 있지 않지만 비만으로 고민한 적이 없었는데 그게 건강하고 만족스러운 섹스 덕분이라고 여기고 있었다. 섹스는 남편에게는 남성 호르몬을 증가시키고 부인에게는 여성 호르몬을 증가시켜서 서로간의 매력을 강화하고 오래 지속하도록 하는 효과가 있었다. 성을 포함한 삶에 대한 만족감이 높았으므로 부부싸움을 한 적은 거의 없었다. 인생의 자신감과 만족감, 부부간의 일치감을 높여주는 데 섹스만한 게 없었다.

아이들을 키우며 한 번도 매를 든 적이 없었고 대화와 사랑으로 납득시켰다. 그 결과 그는 존경받고 사랑받는 아버지가 되었다.

그는 종교적인 성향은 없었지만 믿음은 인정했다. 타인도 자신과 마찬가지의 신앙을 가질 것을 강요하지 않는다면 어떤 종교든 괜찮다고 그는 생각하고 있었다. 강연을 다니기 시작한 지 얼마 안 되어서 굳이 그의 종교를 확인하려는 사람들에게 그는 자신은 '유심론적 유물론자'라고 말했다. 세상의 시종은 물질이지만 마음이 정하는 바에 따라 사람과 관계와 만물이 움직여간다는 것이 그의 믿음이었다. 그는 스스로의 삶에서 우러나는 철학과 구체성이 스스로를 인도하고 있다고 여겼다.

그는 한때 혼자서만 잘 먹고 오래 살려는 이기적인 인간으로 평가받은 적도 있었다. 그는 변명하지 않았다. 타인에게는 무해하고 자신에게는 유익한 것들을 조용히 추구했을 뿐이었다. 시대가 바뀌어 누구나 할 수 있다면 정신적으로, 사회적으로, 육체적으로 행복하고 건강하게 살고 싶어하는 시대가 되었다. 아니 원래 그랬던 것이 노골적으로 담론화되었다. 그는 그러한 경향이 강해지면 강해질수록 그 분야의 선구자로서, 다른 사람의 오해와 모멸을 무릅쓰고 묵묵히 자신의 길을 걸어온 사람으로 여겨지게 되었다.

패스트푸드에 맞서는 슬로푸드 운동이 시작되었을 때 그는 이미 슬로푸드 운동을 혼자 실천해오고 있었다. 웰빙 바람이 불기 시작했지만 그는 이미 이십 년 전부터 웰빙 스타일의 삶을 살아온 사람이었다. 웰빙 의류가 팔리기 시작하기 훨씬 전에 그는 천연재료에 천연 염색한 천으로 지은, 조이지 않고 통풍이 잘 되면서 전통미를 가미한 옷을 입고 다녔다. 웰빙 가전이라는 말이 나오기 훨씬 전 그는 환경오염이 적은 냉장고를 직접 만들었고 물을 이용한 자연 냉각방식의 에어컨을 집에 설치했다. 황토로 두껍게 바닥을 하고 황토벽돌을 쌓고 나무껍질로 지붕을 한 별채는 연료를 태우지 않고 공해가 발생하지 않는 심야전기로 난방했다. 서울 시내에 있는 집치고 벽으로는 살아 있는 대나무가 둘러쳐지고 분뇨는 자연발효되어 유기농 비료로 쓰이는 재래식 변소를 가진 집은 그의 집뿐일 터였다. 그는 이런 것들을 집에 설치할 때마다, 삶에 적용할 때마다 아이 같은 호기심으로 그 자체에 몰입했다.

강연을 할 때 그는 언제나 자신의 시행착오와 작은 성공담에 대해 먼저 말했다. 과장하거나 거짓을 말하는 일은 없었다. 잘 모르는 것에 대해서도 말하지 않았다. 그는 강연 자체를 자신의 생과 마찬가지로 즐겼고 그것 때문에 크게 스트레스를 받은 적이 없었다.

"좋아요, 좋아." 이 말은 그의 습관적인 말버릇인데 말 그대로 그의 낙천성을 대변하고 있었다. 청중은 적당히 비음이 섞이고 유쾌한 미소와 반짝이는 눈빛이 결합된 그의 강연을 좋아했다. 그는 적게 먹고(小食) 적게 걱정하고(小憂) 적게 말하며(小言), 젊은 마음으로(少心) 욕심내지 않고 분수에 맞게 일하고(小作), 하고자 하는 바를 마음이 따르되 얽매이지 않는다(從心所慾不踰矩)는 요지의 이야기를 해나갔다. 생생한 경험과 풍부한 예화, 유머가 뒤섞여 있는데다 영감이 번뜩이는 결론으로 청중을 즐겁게 해주는 그의 강연은 그야말로 매력적인 것이어서 한 번이라도 그의 강연을 들은 사람이라면 그의 지지자가 되었으며 때로 사도(使徒)를 자임하는 것이었다. 그의 본질적이고 특별한 낙천성은 강연장 전체에 긍정적인 분위기를 형성했고 사소한 우울을 털어내는 효과가 있었다. 그가 억지스럽지 않기 때문에, 스스로의 논리를 강요하거나 자신을 강변하거나 의식적으로 미화하지 않기 때문에 청중은 그를 긍정했다. 그가 청중의 눈치를 보지 않고 틀에 박힌 이야기로 자신의 우월성을 드러내지 않기 때문에 사람들은 그를 좋아했다.

그는 자신이 얼마나 살 수 있을지 계산한 적이 있었다. 이 상태로 간다면 세계에서 가장 나이가 많다는 프랑스의 어느 노파, 백 살에 결혼식을 올렸다는 중앙아메리카의 어느 노인 못지않게 살 수도 있을 거라고 생각했다. 그게 한때 그의 목표가 되었던 적도 있었다. 그가 이제까지 일상에서 목표를 정하고 노력해서 이루지 못한 것이 거의 없었던 것처럼 그 역시 이루어질 수 있을 거라고 여겼고 그런 생각을 부인에게 이야기하기도 했다. "당신 혼자 그렇게 오래 살면, 혼자 남아서 뭐 할 건데요?" 그의 말을 듣고 난 뒤 그의 부인은 서글프게 말했다. 그는 즉시 스스로를 반성하고 나이가 들어도 생각과 건강과, 특히 지금과 같은 사랑을 유지하며 사는 것으로 목표를 바꾸었다. 그리고 지금까지 그 목표는 자연스럽게 이루어지고 있는 것처럼 보였다.

요컨대 그의 삶은 대체로 흥미롭고 충만했다. 누가 보기에도 그는 완벽한 삶을 살고 있었다. 지금 그의 가장 큰 문제는 강연에 늦을지도 모른다는 약간의 초조감이었다. 그 때문에 그는 자신도 모르게 인도에서 횡단보도로 내려서고 있었다. 그는 들고 있던 봉투로 얼굴을 가리고 한 손으로는 머리에 묻은 빗방울을 털어냈다. 그때 교차로의 신호가 초록색에서 황색으로 바뀌었다.

맞은편에서 달려오던 트럭의 운전자는 신호가 바뀌는 것을 알면서도 가속기를 밟은 발에 힘을 주었다. 멈추려면 급브레이크를 밟아야 했는데 그는 그렇게 할 생각이 전혀 없었고 이런 경우 대부분 그냥 내달렸었다. 횡단보도에 행인이 두엇이 내려와 있는 것을 발견하고서도 트럭 운전자는 브레이크를 밟지 않았다. 횡단보도 너머에 경찰 순찰차가 서 있는 걸 보았기 때문이었다. 나중에 경찰에 적발이 된다 해도 신호가 바뀌기 전이었다고 우길 생각이었다. 그러려면 조금이라도 더 빨리 교차로를 통과해야 했다.

차도에 발을 내려놓았던 행인 하나는 그의 트럭이 달려오는 걸 보고는 다시 인도로 올라섰다. 그런데 흰 머리를 길게 길러 뒤로 묶은, 무슨 도사처럼 헐렁한 옷을 입은 행인 하나는 서류봉투로 얼굴을 가린 채 앞으로 왈칵 걸어나가는 것이었다. 그는 트럭이 알아서 멈추리라고 여기는 듯했다. 아니 트럭의 존재 자체를 모르거나 무시하는 것 같았다. 트럭 운전자는 못마땅했지만 브레이크에 발을 얹었다. 그냥 가다가는 부딪치고 말 거라는 게 분명해진 뒤 운전자는 급브레이크를 밟았다. 그러나 길은 조금 내린 비로 미끄러웠다. 주르르르르르, 하고 바퀴가 제멋대로 미끄러져가는 것을 느끼면서 트럭 운전자는 한 팔로 자신의 눈을 가렸다. 이윽고 그의 입에서 신음이 흘러나왔다.

"아이고마, 신세 조졌네!"

박희제는 자신이 원하던 시간에 병원에 도착했다. 의사들이 기다리고 있었다. 그런데 그가 도착한 곳은 강연 장소인 강당이 아니라 응급실이었다. 숨이 멎은 그에게 인공호흡기가 들씌워졌다. 그 장치에서 나오는 산소는 그가 한 번도 골라서 사마셔본 적이 없는 것이었다. 청중들이 사고 소식을 듣고 흩어지기 시작했을 무렵 고귀했던 한 삶이 끝났다.

악어는 말했다

"아, 젊은 양반들이 술을 반만 꺾다이 이기 말이 되나, 말이. 우리 젊을 때

는 그라스로 마시도 허리를 꺾은 적이 없는데. 최 프로님, 안 그렇습니까?"

최찬호는 다시 빙긋 웃으며 고개를 끄덕였다. 한순간 그의 얼굴은 웃음 짓는 분칠 가면을

쓴 것처럼 보였다. 수십 년 동안 수많은 승부를 해오면서 희로애락을 초월한,

아니 희로애락을 철저하게 감추는 데 익숙해진 사람의 얼굴이었다.

악어가 말했다.

"형님, 오랜만이네요. 우리 한 반년 못 봤잖습니까. 연락을 드린다 드린다 하면서 바쁜 것도 없이…… 형님 쓰시는 글은 제가 언제나 잘 읽고 있습니다. 형님 글이 신문에 실릴 때마다 제가 거래처 사람들하고 동창들한테 다 전화하고 이야기해서 자랑을 합니다."

고등학교를 졸업할 때까지 경상도의 오지에서 자랐던 악어는 군대에 가면서 표준말을 익히려고 상당히 노력을 했다. 많이 고쳐지긴 했지만 큰 목소리는 산중에서 염소를 치며 반생을 보낸 아버지에게서 물려받은 것이라 어쩔 수가 없노라고 했다. 처음에는 그럭저럭 군대 말처럼 색깔 없이 들리다가 친한 사람, 아는 사람에게는 몇 문장 지나지 않아 본색을 드러내는 것이었다.

"나 그렇잖아도 네 고향 근처에 음식점 취재하러 와 있다. 별일은 없지?"

"아이고, 형님요. 우째 거까지 가셨어요? 거가 어데신데요?"

"그제 울진 왕피천 갔다가 금강송 보고 어제 봉화, 영양 해서 오늘은 영주로 해서 안동 가서 헛제삿밥 먹으러 가는 중이다. 회사는 잘 돌아가고?"

"회사야 뭐 저 없어도 잘 돌아가는 케이티엑스 쇠발통 같은 기니까…… 그래마 오늘 올라오십니까."

아닌게 아니라 악어의 회사는 악어가 없어도 잘 돌아가게 되어 있다. 아프리카의 진짜 악어와 마찬가지로 악어는 회사의 유지, 발전과 큰 상관이 없다. 악어는 중소 규모의 학습지 회사의 술상무였다. 물론 그런 직함은 없어진 지 오래고 있다 해도 중고생들을 상대로 하는 학습지 회사에 그런 일을 할 사람이 필요한지도 모를 일이지만 악어는 이 년 전 친구가 대표로 있는 회사에 홍보담당이사로 들어간 뒤 내게 그렇게 말했다.

"그럴까 싶은데. 왜, 무슨 일이 있어?"

"오늘 꼬마 형님이 최찬호 프로를 만나가이고 인터뷰를 한다 카는데, 그래 그거 끝나고 회사 근처에서 보기로 했습니다."

"요새 젊은 애들이 하도 설쳐대서 최 프로도 우승 맛을 못 본 지가 한 오 년은 됐을 건데, 인터뷰는 해서 뭐 할라고."

꼬마, 악어, 그리고 내가 최찬호 프로를 알게 된 건 골프잡지에 악어와 그의 '꼬마 형님'인 이태산과 함께 근무하던 십여 년 전의 일이었다. 대학을 졸업하기도 전에 잡지사에서 밥벌이를 하기 시작한 나는 경력 십 년을 인정받아 막 창간한 골프전문잡지인 『굿샷』의 편집장을 맡았고 프리랜서인 이태산을 끌어들여 취재부장이 되게 했다. 이태산은 태산이라는 이름과 걸맞지 않은 작은 키 때문에 곡절이 적지 않았다. 내소개로 면접을 하는 자리에서 고향이 충남 대천이라고 하자 잡지 창간인이자 발행인, 대표이사 겸 주필인 노태환이 갖다붙인 별명이 '대천꼬마'였다.

명색이 『굿샷』의 공채 1기로 들어온 최종명은 대학 다닐 때 전직 대통령 체포조의 선두에 섰던 운동권이었다. 감옥까지 갔다 와서 남들보다 두세 해 늦게 졸업장을 받아쥔 후에 운동권 문화단체에 들어갔다. 소련이 해체되고 나서 무슨 상관인지 그 문화단체도 해체되는 와중에 결혼을 하게 되었는데 처가 친척의 소개로 한 번 쳐본 적도 없는 골프 전문잡지의 신입사원으로 취직을 하게 된 것이었다. 그에게 악어라는 별명을 붙인 것은 나였다. 그는 '운동'을 제외하고는 모든 분야에 초보였지만 그 운동으로 심신이 철석같이 단련된 까닭에 골프처럼 사소한 것들은 조금만 노력하면 선수 못지않은 수준으로 칠 수도 있고 알 수도 있으며 쓸 수 있다고 믿었다. 무엇보다 양쪽 광대뼈가 솟아오르고 얼굴이며 목이 긴 것이 악어 같은 인상이었다. 내가 악어라고 부른 지 이틀 만에 있었던 회식자리에서 악어는 내게 '멧돼지'라는 별명으로 앙갚음을 했다. 내 덩치와 음식을 가리지 않고 탐하는 것, 그리고 간밤의 꿈에서 내가 멧돼지가 환생한 것이라는 계시를 산신령에게서 받았다는 것을 이유로. 어떻거나 우리 세 사람은 회사 안에서나 술자리에서나 이태산의 자취방, 악어의 신혼방에서나 밤낮없이 어울렸고 잡지가 이 년도 못 되어 문을 닫고 각자가 뿔뿔이 흩어지게 된 후에도 이따금 만나곤

했다.

"뭐, 꼬마 형님이 요새 뭐가 잘 안 풀리니까 뭐라도 해가지고 만들라고 그러는 거 같애요. 기사를 쓰자는 기 아이고 자서전인가 전기인가 하는 책을 만들라고 한다 카대요. 하이튼 간에 너무 오랜만이기도 하고 하이까 시간 맞차서 근처에서 오늘 꼭 뵈입시다."

『굿샷』으로 오기 전 이태산은 원래 여성지 편집자들 사이에 소문난 '진드기'였다. 작은 몸으로 한번 달라붙으면 기삿감이 나올 때까지는 떨어지지 않는, 아니 떨어질 줄 모르는 사람이 이태산이었다. 그런 그도 대중의 이목을 끌기 위해 암에 걸렸다 기적적으로 되살아났다고 거짓말을 한 늙은 여가수에 관해 비판적인 기사를 썼다가 명예훼손으로 고소를 당하는 곤경을 겪고는 여성지 쪽에 발을 끊었다. 그러다가 골프 클럽 풀세트에 골프채가 몇 자루 들었는지도 모르면서 골프잡지에 오게 된 것이었다.

이런 기자며 취재부장, 편집장이 근무하는 잡지라서 그랬던 건 아니지만 『굿샷』은 통권 열두 권인가, 열세 권인가를 내고는 망해버렸다. 직원들의 노조 설립 신고를 이유로 창간인이 일방적으로 폐간을 했던 것이다. 그는 애초부터 잡지 자체에 관심이 있던 사람이 아니었다. 사채업으로 돈을 좀 벌고 골프를 치면서 심심풀이로 할 일이 필요했으며 '언론사업'이라는 허울 좋은 앞가림으로 세금 문제라도 처리할 수 있을까 싶어 잡지를 만들었던 것인데 노조니, 보험이니 하여 골치가 아파지니까 지체 없이 발을 뺀 것이었다. 사채업자였으므로 부도가 난 사람들을 많이 봐와서 그런지 종적을 감추는 데는 귀신이었다. 물론 부도난 사람들의 예에 따라 직원들의 퇴직금이며 밀린 월급은 줄 생각도 하지 않고 사라졌다. 직원들이 사무실에서 농성을 시작했지만 건물주에게서 단수, 단전 조치를 당하기까지도 창간인의 재산은커녕 주소, 전화번호 하나 찾지 못했다.

그렇게 되기까지 무능한 편집장인 내 책임이 컸다. 나는 잡지가 폐간되기 훨씬 전부터 일간지 주말판에 음식에 관한 고정 칼럼을 맡아 그쪽에 힘을 쏟았고 엉성하기 그지없는 『굿샷』의 일을 등한시한 게 사실이었다. 농성장에 찾아갔다가 흥분한 직원들에게 둘러싸였을 때 내가 사채업자의 하수인이 아니라고 보증해준 사람이 바로 꼬마와 악어였다. 악어는 과거의 운동권 경력을 살려 농성현장의 지도자가 되어 있었고 꼬마는 전 창간인이며 대표이사, 발행인의 재산관계, 여자관계, 인척관계, 도피 흔적을 찾으러 온갖 곳을 다 쑤시고 다니며 직원들의 인망을 모았던 터였다. 농성도 추적도 아무 소용이 없었고 두어 달 뒤 사무실 보증금마저 다 없어지고 나서 집기를 퇴직금 삼아 직원들은 모두 흩어져버렸다.

악어와 따로 시간 약속을 하지는 않았지만 대략 저녁 일곱시쯤 만날 요량이었다. 집에 들러서 차를 두고 가기에는 시간이 좀 빠듯해서 과속을 했다. 보나마나 술을 마실 게 뻔한데 차를 가지고 갔다가는 대리운전비만으로도 알량한 원고료가 요즘 내 머리카락이 빠지듯 뭉텅뭉텅 달아날 것이었다. 서울에 도착해서 차 안에 있는 짐을 꺼내 집에 올려놓을 겨를도 없이 지하철을 타고 약속장소인 서교동으로 향했다. 지하철 안에서 배에서 꼬르륵 소리가 났다. 이태산이 두시에 시작한 인터뷰가 여섯시쯤 끝났다면 저녁을 먹었을 것이니 일곱시에 셋이 만나면 혼자만 빈속에 술을 붓기 쉬웠다.

나는 지하철역에서 나와 간단하게 요기를 할 만한 게 없나 살피며 음식점이 즐비한 거리 안으로 들어갔다. 그래도 매주 일간지 두 군데에 글을 쓰고 잡지에는 매달 평균 다섯 군데에 기고하며 음식 전문 케이블 채널에 고정 출연하는 사람이 아무리 배고프다고 한들 패스트푸드 같은 걸 먹을 수는 없는 노릇이었다. 패스트푸드가 아니면서 싸고 빠르고 간편하게 먹을 수 있는 음식을 고르는 일이 쉽지 않았다. 거리 양쪽에 즐비한 식당들은 화학조미료 범벅에 요란한 치장과 눈을 현란하게 하는 생김새를 한 음식만큼이나 부화(浮華)했다. 나는 약간 짜증을 느끼며 음식 골목을 빠져나왔다.

보름 전에 주방장을 취재했던 네거리의 유명 복집을 지나가는데 그 앞에서 누군가 나를 불렀다.

"저형(猪兄)! 저형!"

"멧돼지 형님!"

어느 한 가지만 들었다면 지나치고 말았을지도 모르지만, 두 호칭이 합쳐지는 바람에 나는 그들을 발견할 수 있었다. 악어가 맨 앞에 서 있었고 꼬마는 최찬호 프로에게 가려서 잘 보이지 않았지만 잠망경처럼 손을 흔들고 있어서 그인 줄 알 수 있었다. 최찬호가 아직 함께 있다는 게 의외였는데 그의 옆에 또 한 사람이 더 서 있는 것이었다. 후원사에서 준 듯한 간편한 골프용 티셔츠를 입은 최찬호와 달리 양복을 입고 넥타이까지 맨 그 사내는 무엇이 못마땅한지 얼굴을 잔뜩 찌푸리고 있었다.

"야, 이거 오랜만이네."

나는 말은 그렇게 하면서도 최찬호에게 먼저 손을 내밀었다. 서른 살이 되던 70년대 후반에 프로골퍼가 되어 골퍼들이 상금으로 밥을 먹기 시작했던 80년대에만 정규투어 십 승을 기록한 적이 있는 그는 현역으로 성적을 내는 골퍼 가운데 최고령에 속했다. 한 시대를 풍미했다고는 할 수 없지만 분명히 정상급에는 들었던 사람의 일생을 책으로 만든다 해서 이상할 건 없었다. 다만 그게 상업적으로 얼마나 성공할지, 골프를 치는 사람들이 골프채를 놓고 책을 집어들 것인지가 문제였다. 어려운 문제는 아니었다. 정답은 안 팔리고 안 읽는다일 것이었다. 최찬호는 특유의 사람 좋은 웃음을 지으며 내 손을 마주 잡았지만 나를 잘 모르는 눈치였다. 그도 당연한 것이, 내가 어떤 식으로든 골프와 관련이 있었던 시간은 이 년도 되지 않았고 인터뷰를 하거나 기사를 쓴 적은 더더구나 없었기 때문이다. 그나마 망한 잡지에서.

"최 프로님, 아까 말씀드린 김방학씹니다. 우리나라에서 첫손 꼽히는 음식 칼럼니스트지요. 우리나라 주요 일간지, 지상파 방송, 최고급 잡지에 이 양반 이름이 이틀 이상 안 나오는 날이 없습니다."

나는 악어의 과장된 소개가 마음에 들지 않았지만 "잘 부탁드립니다" 하면서 웃고 말았다. 악어는 양복 입은 사내에 대해서는 머뭇거렸고 내가 먼저 사내에게 손을 내밀며 이름을 말했다. 사내는 인상을 펴며 '반갑다'고 중얼거렸는데 손이 미지근하고 딱딱했다.

"아이구, 형님요, 우째 인제사 오십니까. 형님 기다리다가 목 길어진 거 좀 보이소. 모가지가 길어 슬픈 짐승이 뭐더라, 그래 지가 노루 될 뻔했어요."

껴안을 듯 친밀감을 표시하며 다가오는 악어에게서 술냄새가 풍겼다. 나는 손을 내밀어 제지했다.

"어어, 벌써 한잔씩 돌렸나보네. 이제 어디로 갈 거야?"

그러자 양복 입은 사내가 "갑시다" 하고 단호한 목소리로 말하고는 앞장서 걷기 시작했다. 내가 고개를 숙이고 꼬마에게 "어디로?" 하고 물었지만 꼬마는 수첩을 들여다보며 머리를 흔들 뿐이었다. 악어에게 묻자 그는 작은 소리로 상황을 설명했다.

악어가 다섯시에 도착했을 때 인터뷰는 끝나 있었다. 최찬호가 마침 중복인데 저녁이나 먹고 가자고 해서 세 사람이 보신탕을 먹는데 전화가 걸려오더니 양복 입은 사내가 도착했다는 것이었다. 사내가 보신탕은 시키지 않고 소주를 시켜서 세 병을 나눠 먹고 나오는 길이라고 했다. 양복 입은 사람은 최찬호의 스폰서일 가능성이 많았다.

"아니요, 최 프로님이 개값 계산했어요."

내가 저녁값은, 하면서 새끼손가락을 들고 양복 입은 사람을 향해 눈짓하자 악어가 고개를 흔들며 대꾸했다. 프로골퍼가 낀 모임에서 언제나 접대를 받는 게 버릇이 된 프로가 돈을 내는 경우는 아주 드물었다. 그렇다면 최찬호도 오늘의 만남을 예외적으로 중시하고 있다는 뜻이 되었다. 어떻든 명색이 음식 칼럼니스트인 내게 일언반구 없이 음식점으로 가고 있다는 건 먹고 난 뒤 계산을 양복 입은 사람이 할 것이라는 의미였다. 악어는 그냥 따라가서 간단하게 일차를 더 하고 나서 우리끼리 다시 더 하자고 했다.

양복 입은 사내는 미리 정한 데가 따로 있지 않은 듯 내가 빠져나온 길 양쪽 건물에 달려 있는 간판을 계속 흘끔거리면서 걸었다. 골목이 끝나기 직전, 건물 이층에 '참치'라고 써놓고 '마음껏 드시고 1만 원'이라는 현수막을 늘어뜨린 음식점 앞에서 사내는 망설임 없이 이층으로 가는 계단에 접어들었다. 최찬호는 수십 년 동안 필드를 걸어온 골퍼다운 간명한 걸음걸이로 그 뒤를 따랐고 나는 악어와 눈길을 교환한 뒤에 계단을 올라갔다. 뭐가 그렇게 중요한 게 씌어 있는지 계속 수첩을 들여다보며 걷던 이태산이 맨 나중에 올라왔다.

"어서 오십시오!"

가운을 입고 머리에 긴 모자를 쓴 주방장과 홀에 서 있던 유니폼을 입은 여종업원이 동시에 소리쳤다. 삼십 평은 돼 보이는 넓은 홀에 단 한 식탁에만 손님이 앉아 있었고 홀을 빙 돌아가며 만들어진 방 앞에는 신발 하나 없었다. 젊은 층의 유동인구가 많은 주변 환경에 전혀 어울리지 않는 음식점이었다. 같은 음식을 하는 곳이 전혀 없다는 데에만 착안한 개업, 설비투자가 적지 않은 인테리어에 경험이 많아 보이지 않는 주방장…… 나는 계산대에 앉은 대머리 사내의 얼굴에서 손쉽게 그가 퇴직한 지 삼 년 이내이고 요식업에는 전혀 경험이 없으며 음식점을 연 지 두어 달도 되기 전에 후회하고 있다는 것을 눈치챘다. 그렇다고 성큼성큼 안쪽으로 걸어가서 신발을 벗고 방으로 올라앉는 양복 입은 사내를 말릴 생각을 한 것도 아니었다.

"최 프로님! 프로님! 이쪽으로 오십시오. 어이, 아가씨! 여기 시보리 좀 빨리 가져와!"

사내는 우리는 안중에 없었고 이십대의 여종업원이 '시보리'라는 말을 알아들을지 말지에도 관심이 없었다. 여종업원은 이미 그런 종류의 손님을 여러 차례 겪어본 듯 금방 쟁반에 물수건을 가지고 왔고 사내는 대뜸 그 수건을 얼굴에 덮어썼다.

"아이고매, 덥구만. 삼복 중에도 중복이라 그라는가, 사람 잡네 잡어."

물수건에 가려진 입 부분이 움씰거리며 쇳소리의 음성이 흘러나왔다. 인상만큼이나 거슬리는 목소리였다. 물수건을 걷은 그는 종업원의 가슴에 붙은 명찰에 있는 글씨를 한 자 한 자 깨물고 음미하듯 입술을 움직여가며 읽었다.

"미스 양, 이 집에서 제일 자신 있게 내놓는 기 뭔고? 어데 함 이야기 해보세요."

모든 사람의 시선이 자신을 향한다는 걸 잘 알고 있다는 듯, 그는 약간 예의를 갖춰 종업원에게 말했다. 종업원은 벽에 걸려 있는 식단을 가리켰다. 설명할 것도 없었다. 가장 간단한 메뉴인 '보통'이 일인당 일만원이었고 '특'이 이만원, 음식점 이름 뒤에 붙은 '특선'이 삼만원이었다. 아크릴판에 적힌 글자는 여러 번 고쳐쓴 듯 검은 자국이 번져 있었다.

"그마 우선 소주부터 세 병 가지고 오고 주방장 오라 캐봐. 우리는 소주는 강 아이마 안 먹는데이. 참이고 하늘이고 하는 술은 함부래 가이고 오지 마라. 얼음겉이 히야시된 거로, 으이, 손에 병이 딱딱 들러붙기 히야시된 거로 가온나."

종업원이 무표정하게 돌아서서 가더니 맞은편의 주방에 서 있던 주방장에게 손짓을 했다. 종업원이 냉장고에서 소주를 꺼내서 쟁반에 담아오는 동안 나는 사내와 다시 인사를 하고 명함을 교환했다. 성이 곽인 사내는 공단을 개발하고 공장부지를 파는, 토목건설과 부동산 중개를 겸하는 묘한 회사에 있었다.

"앞으로 맛있는 거 먹게 되면 김선생 생각날 깁니다. 많이 소개 좀 시켜주시지요."

명함을 본 곽은 말은 그렇게 하고 나더니 명색 음식전문가인 내 앞에서 자리로 온 주방장에게 손가락을 세 개 들며 '특 삼인분'을 주문했다. '특'이나 '특선'하고 '보통'이 세부적으로 뭐가 다른지 내가 물어보려 하는데 곽은 주방장에게 "성의껏 해줘, 성의껏" 하더니 말릴 새도 없이 지갑에서 지폐 두 장을 꺼내 쥐여주는 것이었다. 주방장이 약간 당황한 얼굴로 머리를 숙이고 간 뒤에 곽은 두툼한 지갑을 장전된 총처럼 탁자 위에 얹어놓았다.

"마, 이기 실속 있기 참치 먹는 요령이라. 주방장 아이들한테 이래 해노마 자들이 주인 모르게 온갖 맛있는 데를 골라서 다 갖다준다고. 특선 겉은 기 시키봐야 주인 좋은 일밖에 더 하나. 참치집에서는 칼 쥔 주방장이 왕이라. 주인은 맨 허수아비라고."

술병을 가지고 온 여종업원은 물론, 계산대에 앉아 있는 사장이며 주방장까지 다 들을 수 있는 목소리로 곽은 말하고는 최찬호에게 동의를 구했다. 최찬호는 고개를 들고는 미소를 지었다.

악어가 병뚜껑을 돌려 땄다. 술잔이 채워지고 나서 곽은 건배를 제안

했다. 바로 맞은편에 앉은 악어가 곽과 함께 단숨에 잔을 비웠고 창가에 마주 앉은 꼬마와 최찬호, 방 입구에 있던 나는 반만 마시고 잔을 내려놓았다. 즉각 지배자의 훈시가 시작되었다.

"아, 젊은 양반들이 술을 반만 꺾다이 이기 말이 되나, 말이. 우리 젊을 때는 그라스로 마시도 허리를 꺾은 적이 없는데. 최 프로님, 안 그렇습니까?"

최찬호는 다시 빙긋 웃으며 고개를 끄덕였다. 한순간 그의 얼굴은 웃음 짓는 분칠 가면을 쓴 것처럼 보였다. 수십 년 동안 수많은 승부를 해오면서 희로애락을 초월한, 아니 희로애락을 철저하게 감추는 데 익숙해진 사람의 얼굴이었다.

"여기 멧, 아이고 저형님은 직업상 술을 마이 드시마 입을 버려서 음식 맛을 못 보시거든요. 그래서 마이 못 드시고요, 저 성님은 전작도 많고 아직도 일이 안 끝난 거 같애요. 전무님, 우리 둘이서 사나이답게 배 꽉꽉 뚜디리가미 함 마시보입시다."

악어가 얼버무리며 잔을 채웠고 두 사람의 잔이 부딪쳤다. 잔 속의 술이 쏟아질 듯 출렁거렸다. 그런데 곽은 그 잔을 다시 내 쪽으로 총구처럼 돌려왔다. 얼떨결에 잔을 마주 든 나는 남은 술을 마시고 잔을 내려놓았다. 곽은 술잔을 비우는 한편 남은 한 손으로는 병을 들어 내 잔을 채웠다. 악어의 잔 역시 새로 채워진 뒤 또다시 세 술잔이 공중으로 올라갔다 탁자로 내려오는 데 삼 초 정도가 소요되었다. 그리고 또 잔에 술이 채워졌다. 새 병을 든 곽은 옆에 앉은 최찬호에게 술을 따랐고 이어서 이태산에게도 술을 마시라고 강권하고는 악어의 잔을 채웠다.

이태산은 잔을 들었다 마시는 시늉만 한 뒤 수첩을 열고 자그마한 목소리로 뭔가를 묻고 있었다. 여전히 인터뷰를 하고 있는 것 같았다. 그 어쭙잖은 저항은 곧 곽의 지탄을 받았다.

"일은 일이고 술은 술이지, 뭐 그렇게 바쁜 일이 있다고 술자리까지 와서 일을 한다고…… 최 프로님, 전에 남본 구사장하고 한번 붙이준다 카시고는 어째 연락이 없으십니다. 그쪽이 뭐 공 팔십 개쯤 친다 카든데 언제 저하고 한번 뛰게 해주시마 제가 약주 한잔 톡톡히 사겠습니다."

최찬호가 웃으며 고개를 돌렸다.

"허허, 전무님, 전에도 말씀드렸지만 그쪽은 말이 아마추어지 실력은 거의 티칭 프로예요. 맞붙어서 게임이 되시겠습니까. 서로 실력에 따라서 조정을 잘하는 게 이기는 길인데. 아, 이런 이야기를 내가 하면 안 되는 거 아닌가?"

그러자 대답처럼 잔이 그의 손에 쥐여졌다. 곽이 두 손으로 공손히 술을 따랐다. 최찬호는 잔을 그냥 놓으려다가 곽을 의식한 듯 가볍게 입에 대었다 떼고는 탁자에 내려놓았다. 그게 신호인 것처럼 악어가 자신의 잔을 곽에게 건넸고 가득 잔을 채웠다. 곽은 시범을 보이듯 소주잔을 단숨에 젖혀 잔을 비웠다. 순간적으로 망설이던 그는 내게 잔을 내밀었다. 나는 받지 않을 수 없어 일단 술을 조금 마시고는 받은 잔의 술을 원래의 내 잔에 비우고 악어에게 내밀었다. 초등학교 운동장에서 집단체조를 하듯 삽시간에 연결되어 이루어진 동작이었다. 악어는 흐름을 깨지 않고 잔을 비웠다. 그의 잔이 꼬마에게로 향했을 때 최찬호가 잔을 들어 남은 반을 비웠다. 그 잔을 주워오다시피 하여 가져온 곽은 다시 나를 바라보았다. 나는 얼른 병을 들어 곽의 잔을 채웠다. 숨쉴 겨를도 없이 곽은 잔 속의 술을 한꺼번에 털어넣었다. 곽의 시선이 맨 안쪽, 최찬호의 맞은편에 앉은 이태산의 잔을 향했다. 무슨 말인가 최찬호가 나지막이 말하고 있는 중이어서 그랬는지 말을 하지는 않았다. 악어가 곽의 손에서 건네진 잔의 술을 마셨다.

"최 프로님, 무슨 말씀인지 저희도 좀 들으면 안 되겠습니까."

악어가 웃으면서 말했다. 최찬호 역시 미소를 지으며 대답했다.

"아, 뭐 별거 아녜요. 예전에 내가 젊을 때 정민수하고 한참 라이벌이었을 때 얘기예요."

이태산은 심각한 표정으로 수첩에 뭔가 적어넣고 있었고 곽은 그런 이태산을 지긋이 바라보고 있었다.

정민수는 프로골프의 여명기라 할 80년대, 프로골퍼의 이름이 일반인들의 입에까지 오르내리게 한 최초의 골퍼였다. 그로 인하여 한국의 프로골프가 한 단계 도약했다고 해도 틀린 말은 아니었다. 최찬호는 이삼 년간 정민수의 상대가 될 만한 인물 가운데 하나로 일컬어졌지만 80년대 초반에 한 번 추월당한 뒤로는 정민수와 함께 참가한 대회에서 한 번도 우승한 적이 없었다.

"그 사람은 다 좋은데 신경줄이 너무 가늘어. 피아노줄 같은 거야. 바람이 지나가도 우는 체질이야. 남들이 잘한다 잘한다 할 때는 끝도 없이 올라가지만 한번 지기 시작하니까 자멸을 해버리는 거야. 지금은 아예 골프채를 놨는데 지 나이가 몇 살이라고, 참 생각하면 안됐어. 프로는 그러면 안 되거든. 늘 자기하고 싸우는 게 프로의 기본인데 말이야. 강욱이, 성찬이 이런 애들 나오니까 한 방에 가버리잖아. 저를 제가 똘똘 말아가지고 올라간 그 자리에서 굴러내려가는 거야."

말을 마친 최찬호는 기분 좋게 자신의 술잔에 있는 술을 비웠다. 신화 같은 전적을 남기고 80년대 후반 갑자기 은퇴해버린 정민수와 달리 최찬호는 아직도 상금 서열 30위권 안에 들고 있었다. 시니어부에서는 상위권의 성적을 내고 선배로서의 대접을 받았다. 정민수는 한국의 프로골퍼들이 아마추어와 프로의 중간쯤에서 적당히 자기들끼리의 쉬운 게임에 안주하면서 후배들의 발전을 막고 있다고 혹평했다. 일본과 유럽 무대에 몇 번 나갔지만 한계를 깨닫자 미련 없이 골프채를 던졌다.

"최 프로님, 진짜 한번 게임 좀 만들어주세요. 제가 인생의 낙이 뭡니까. 최 프로님 같은 좋은 분 모시고 좋은 데 다니면서 좋은 거 먹고 기분 좋은 사람들 만나서 골프 치고 이야기하고, 뭐 이런 게 좋은 인생 아닙니까. 저기 저 일산에서 샵 한다는 유 프로, 그 유 프로하고 게임 붙여주신다고 한 게 언젭니까. 이번주 안에 꼭 좀 붙여주세요."

곽이 최찬호의 잔을 채우며 말했다. 이태산이 고개를 힐끔 들었다가 다시 수첩을 들여다보았다.

"맞아요, 맞아. 좋은 사람들하고 좋은 이야기 하면서 좋은 술 마시기에도 인생이 짧아. 거 일산 유사장도 참 좋은 사람이에요. 그런데 전무님, 바쁘실 텐데 주중에 게임할 시간 있습니까."

"아 참, 진짜, 저는 아무 상관 없습니다. 그냥 붙여만 주십시오. 제가 국내에만 있으면 어디서든지 두 시간 안에 올 수 있습니다. 뭐 조건은 그냥 아무렇게 해도 좋은데 베팅 액수만 제가 정하는 걸로 하시마 됩니다. 이래 뵈도 제가 콜프 쳐가이고 한 번도 진 적이 없습니다."

"아, 전무님은 베팅으로 조지시겠다 이겁니까. 술로 조지고 돈으로 조지고, 참 좋네. 인제 작전을 알겠소."

최찬호가 웃음을 터뜨렸다. 이제 나 역시 그의 정체를 조금 알게 된 셈이었다. 그는 골프를 노름 수단으로 생각하는 부류였다. 한 타에 몇 천원씩 재미 삼아 하는 내기를 하자는 게 아니라 수십만원씩을 걸고 한 게임에 몇백, 몇천만원씩 오가는 노름을 하자고 하는 것이니 실력은 아무런 상관이 없었다. 아무리 아마추어라도 최찬호 주변의 실력 있는, 제정신인 사람들이 그런 내기에 응할 리 없었다. 곽은 앞으로도 계속 최찬호에게 게임을 주선해달라고 조를 것이었고 최찬호는 그때그때 똑같은 말로 대답할 것이며 영원히 게임은 이루어지지 않을 것이었다. 곽이 게임을 한다면 자신과 같은 부류와 할 것이었다. 꼭 골프가 아니라도 되니 한 판에 천만원짜리 가위바위보를 하든, 일억원짜리 홀짝을 하든 간에.

참치회 접시가 날라져왔고 회를 집어먹으며 이야기는 고향으로 돌아갔다. 말투가 비슷한 악어와 곽이 주로 이야기했고 고향이 서울인 최찬호나 나는 고향이 서울 아닌 사람들이 만나는 자리에서 늘 그렇듯 약간은 소외된 기분으로 이따금 맞장구를 쳤다. 이태산은 웅크리고 앉아서 수첩을 넘길 뿐이었다. 다시 술이 한 바퀴 돌고 술이 떨어졌다.

"자 안주가 왔으이 앞으로 술은 자동으로 세 병씩!"

곽이 소리치자 악어가 "자, 거국적으로 한 번 박읍시다!"라고 자칭

술상무답게 설쳤다. 나는 술을 가져온 여종업원에게 맥주 한 병과 잔을 하나 가져다달라고 한 뒤 최찬호를 향해 술이 약해서 그러니 이해해달라고 했다. 최찬호가 웃으며 좋을 대로 하라고 해주었고 곽은 마지못해 내게 내밀었던 잔을 이태산에게 돌렸다. 그런데 이태산은 그 잔을 받지 않고 자신의 앞에 있는 잔을 들어 마시고는 악어에게 건네주는 것이었다. 그러지 않아도 일그러져 있는 것처럼 보이는 곽의 얼굴이 순간적으로 더 주름이 많아졌다. 눈치를 챈 악어가 잽싸게 그 잔을 곽에게 돌려서 잔을 채웠다.

"마, 알고 보이 제 고향에서 백 리밖에 안 떨어져 있으신 데 사셨네여. 우리끼리는 그래여 안 그래여 이래마 다 통하는 거 아입니까. 형님, 한잔 하시봐요!"

나도 그 바람에 맥주잔을 비웠고 곽이 내 잔이 빈 것을 눈치채고 따라줄 때까지 기다렸다. 참치회가 담긴 접시가 어지간히 비자 술이 다 떨어졌고 자동으로 또 세 병의 소주가 날라져왔다. 곽의 앞에 있던 빈 잔이 최찬호에게 갔다. 최찬호의 잔은 이태산에게 건네졌다.

"나 참, 최 프로님한테 잔 한 번 받는 기 소원인 사람도 있구마는."

곽은 다시 투덜거렸다. 이태산은 그 말을 들었는지 말았는지 술잔을 들어 쪼옥, 소리를 내며 마시고는 최찬호에게 다시 내밀었다. 최찬호는 나이나 자기 관리를 잘하는 사람치고는 생각보다 술을 많이 마시는 편이었다.

새 술병의 뚜껑을 딴 곽이 자신의 잔을 비우고는 일어섰다. 그러고는 이태산에게 잔을 내밀고 "내 잔 함 받으시오"라고 말했다. 이태산은 앉

은 채로 무슨 말을 중얼거렸는데 얼굴이 창백한 게 어지간히 취한 것
같았다.

"뭐라고요?"

곽이 물었다. 일어서서 잔을 내민 채였다. 나는 "제가 그 잔 받겠습니
다" 하면서 일어났다. 그러나 곽은 내 쪽은 쳐다보지도 않고 "뭐라 캤
소?" 하고 다그쳐물었다. 악어 역시 일어서서 "아, 이 형님이 오늘 마
이 취하셔서 그러니까 지가 받겠습니다" 했다. 그때 이태산의 말이 들
려왔다.

"이쪽으로는 커튼을 내리라는 말입니다, 내 말은."

타탕, 하면서 곽이 내려놓은 잔과 술병이 탁자에 부딪쳐 소리를 냈다.

"이 무신 말이야?"

나는 자리에 앉아서 "취해서 그런 거예요" 하고 말했고 악어는 술병
을 들어 치웠다. 그런 것도 술상무 경력에서 나오는 건가. 나는 우스웠
지만 웃을 수는 없었다.

"내 참, 웃음밖에 안 나오네."

곽은 일단 자리에 앉았다. 그의 얼굴도 이태산의 얼굴처럼 창백해졌
다. 다른 것이라면 일그러진 얼굴의 일부가 부들부들 떨리고 있다는 점
이었다.

"내가 평생 이런 식으로 조심하고 참아본 술자리는 처음이다."

그는 빈 잔을 들어서 마시려다 술이 없자 술이 있는 것처럼 마시는
시늉을 하고는 잔을 내려놓았다.

"내가 젊은 아들 앞에서, 그것도 고향 후배라는 인간 앞에서 왜 이렇

게 참고 또 참고 아양을 떨어야 되는지 모르겠네. 비참하구만."

그러더니 그는 자리에서 일어났고 손가락을 들어 이태산을 겨냥했다.

"당신, 이런 자리에서 보고 싶지 않으니까 당장 나가."

이태산은 여전히 수첩을 뒤적이다가 곽의 말을 듣고는 그를 올려다보더니 일어섰다. 그러고는 악어의 뒤를 돌아나오는 것이었다. 나는 그를 향해 "야, 가방 들고 가야지" 하고 일깨워주었다. 그는 들은 척도 하지 않고 프러시아 병정처럼 또박또박 걸어서 밖으로 나가버렸다. 최찬호가 일어났다.

"아, 이거 참. 나는 이런 일은 평생 처음이에요. 나는 이때까지 누구한테 피해를 주려고 해본 적도 없고 나 때문에 피해를 입은 사람이 생기는 것도 원하지 않았다고. 이태산씨가 나 때문에 왔고 전무님도 나 때문에 오셨는데 도대체 이런 일이 생기는 게 너무 불쾌합니다. 이런 자리에 더이상 있을 수가 없어요. 그만 끝냅시다."

악어가 일어서서 최찬호를 붙들었다.

"최 프로님, 고정하십시오. 저희가 잘못했습니다. 잘못했습니다. 여기 계신 형님한테는 저희가 정중하게 사과를 드리겠습니다. 제발 조금만 앉아 계셔주십시오."

악어는 자신의 잔에 채워진 술을 훌쩍 마신 뒤에 최찬호에게 내밀어 반을 따랐다. 그리고 팔짱을 끼고 있는 곽의 잔을 채우고 그를 일으켜 세워 그의 두 손을 잡았다.

"아이고 형님, 형님. 한 고향 형님이 이해를 해주셔야지요. 저 사람은 원래 술을 먹으마 저렇습니다. 술 먹은 개, 이런 말도 있잖습니까. 예,

갭니다, 개. 강아지한테 쪼끔 물렸다 치고 잔을 쭉 하시고 화 푸십시오."

나도 가만히 있을 수가 없어서 자리에 앉는 악어에게 "꼬마 저 새끼 오늘 왜 저래?" 하고 곽에게 들리도록 한마디했다. 악어는 어깨를 으쓱하고 두 손바닥을 하늘로 향해 들어 보였다.

"어이, 여기 자동으로 술 달라 캤는데 우예 된 기야?"

곽이 소리쳤다. 여종업원이 두 병만 가지고 오더니 술이 다 떨어졌노라고 말했다.

"이 무신 소리야, 술집에서 술이 떨어지다이."

취할수록 사투리가 심해졌고 말만 들어서는 그게 악어의 것인지 곽의 것인지 구별이 잘 되지 않았다. 종업원은 우리가 마시고 있는, 상대적으로 흔치 않은 '강' 소주만 떨어졌고 다른 술은 있다고 했다.

"들을 거도 없으이 사와."

곽이 말하고 나서 뚜껑을 돌렸다. 이때 최찬호가 그에게 빈 잔을 내밀었다. 미안하다는 말을 하면서 최찬호는 술병을 건네받았다. 그러고는 술을 천천히 따랐다. 두 손으로 잔을 받쳐들고 있던 곽이 단숨에 술을 마시려다 잠시 움찔했다.

"이기 뭐꼬?"

그의 손에 들린 잔 속에서 검은 뭔가가 움직였다. 악어가 말했다. 파리네요.

"이기 뭐이야? 이기? 이기? 이기? 야!"

마지막 야는 고함에 가까웠지만 누구를 향한 것인지 확실하지 않았다. 그래서 내가 종업원을 불렀다. "여기요"라고 크지도 작지도 않게.

실상 두 자리밖에 없는 손님들을 주목하고 있는 종업원을 부를 때에는 말을 할 필요도 없다. 가볍게 눈짓만 보내도 충분한 법이다.

"아가씨 말고, 너 말고! 주방장, 아니 사장 오라 캐라!"

계산대에 앉아 있던 사내가 슬며시 밖으로 나갔다. 그러자 종업원이 즉각 "사장님 외출했다"고 하는 것이었다. 흥분한 곽은 사장이 없으면 주방장이라도 오라고 고함을 질렀다. 주방장은 이미 사정을 자신의 눈으로 보고 귀로 들어서 알고 있었다. 주방장이 서 있던 곳에서 우리 자리가 훤히 보이는 곳, 채 스무 걸음도 되지 않는 곳에 있었기 때문이었다.

"왜 그러십니까?"

요리사 모자를 쓰고 깨끗이 면도를 한 주방장은 삼십대 중반쯤 돼 보였다.

"이기 소주에서 나왔는데, 이기 뭐라 카는 기라?"

"파리 같은데요."

그 파리 같은 것은 소주잔 안에서 필사적으로 헤엄을 치고 있었다. 곧 익사할 게 분명해 보였다. 악어가 말했다.

"빨리 안 건져주마 빠져 죽겠는데요."

"이게 파리라고? 파리? 허허, 나 참. 내가 눈이 삤나?"

"파립니다."

주방장은 자신 있게 말했다.

"움직이잖아요."

종업원도 말했다.

"내 친구가 여 강 소주 만드는 회사의 부사장이야. 내가 내 친구한테 지금 당장 전화를 걸어서 이야기할 수도 있어. 그런데 이건 파리가 아니야."

"파리예요."

내가 거들었다. 그날 저녁 내가 할 일은 거드는 일밖에 없는 것 같았다. 누구를 위해서든 간에. 주방장이 파리를 젓가락으로 건지려 하자 곽은 "어허" 하면서 잔을 자신의 몸 안쪽으로 바싹 당겼다. 악어가 몸을 반쯤 일으켰다.

"이 사람들이, 정말 못쓰겠네. 파리든 뭐든 손님 마시는 술에 뭐가 들어간 건 이 집 책임이잖소. 그걸 꼭 파리니 뭐니 하면서 책임을 피하려고 그래. 손님 죄송합니다, 저희가 백 번 잘못했습니다 하면 끝날 일을 가지고."

누구 편을 드는 건지 알 수 없는 말이었지만 주방장은 즉시 그 말을 따라했다. 그러나 곽은 그 말을 들은 체도 하지 않았다. 그는 파리를 건져내어 식탁 위에 휴지를 깔고 엄청난 증거라도 되는 양 조심스럽게 내려놓았다. 자신의 정체성을 두고 벌어진 치열한 논쟁중에 기진맥진한 파리는 움직이지 못했다. 하지만 날개와 몸통, 특유의 발이 파리임을 보여주고 있었다.

"파리네, 결국."

최찬호의 말에 악어가 웃음을 터뜨렸다. 종업원이 새 술병을 세 병 가져왔고 주방장이 서비스라면서 참치회가 담긴 접시를 내왔다. 곽은 파리를 싼 휴지를 곱게 접어 안주머니에 집어넣었다. 더이상 무엇을 주장할 수 없는 분위기였지만 그는 주방장에게 다시 엄하게 일렀다.

"앞으로 손님 앞에서 뭐라고 자꾸 말대꾸하지 마. 암만 그래도 당신들이 실수한 거 아냐. 여 유명한 중앙일간지의 음식 취재부장도 계시고 국내 최대 교육지 부회장도 계신다고. 이런 거 알게 되면 보통 문제겠어. 바로 형사고발당하고 가게문 닫아야 한다 이 말이야."

주방장은 알아모시겠다는 듯 고개를 숙였다. 그런데 고개를 든 그의 입에서는 "그런데 왜 파리가 하필 거기로 들어갔을까요"라는 말이 나왔다.

"아, 이 사람이 진짜! 음식점에서 혐오식품 나왔다는 보도를 봐야 정신을 차릴란가."

악어가 소리를 쳤다. 중앙일간지 취재부장이 나를 가리킨 것일진대 나 역시 한마디 보탰다.

"어떻게 들어갔느냐 하는 게 그렇게 궁금하면 집에 가서 연구해보세요. 여기가 참치회를 파는 덴데 파리가 손님 잔에 들어갈 정도로 많다고 하면 말이 되겠어요?"

주방장은 다시 고개를 깊이 숙여 사과하고는 원래의 자리로 돌아갔다. 그가 원하면 우리를 볼 수 있지만 원하지 않으면 우리에게서 보이지 않는 곳으로 갔으므로 돌아가서 보였을 그 잘생긴 얼굴의 미소는 볼 수 없었다.

새로 온 술병의 두번째 뚜껑이 열렸을 무렵 꼬마가 돌아왔다. 여전히 얼굴은 창백했지만 가방을 가지러 온 것만은 아닌 듯 자리에 앉았다. 자리에는 다시 찬기운이 돌았다.

"자자, 형님, 고향 선배님, 아까 우리 이 양반이 실수를 했습니다. 진짜로 사과드립니다. 그런 의미에서 꼬마 형, 선배님한테 한 잔 공손히 드려. 형님, 여기 잔 받으십시오. 예, 감사합니다."

악어가 최대한 너스레를 떨며 말했다. 이태산은 곽을 향해 "죄송합니다. 진심으로 사과드리겠습니다, 선배님" 하고 깍듯하게 머리를 숙였다. 그러고는 잠깐 사이에 지옥훈련을 마치고 대오각성한 사람처럼 발딱 일어서서 짧은 팔을 최대한 길게 뻗어 술병을 들고는 아직 표정이 풀리지 않은 곽의 잔에 술을 따랐다. 악어가 건배를 외쳤고 세 사람은 한 번에 잔을 비웠다. 꼬마가 잔을 들어서 머리에 붓는 시늉을 했다. 이번에는 그 잔에 곽의 손에 들린 병의 술이 따라졌다. 또다시 건배. 나는 맥주잔을 들었다 놓았다 하며 시늉만 하고 있었다. 세 잔째 건배가 이어지고 난 뒤 그들은 자리에 앉았다. 그러더니 금방 발작하듯이 꼬마가 일어서서 최찬호에게 잔을 내밀었다. 최찬호가 "내가 사실 아까 이형 나가고 난 뒤에 오늘 한 거 이거 다 그만둘라고 그랬어. 이게 뭐 하는 짓이야" 하면서 잔을 받았다. 꼬마가 거듭 정중하게 사과했다. 나는 "당신 요새 취하면 정신을 놓네, 놔" 하면서 거들었고 곽의 표정도 풀렸다. 그래도 인상은 처음 만났을 때 그대로였다.

"뭐 술 먹다보면 오해도 생기고 그런 거지요. 그게 수놈들의 세계 아닙니까. 서로 이해하고 풀고 하다 정도 쌓이고."

악어가 말했다.

"그렇지. 여자들하고 술 마시다 여자들이 주정하면 우리는 절대 뭐라고 안 하고 가만히 보고만 있어. 어디까지 가나 보자고. 이런 게 수놈들이야."

거드는 게 버릇이 된 내가 말했지만 아무런 반향이 없었다. 악어는 다음 차례, 3차를 노래방으로 가자고 제안했다. 쌈빡하게, 끝까지 책임지는 노래방이 근처에 있다는 것이었다. 곽이 찬성했고 이태산이 "좋아, 좋아" 하고 말했다. 최찬호는 여전히 미소를 지을 뿐이었다. 곽이 다시 여종업원을 불러 만원짜리 한 장을 주머니에 넣어주었다. 어느새 계산대에 돌아온 주인이며 주방장, 그 소란 속에서도 전혀 구애되지 않고 참치를 먹고 있던, 손님 모형인지 사장 친척인지 모를 조용한 가족들 모두 볼 수 있도록 "자, 자, 학생 더운데 일하느라 힘들지" 하며. 계산서를 들고 간 곽이 계산을 하는 동안 나는 복도에 있는 화장실로 향했다. 내 뒤를 "잘 먹었습니다, 형님"이라고 인사를 하고 난 악어가 따라왔다.

"노래방 가실 거지요, 형님."

나는 우리끼리 그냥 갔으면 좋겠다, 꼬마가 너무 취한 것 같다고 대꾸했다. 악어는 오줌을 누면서 "아, 그 개새끼 정말 성질 개떡 같네. 저러고서 어떻게 저 나이까지 안 맞아 죽고 살았어?" 하는 것이었다.

"야, 이 자식아. 형님 형님 해대던 놈이 누군데 인제 와서 이 새끼 저 새끼 해?"

"아, 그거야 그 새끼가 계산을 할 거 같아서 그런 거지 뭐, 그런 수모까지 당하고 계산까지 우리가 하면 얼마나 억울해요?"

악어가 말했다. "듣겠다, 듣겠어" 하면서 나오는데 곽과 꼬마가 서로의 어깨에 손을 두른 채 "노래방, 노래방!"을 외치며 화장실 문으로 들어왔다. 복도 끝 계단 있는 곳에 최찬호가 서 있었다. 그는 심각한 표정으로 내게 "아무래도 너무 취한 것 같으니 미안하지만 다음을 기약합시다" 했다. 나 역시 최대한 정중하게 미안하고 고맙다고 하면서 그 제안에 동의했다. 어깨를 걸고 한 사람이 "노래방!" 하면 또 한 사람이 "노래방!"을 돌림노래처럼 외치며 온 두 사람의 단단한 결속을 겨우 풀고 각각의 팔을 끌며 일행은 헤어졌다.

"야, 꼬마. 너 집이 경기도라면서? 지금 차 안 끊어졌어?"

무엇인가 내 안에서 뒤늦게 폭발하고 있었다. 껍질을 날려버릴 정도의 대폭발은 아니고 쿡쿡 찌르는 정도였지만. 우리는 동갑이었으나 서로를 형이나 선생으로 지칭하며 그 동안 한 번도 노골적으로 반말을 하지는 않았다.

"어, 그래. 나 먼저 갈게."

"그래, 가라. 악어, 너는 어떡할 거야?"

"저는 형님하고 한잔만 더 하지요, 뭐. 딱 맥주 한 꼬뿌."

"그래, 꼬마. 너는 지금 가고 악어는 나하고 맥주 딱 한 꼬뿌 하고 찢어지자. 야, 너 가라니까."

"응, 갈 거야."

세 사람은 걷기 시작했다. 나는 기왕 한 컵을 마실 바엔 컵이 가장 큰 생맥주를 파는 곳을 찾았고 악어는 미련이 남았는지 노래방 간판에 오래도록 시선을 두었다. 꼬마는 고개를 숙이고 걷고 있었다. 수첩만 없었지 뭔가를 들여다보는 듯한 자세는 전과 같았다.

마침내 내가 찾아낸 곳은 독일식으로 직접 만든 맥주를 판다는 간판이 붙어 있는 대형 술집이었다. 막상 그쪽으로 향하자 꼬마가 앞장을 서서 타박타박 걷기 시작했다.

"야, 너 어디 가? 집에 안 가?"

"나도 한 꼬뿌 하고 갈 거야. 딱 한 꼬뿌."

할 수 없다는 생각이 들었다.

"딱 하나지? 약속 지킬 거지?"

"응."

레스토랑 한쪽에는 맥주가 익고 있는 거대한 스테인리스 통이 보였다. 제복을 입은 종업원들이 부지런히 자리를 돌아다니고 있었다. 우리가 앉은 자리는 옆자리에 먼저 와 앉아 있던 회사원들의 대화로 어지간히 시끄러웠다. 그보다 더 시끄러운 것은 바로 곁에 있는 대형 스피커였다. 할 수 없이 자리를 옮겼으나 어쩐지 조용하더라니 그곳은 금연석이었다.

"담배 피우려면 잠깐 저쪽으로 갔다가 와. 나가서 피우고 오거나."

우리가 앉은 금연석에서 흡연석까지는 탁자로 만들어진 통로 하나만 지나면 되었다. 맥주를 주문하고 나서 꼬마는 담배를 빼들었다. 손가락에 담배를 끼운 채 앉아 있자 악어가 라이터를 꺼내서 불을 붙였다. 꼬마가 담배연기를 길게 내뿜자 기다렸다는 듯 좀 전의 주방장처럼 잘생긴 종업원이 다가왔다.

"손님, 여긴 금연석인데요. 담배는 흡연석에서 피우셔야 합니다."

"알았어."

꼬마는 간단하게 대답하고 다시 연기를 빨아들이고는 길게 내뿜었다. 악어가 말했다.

"옆에 가서 피울 거니까 재떨이 좀 갖다줘."

"그건 안 됩니다. 재를 여기서 터시면 안 되구요. 밖으로 나가시든가 흡연석으로……"

"아, 시끄러워. 시끄러워서 저긴 못 있겠다니까. 재떨이만 갖다줘. 재 떨어질라는 거 안 보여?"

그 말을 기다리기라도 한 것처럼 꼬마는 재를 톡 털었다. 탁자 위에 재가 흩어지자 잘생긴 종업원은 큰 사고라도 난 것처럼 화들짝 놀라 행주를 가지러 돌아갔다.

"야, 쪽팔리게 왜 그래. 절로 가서 피워 인마."

"알았어. 됐어."

내 말에 꼬마는 고개를 까딱하고는 다시 손가락 사이에 끼여 있는 담배를 흔들어 재를 털었다. 실수가 아니라 고의였다. 꼬마의 작은 눈은 어느 곳에도 초점을 맞추고 있지 않았다. 맥주잔을 들고 온 여종업원이 잔을 내려놓으며 말했다.

"손님, 여기 금연석이구요. 재를 여기다 터시면 안 됩니다."

"알았어."

나는 맥주를 한 모금 마셨다. 다시 한 모금 마시고 담배에 목숨을 건 듯한 두 사람에게 말했다.

"마셔들."

그들은 생맥주잔을 들어서 조금 마셨다. 나는 남아 있는 맥주를 죽 마시고 또 마시고 결국 모두 마셔버렸다.

"한 꼬뿌 했다. 너 안 가냐?"

그들은 동시에 고개를 저었다.

"안 가? 너희 둘 다?"

"안 가."

"약속 안 지켜?"

"안 지켜."

재가 잔에 떨어지고 난 뒤 꼬마는 꽁초를 바닥에 던지고 신발로 바닥을 문질렀다. 악어는 크아악, 하고 가래를 끓어올렸다.

"그럼 나 간다."

나는 일어섰다. 가는 길에 계산대가 있기에 계산을 했다. 문이 있어서 문을 열고 나왔다.

지하철을 타러 걸어가고 있는데 악어에게서 전화가 걸려왔다.

"형, 가요?"

"간다."

"형, 어디예요?"

"지하철."

"형, 정말 가요?"

"그래."

악어가 불렀다.

"형."

나는 대답하지 않았다.

"잘 가라, 돼지야."

악어는 말했다.

아무것도 아니었다

"내 인생 내가 결정해. 내 인생 내가 결정한다고. 내가 가고 싶을 때 갈 거

고 가기 싫으면 영원히, 영원히 안 간다. 너 혼자 잘 먹고 잘살아봐. 사람 귀한 줄 알 거야.

최과장, 최과장님, 내가 지금 집에 있는 애들 한 방에 다 해결했어. 이리 와요, 이리 와봐."

원호가 택시 뒷좌석에 몸을 들이밀고 엉덩이를 확실하게 내려놓은 것을 확인한 뒤 중호는 호텔 도어맨처럼 잡고 있던 차문을 닫으며 "아저씨, 안양요" 하고 다시 택시 기사에게 말했다. 중호는 서울의 동쪽 끝 동네에 살고 있었다. 택시를 탄 곳에서 집까지의 거리는 시외에 사는 원호가 오히려 가까웠다. 그렇지만 중호는 택시를 형이 먼저 타고 가야 한다고 우겼다. 중호가 형에게 자발적으로 무엇을 양보하기는 평생 처음일 수도 있었다.

기사는 영어 대문자 D자가 씌어진 야구모자를 쓰고 있었다. 돈을 들여 개조한 듯 계기판에서는 초록 불빛이 번쩍거렸고 그 앞에 천원짜리 지폐가 되는대로 겹쳐져 있었는데 기사는 차량용 텔레비전을 조작하느라 바빴다.

"안양 11동 동사무소까지 얼마나 걸려요?"

원호는 차가 출발하도록 재촉할 겸해서 물었다. 기사는 한 삼십 분이면 갈 거라고 돌아보지도 않고 대답했다. 대시보드에 매뉴얼북이 놓여 있는 것으로 보아 시스템을 장착한 지 얼마 안 된 듯했다. 비가 조금씩 오고 있었고 자정이 가까워서 유난히 택시를 잡으려는 사람이 많았다. 기사들은 노골적으로 가까운 데 가는 사람은 태우려 들지 않았다. 시외에 사는 원호는 기사에게는 환영받는 승객이었다. 원호가 밤늦은 시각에 서울에서 집까지 택시를 타고 가는 일은 거의 없었지만. 기사는 원호가 한 말을 듣는 둥 마는 둥 나름대로 바쁜 일을 마치고 나서야 사람과 택시 들이 벌이는 아수라장을 빠져나와 속도를 내기 시작했다. 원호는 다시 물었다.

"조금 있다가 열두시 넘으면 할증이 있지요? 할증하면 평상시보다 몇 프로나 더 내지요?"

"머 끽해야 한 이삼천원 더 붙을 건데 아직 시간이 안 됐으니까 안양까지 가다보믄 할증에 걸릴라나 말라나."

기사는 대답을 분명하게 하지 않고 손을 옷 속으로 넣어 등을 긁어댔다. 원호는 저녁값에 술값까지 모두 중호가 낸 덕분에 지갑 속에 택시를 타고도 남을 돈이 들어 있다는 걸 알고 있었다. 그럼에도 '문제가 생기기 전에 미연에 모든 거를 확실하게 해두자는 거이가 내 인생 철학이다'라고 그날 저녁 중호에게 이야기한 그대로 원호는 또 물었다.

"모범 타면 할증 같은 건 없는데…… 일반 택시는 서울 밖으로 가면 또 시외 할증이 이십 프로 하지요?"

"모범은 요금이 두 배는 더 나올 건데. 시외요금은 그 뭐 알아서 한 삼사천원 더 주시면 되겠구만……"

122

기사는 여전히 분명히 말하지 않고 말끝을 흐렸다. 그쯤에서 먼지구름처럼 졸음이 몰려왔기 때문에 원호는 좌석에 등을 기댔다.

형제는 십여 년 만에 얼굴을 보는 셈이었다. 육 개월 전, 미국 사는 여동생 계숙이 이민 간 후 처음으로 귀국해서는 한국에 체재하는 동안 형제간을 오가며 서로 만나라고 다리를 놓았다. 그때도 보지 않았다. 돌아가신 부모님께 부끄럽지도 않느냐고, 자식들한테 창피한 줄 알라는 말이 계숙의 입에서 열 번도 더 나왔지만 형제는 일치단결한 듯 까딱도 하지 않았다. 그건 아버지에게서 물려받은 기질이었다.

고향 소읍 시가지에 있던 단 하나의 재산인 대지 오십 평 건평 스무 평짜리 적산가옥을 팔아서 서울 하고도 변두리 동네로 이사 온 뒤, 아버지는 고향에서와 마찬가지로 손 하나 까딱하지 않고 살았다. 매일 자작한 한시를 읊조리고 청주를 마실 때나 입을 놀렸을 뿐, 아이들이 고등학교에 들어가는지 여상에 가는지 간호전문대를 가는지 재수를 하는지 군대를 가는지 그 입으로 상관한 적이 한 번도 없었다. 이름을 짓는 것도 귀찮아서 아들은 항렬자를 넣어서 일호, 이호, 딸은 생기는 대로 삼숙, 사숙 하고 붙이려다 순전히 한자 실력을 과시하기 위해 맏이에게는 으뜸 원(元)자를 넣고 둘째는 버금 중(仲), 셋째이자 막내인 딸에게는 끝 계(季)자를 넣어 이름을 지었다. 그 아이들을 키우고 생계를 도맡은 건 어머니였다. 자신의 아내가 행상을 하든 도배가게를 하든 또한 전혀 상관하지 않던 사람이 가장이자 남편이며 아버지였다. 누가 대놓고 뭐라고 하지도 않았지만 뭐라고 한다고 한들 눈썹 하나 까딱할 사람이 아니었다. 그토록 의연하던 아버지는 자식들이 모두 성가한 뒤 내분

비샘 호르몬 이상으로 희귀병에 걸렸다는 진단을 받았다. 그로부터 죽을 때까지 병을 안고 사는 수밖에 없다는 것을 확인한 뒤에는 식이요법이며 민간요법을 쓰기 시작했고 미련 남기고 싶지 않다, 고생하기 싫다는 갖가지 명목으로 자신의 명의로 된 유일한 재산인 단독주택 하나를 알뜰히 갉아먹었다. 아버지의 장례를 치르고 일생의 짐을 던 줄 알았던 어머니는 한 달도 되지 않아 입원했고 삽시간에 까맣게 마르더니 자신의 통장에 들어 있던 삼백삼십만원의 잔고가 다하기도 전에 죽었다. 그때 계숙은 이민을 간 뒤였고 미국에서 자리를 잡기 전이어서 부모의 상에 올 생각을 하지 못했다.

아버지의 장례 때 이미 형제는 돌이킬 수 없이 사이가 나빠져 있었다. 아버지의 장례절차 문제를 두고도 형제는 내내 대립했다. 한 사람이 매장을 하자고 하면 한 사람은 화장을 주장했고, 고향에 가자고 하면 시립공원 이야기가 나왔으며, 문상객들에게 내갈 소주와 맥주를 가지고도 맞섰다. 그 사이에 형제의 어머니가 힘없이 앉아 있었지만 결국 아무 말도 하지 않았다.

어머니의 장례식에서는 원호 혼자 모든 걸 결정했다. 아버지처럼 화장을 했으며 유골은 납골당에 모신 아버지와 달리 어머니의 고향 마을 뒷산에 뿌렸다. 중호는 물론 그곳까지 따라갈 생각이 없었고 자신 때문에 찾아온 문상객들이 낸 부조금 봉투를 골라서 집으로 가버렸다. 소상·대상은 물론 제사를 지낼 때나 명절에 중호가 명색이 큰집인 원호의 집에 온 적은 한 번도 없었다. 원호 역시 가까운 핏줄이라고 해야 하나밖에 없는 아우나 그의 가족에게 다녀가라는 말 한 번 하지 않았다.

그렇게 냉담해진 형제를 말 몇 마디로 여느 형제 사이처럼 돌려놓으려는 계숙의 시도는 처음부터 성공할 확률이 거의 없었다.

중호는 취직이 잘 안 되는 지방대학 철학과를 나와서 교사 임용시험 준비를 한다고 원호에게 용돈을 타쓰며 두어 해를 놀다가 영어학원에서 만난 여자와 덥석 결혼했다. 원호는 전문대를 졸업하고 군대에 갔다가 기갑사단 탱크병을 하면서 운전을 배웠고 그것을 특기로 육군 대령 출신의 사장이 있는 작은 회사에 취직해 있었다. 중호는 형에게 부모가 자식에게 아무것도 해준 것도 없고, 해줄 것 같지도 않으니 형이라도 부모 노릇을 해야 하는 것 아니냐고 주장했다. 원호는 부인 몰래 신혼부부의 월세방 보증금을 내주었다.

결혼 당시 중호의 처갓집은 서울의 동쪽 외곽 동네에서 기사식당을 하고 있었는데 중호 부부는 요리학원을 몇 달 다니고는 그 식당에 취직했다. 중호의 부인이 만드는 제육볶음이 맛있다고 택시 기사들 사이에 소문이 나면서 식당은 갑자기 문전성시를 이루기 시작했다. 이 년이 되지 않아 중호의 장인은 식당이 세 들어 있던 건물을 샀고 또 한 해가 지나기도 전에 옆의 가정집을 사서 헐고 주차장으로 쓰다가 오 년 전쯤 건물을 지었다. 그 과정에서 중호는 식당 종업원에서 지배인으로, 주차장 사장으로, 건물주로 변신을 했다. 그 역시 그러노라 바빠서 형의 아들딸이 무엇을 하는지 관심을 가질 겨를이 없었다. 명절이라고 택시가 안 다니는 게 아니므로 식당 문을 닫을 수는 없었고 친가에 가지 않는 핑계로 안성맞춤이었다. 부모의 제삿날은 평일이었으므로 눈코 뜰 새 없이 바빴다. 그러므로 일부러 연락을 하지 않는 한 형제가 서로 어떻게 사는지 알 수도 없었다.

어느 날 계숙이 느닷없이 중호에게 전화를 걸어서 미국에서 번 돈 가운데 백만 불 가량을 한국에 투자하려고 하는데 아는 게 있으면 좀 알려달라고 했다. 중호는 골프 친구들에게 들은 대로 강남의 재개발 아파트에 묻어두는 게 제일 확실하다고 했고 계숙은 생각해보겠노라고 했다. 중호는 계숙이 투자를 하려고 귀국한 줄 알았지만 계숙은 시누이의 집에서 묵으며 두 오빠가 서로 왕래하지 않는 것과 친정 부모에게 제대로 된 산소가 없는 것에 대해 누누이 이야기했을 뿐 투자 문제는 이야기하지 않았다. 원호가 벌써 오 년째 놀고 있다는 것이나 올케가 할인점에 파트타임으로 일해서 근근이 먹고산다는 것을 알아내서 중호에게 전해주었다. 때가 되자 원호에게 자신이 입국하면서 산 최신형 휴대전화를 주고는 미국으로 돌아가버렸다.

답답해진 중호가 전화를 걸자 계숙은 중호가 물색해서 소개한 아파트를 사면 원호의 이름으로 등기하겠다고 했다.

"작은오빠, 난 큰오빠가 너무 불쌍해. 오빠는 아빠만 아니면 외교관이 됐을지도 모르고 종합청사 국장은 됐을 거야. 그렇게 능력이 있고도 집에만 틀어박혀서 인생을 끝내야 한다면 불공평한 거야. 작은오빠, 등기하기 전에 큰오빠한테 절대 이런 말 하지 마. 그리구 나 큰오빠가 작은오빠보다 좋아서 이러는 거 아냐. 작은오빠는 누가 안 도와줘도 평생 먹고살 거리를 장만해놨잖아."

중호는 나도 아빠가 그토록 이기적으로 자식을 방관하지 않았다면 국장 아니라 장차관, 총리를 했을 수도 있다고 말했다. 식당 지배인, 변두리 동네 건평 오백 평짜리 건물 주인으로 인생을 끝마치려고 태어난 건 아니다, 라고도 했지만 계숙은 더이상 들으려 하지 않았다. 정보 빠른 젊은 친구들에게 묻고 또 물어보고 알아볼 만큼 알아봐서 그저 사서 몇 달만 있으면 프리미엄이 몇천만원이 떨어질 아파트를, 손 하나 까딱하지 않고 멍청하게 앉아 있던 원호에게 넘긴다고 생각하니 중호는 견딜 수 없었다. 결국 중호는 원호에게 계숙의 의향을 미리 알리고 자신의 공을 극대화시켜서 최소한 프리미엄은 자신의 것으로 하려고 했다. 그래서 형을 만나자고 한 것이었다.

원호는 계숙이 귀국했을 때 지나가는 말로 강남의 아파트를 사려고 한다는 것을 들었다. 매제가 수완이 좋아서 미국에 큰 가게 외에도 집이 두 채가 있는데 한국에까지 집을 사려는 이유가 뭔지 몰랐지만 상관할 건 없었다. 그런데 중호는 원호에게 계숙이 외환관리법이나 세금 문제 때문에 재개발 아파트의 명의를 자신들의 것으로 할 수는 없다면서 일단 원호의 명의로 할 예정이라고 말했다. 원래 그 아파트를 물색하고 소개한 중호의 명의로 하려고 했지만 중호는 1가구 3주택에 해당한다는 게 문제라고도 했다. 훗날 재건축이 끝나고 그 아파트를 팔게 되면 투자 수익이 최소 투자 원금만큼은 남을 것이다. 그건 그때의 일이고 우선 당장 생기는 프리미엄이 있는데 그건 계숙이 전혀 모르는 부분이다. 물색해놓은 아파트는 두 채인데 모두 계숙에게 받은 돈으로 계약한다. 한 채는 중간에 프리미엄을 받고 팔고 남은 한 채를 원호의 명의로 하자는 것이었다. 사실상 프리미엄은 물건을 잘 고른 중호의 몫이지만 명의를 빌려주는 원호도 일정한 몫이 있다. 그 일정한 몫이 적어도 천만원이었고 타이밍에 따라서 일억도 되고 이억도 될 수 있었다. 그 프리미엄을 재투자해서 또다른 물건을 계약하고 하다보면 곧 온전한 아파트 하나가 떨어진다는 계산이었다. 그사이 계약금이든 잔금이든 돈은 계숙이 댈 것이니 형은 그냥 가만히 있으면 된다고 하는 것이었다. 다만 이 사실을 계숙이 끝까지 모르게 해야 한다는 게 중요했다. 이런 이야기를 하고 있으려니 형제 사이에 쌓였던 앙금은 어느새 사라지고 없었다.

"아무리 형제간이라도 돈관계는 철저히 따져야 한다고. 계숙이가 형한테 전화를 할 거거든요. 내가 형 핸드폰으로만 전화를 하라고 했어. 형수나 집사람이나 누가 알면 괜히 피곤해지잖아요. 만에 하나 일이 잘 안 되면 실망도 클 거고. 하여튼 전화 오면 형하고 나하고 이젠 사이가 좋아졌다, 모든 일을 저한테 맡기라고 하시기만 하면 돼요. 우리가 이렇게 된 거 내 입으로 먼저 계숙이한테 말하기는 낯간지럽잖아. 그러면 계숙이가 즉시 백만 불을 싸들고 들어오든지, 송금을 하든지 할 거라고. 물건은 틀림없으니까 사실 돈만 있으면 아파트 열 채라도 사가지고 이 정권 바뀔 때까지 버티면 두 배 세 배 장사가 될 수도 있어. 형, 우리 하나밖에 없는 여동생이 미국 가서 남 손톱 밑에 낀 때 청소해주고 번 돈, 그거 뺏어먹자는 거 아니잖아요. 전부 다 윈윈 하자는 거야. 한잔하세요, 형. 드세요."

원호는 중호의 입에서 '형'이나 존대어가 나올 때마다 가슴이 저릿저릿해졌다. 중호의 말마따나 형제지간에 형이니 아우니 하는 말을 한 것 자체가 너무 오래 전의 일이었다.

"알았다, 중호야. 알았으니까 너도 한잔 쭉 마셔. 마시자, 중호야. 마시고 잊을 건 잊고 우리 다 잘 되는 쪽으로 정말 노력하면서 살아보자. 마시자, 중호야. 미안하다, 중호야."

원호는 눈을 떴다. 머리가 지끈거렸다. 목덜미가 땀으로 축축했다. 술을 오랜만에 마셔서 그런가. 원호는 넥타이를 풀었다. 갑자기 만나자고 한 동생에게 만만하게 보이지 않으려고 일부러 입은 양복 정장인데 몸에 좀 작아진 느낌이었다. 택시 안에는 "아아싸" 하는 추임새와 빠른 리듬의 드럼 소리가 반복되는 노래가 시끄럽게 울려퍼지고 있었다. 이 소리에도 잠을 잤던가. 원호는 목을 양쪽으로 꺾고는 거칠거칠한 입술에 침을 발랐다.

"아저씨, 그 라디오 소리 좀 줄여주면 안 돼요?"

기사는 어깨를 으쓱하더니, "이거 라디오 아닙니다" 했다. 줄이기 싫다고? 원호는 중얼거렸다.

"그러면 카오디오 음악을 다른 음악으로 바꿔주쇼."

기사는 자신의 영역을 침범당한 고양잇과 맹수처럼 크악, 하고 목을 울리더니 창문을 내리고 가래를 밖으로 뱉었다. 크악, 크악 하는 소리가 노랫소리보다 더 크게 울렸다. 원호는 외면한 채 아무것도 보이지 않는 고속도로변에 눈길을 돌렸다. 노래가, 아니 "아아싸"와 드럼 소리가 그치고 나자 원호는 왼쪽 볼에 경련이 일어나는 것을 느꼈다. 잠깐이지만 혼곤한 잠에서 깨어보니 세상이 많이 달라져 있는 듯했다. 그러고 보니 하루 만에 달라진 것도 많았고 오후부터 지금까지 달라진 것도 많았다. 정상이면 오히려 이상한 것이었다.

비정상에 합류하듯 넥타이가 목 뒤로 휙 돌아갔다. 머리카락이 휘날렸다. 기사는 가래를 뱉기 위해 열었던 창문을 연 채 달리고 있었다. 원호는 집까지 남은 거리가 얼마일지 가늠했다. 집 앞까지 들어간다면 십오 분 정도 더 걸릴 터였다. 고속도로에서 시내 도로로 내려서면 바람이 거세지 않을지도 몰랐다. 원호는 원래 싸움을 싫어하는 사람이었다. 회사가 부도나고 회사를 새로 인수한 채권단에서 구조조정을 한다고 했을 때 맨 먼저 짐 싸들고 나온 사람이 그였다. 동료들은 남아서 육 개월간 채권단이 임명한 경영자 측과 싸웠고 원래 제시한 퇴직위로금의 두 배를 받아냈다. 원호도 그 덕을 보긴 했지만 다시 그런 일이 생기더라도 똑같이 할 것이었다. 원호는 오른편 창문을 내렸다. 맞바람이 치면서 바람의 세기는 두 배가 되었다. 원호는 입을 벌렸다. 복어처럼 입 안이 바람으로 가득 찼다. 원호가 아아, 하는 소리를 내자 입이 악기처럼 떨리며 아으아으아으, 하는 소리로 변했다. 재미있어서 더 입을 벌리고 소리도 높이려는데 창문이 닫혔다. 남이 재미있어하는 일은 못 봐주는 듯한 인상의 기사가 실내거울로 그를 흘끔거렸다. 원호는 아무 일도 없었던 것처럼 넥타이를 앞으로 되돌리고 머리를 쓸었다.

머리에서 물기가 느껴졌다. 원호는 목으로 손을 돌렸다. 역시 물기가 있었다. 그새 비가 안으로 들이쳤었나. 그런 것 같지는 않았다. 잠자는 사이 흐른 땀이었다. 그걸 알려주기라도 하듯 택시 안은 후텁지근해졌다. 원호는 넥타이를 조금 더 풀었다. 시계를 보려다 시곗줄에 땀이 차 팔목에서 푼 기억이 나서 주머니에 손을 넣었다. 윗도리 오른쪽 주머니에는 시계와 휴대전화 말고도 낯선 게 있었다. 만원짜리 지폐 세 장이었다. 원호는 자신의 지갑을 꺼냈다. 만원짜리 지폐 네 장과 오천원짜리, 천원짜리 한 장이 얌전하게 들어 있었다. 주머니의 돈은 택시를 탈 때 중호가 넣은 게 분명했다. 난생처음 동생에게서 받아본 돈이었다. 원호는 미터기를 넘겨다보았다. 막 이만원이 넘어가고 있었다. 돈이, 동생이 챙겨준 돈이, 아내가 할인점에서 일해 벌어와서 근 보름 만에 외출하는 남편의 지갑에 한 장씩 세어 넣어준 돈이 아까웠다. 그 돈을 주어야 하는 택시 기사의 행동을 참아줄 이유가 없었다.

"아저씨, 그 에어컨 좀 틉시다. 사람 쪄 죽겠네."

기사는 이번에는 아무 대꾸도 없이 냉방 스위치를 눌렀다. 삐리리릭 소리가 나며 팬이 최고속도로 돌기 시작했다. 거기에서 나오는 바람의 소리며 강도도 만만치 않았다. 넥타이가 흔들릴 정도였다. 원호는 다시 중얼거렸다. 곰탱이 같은 게 자존심 덩어리네. 기사는 풍량이 자동으로 줄어드는 듯하자 다시 조작해서 바람 강도를 최대한 높였다. 비행기 조종석을 연상케 하는 계기판이 번쩍번쩍 빛을 냈다.

연립주택 단지 입구에 차가 멎었다. 그는 비탈져 있는 단지 안쪽으로 더 들어가달라고 할까 하다가 기사가 주차 브레이크까지 끽, 하고 올리는 걸 보고 얼마냐고 물었다. 미터기 요금은 이만팔천원이었다.

"보자, 삼만원하고…… 또 뭐 사천원. 그렇게 주세요. 삼만사천원."

"뭐요? 왜 그렇게 많아요?"

"많긴요. 시외 할증 있는데. 이십 프로."

"아까는 시외 할증은 한 삼천원 한다고 그랬잖아요. 지금은 오천원이나 되고."

"내가 언제 삼천원이라고 그랬어요. 손님이 먼저 분명히 이십 프로라고 물어서 내가 그렇다고 그랬지. 지금 이십 프로 하면 이만팔천원에 곱하기 이십 하면은 오천원에서 좀 빠지네."

"이거 봐요. 분명히 그쪽 입으로 한 삼천원만 더하면 될 거라고 했잖아요. 그리고 이십 프로라는 것도 그렇지, 왜 슬그머니 몇백원을 더 붙이는 거요?"

"아, 그 손님 정말 더럽게 까다롭게 그러네. 그러면 맘대로 하쇼."

그는 갑작스럽게 싸움을 걸어오는 듯한 단어에 말문이 막혔다. 기사는 어쩔 테냐, 하는 식으로 모자의 영문자 D자에 손가락을 얹고 그를 돌아보았다. 그는 순간적으로 경찰서, 도로 위에서의 격투 따위를 생각해냈다. 한참 뒤에 그는 천천히 입을 열었다.

"삼만원까지는 내가 인정하지만 그 다음은 따질 거 따져서 낼 거요."

"아, 맘대로 하라니까 그러네. 빨리 주기나 하쇼. 지금 한참 바쁜 시간에 그깟 돈 몇푼 가지고 그래."

"이 사람이 정말, 한번 해보겠다는 거야!"

그는 지갑을 꺼내들고 문을 열었다. 밖으로 나가서는 창문 안으로 지폐를 한 장씩 꺼내서 집어던졌다. 그에 대해 무슨 반응이 나오면 운전석으로 달려가 멱살잡이라도 할 생각이었다. 그러나 기사는 만원짜리가 석 장을 넘자 됐다는 듯 고개를 까딱했다. 그는 문이 부서져라 닫았다. 조수석 창문이 열렸다. 그는 천원짜리 한 장을 꺼냈다.

"이거 받아!"

기사는 마주 소리를 질렀다.

"됐으니까 잘먹고 잘 살아라!"

"받으라니까!"

그는 천원짜리 한 장을 힘껏 팽개쳤다. 지폐가 나풀거려 힘이 제대로 전달이 되지 않자 그것도 분했다. 오천원짜리를 꺼내려다 집어넣는 그를 두고 차는 가버렸다. 그는 화단의 돌에 걸터앉아 숨을 식식거렸다. 개자식. 숨이 가라앉으면서 땀이 식었다. 뭔가 허전해진 기분이 들었다. 그는 주머니 여기저기에 손을 집어넣었다가 몸이 굳었다. 핸드폰! 그는 벌떡 일어나서 택시가 사라진 방향으로 급히 몇 걸음을 떼었다 다시 멈춰 섰다. 주머니의 지폐는 그대로였지만 전화기는 없었다. 시비를 하며 돈을 꺼냈다 넣었다 하는 와중에 좌석에 전화기를 놓고 내린 게 틀림없었다.

계숙이 준 최신형 슬라이드 휴대전화였다. 하나뿐인 여동생이 줬기 때문에 쓸 일도 없으면서 당분간만 최소요금제에 들어 번호를 유지하고 있는 휴대전화였다. 언제든 여동생이 귀국하면 돌려줄 휴대전화였다. 무엇보다 계숙이 아파트 용건으로 전화를 걸어올 휴대전화였다. 지금 시간이면 미국 시간으로 낮이니 당장 전화를 걸어올 수도 있었다. 그는 택시의 번호를 떠올리려고 해보았다. 떠오를 리가 없었다. 영문자 D자가 그려진 야구모자, 화려한 불빛의 계기판이 무슨 도움이 될 것도 아니었다. 어떻든 일단 전화를 걸어봐야 했다. 그는 다급하게 집으로 걸음을 옮겼다. 지은 지 이십 년인 연립주택 단지 입구의 101동, 201동을 지나 그가 사는 동은 가장 높은 자리에 있는 401동 하고도 삼층이었다. 그는 일 초 일 분이 아까워서 뛰다시피 했다.

원호가 열쇠로 문을 열고 들어서자 정면 벽 앞 컴퓨터에 붙어앉은 아들 윤의 등이 보였다. 컴퓨터에 연결된 스피커에서 그의 숨소리의 메아리처럼 헐떡거리는 숨소리가 났다. 그가 내지 않은 신음 소리도 들렸다. 윤이 음란동영상을 다운받아서 보는 중이었다. 윤의 넓은 등과 큰 얼굴에 가려 문에서는 화면이 제대로 보이지 않았다. 그가 신발을 벗고 올라서는 동안 화면은 다른 데로 돌아갔다. 그가 등 뒤로 다가서는데도 윤은 돌아보지 않고 게임을 하는 시늉을 했다. 치고 차고 찍고 쓰러뜨리고 쏘고 짓밟고 죽이고 죽이고 죽이고…… 그가 아는 게임의 내용은 그게 전부였다. 윽, 악, 큭, 끄악, 으아악, 탕, 타타탕, 쾅…… 그는 윤을 지나쳐 방으로 들어가서 옷도 벗지 않은 채 전화기를 들었다. 자신의 휴대전화 번호를 누르려다 그는 전화기를 놓아버렸다. 전화료를 연체해서 전화가 수신만 되도록 되어 있었기 때문이었다. 그는 아내의 휴대전화를 찾았다. 없었다. 그는 방문을 열고 나가서 윤에게 핸드폰이 어디 있느냐고 물었다. 열흘 만에 처음으로 아들에게 말을 건넨 것이었다. 윤은 쳐다보지도 않은 채 대꾸했다.

"왜?"

"왜는 왜! 쓸데가 있어서 그렇지. 네 핸드폰 어디 있어?"

"아빠 거 써. 내 거는 정액제라서 충전한 거 거의 다 됐다구."

"야 이 자식아. 아빠 게 없으니까 니 걸 달래지."

"왜 없어?"

그는 있는 힘껏 소리를 지르기 전에 윤을 내려다보았다. 어릴 때부터 도통 말을 듣지 않던 아이였다. 중학교 때부터 공부와 담을 쌓더니 수

업시간이면 무조건 잠을 잤고 그 외의 시간에는 게임만 했다. 여러 가지 방법을 썼다. 컴퓨터 사용시간을 제한했고 거실에 내놓고 얼마나 게임을 하는지 감시를 하기도 했으며 인터넷을 끊고 컴퓨터를 아예 없애버리기도 했다. 밤을 새우며 피씨방을 돌아다니다 찾아서 데리고 온 적도 여러 번이고 피씨방을 가지 못하도록 용돈을 주지 않은 적도 있었다. 백 가지 방법이 효과가 없었다. 게임 중독 수준이 아니라 몸만 컴퓨터와 게임 밖에 있을 뿐 컴퓨터와 게임의 일부로 존재하는 것 같았다. 최소한의 시간만 학교에 있다가 와서 오로지 게임만 하는데도 고등학교를 졸업했다. 대학입학시험은 관심도 없었다. 어떻든 형식적으로는 윤은 재수생이었다. 윤이 먹는 건 빵과 우유 아니면 피자, 라면, 튀김닭 같은 인스턴트 음식뿐이었다. 그러면서 무섭게 살이 쪘다. 윤은 콜라를 마시며 피자를 씹고 있었다. 부엌 가스레인지에는 불이 켜져 있었고 라면 봉지가 입을 벌린 채 냄비의 물이 끓기를 기다리고 있었다.

"없어! 없으니까 없어! 빨랑 네 핸드폰 안 가져오면 컴퓨터 박살내버린다!"

창문이 흔들릴 정도의 소리였지만 아들은 간단하게 받았다.

"맘대로."

그는 컴퓨터를 부수기 전, 정확하게는 컴퓨터 모니터를 부수기 전 컴퓨터 모니터가 몇번째 부서졌는지 생각해보았다. 삼 년 전 봄, 온라인 주식거래에서 마지막 한 푼까지 깨끗하게 털어넣었을 때가 처음이었다. 본체까지 박살을 내고 싶었지만 겉이 유리로 된 모니터와 달리 본체는 걷어찬 발만 아프게 했을 뿐 까딱하지도 않았다. 아내가 채팅에 빠져서 새벽마다 모니터를 보고 시시덕거리는 것을 보고 그는 다시 한 번 모니터를 부쉈다. 아내는 그 뒤로 그의 앞에서는 컴퓨터 앞에 앉지 않았다. 한 달에 서너 번 회식을 이유로 새벽이 다 되어 집으로 돌아올 때 아내의 옷에서는 담배 냄새와 비누 냄새가 났다. 사내 냄새는 나지 않았지만 사내와 함께 한방에 있다 온 것이라고 그는 생각했다. 그는 아내를 부수지는 못했다. 컴퓨터 모니터는 없어도 살지만 아내가 없으면 새 모니터를 못 사는 것은 물론 끼니를 이어갈 수 있을지도 알 수 없었다. 원호는 침착하게 식탁 의자에 걸린 수건을 손에 감았다. 그러고는 아이의 등 뒤로 돌아가 컴퓨터 모니터를 쳤다. 그러나 모니터 모서리에 손이 걸리면서 모니터는 조금 뒤로 젖혀졌을 뿐, 깨지지는 않았다. 윤이 벌떡 일어섰다.

"아이 씨, 왜 또 지랄이야?"

아들이 돌아서며 아버지의 팔을 맞잡았다. 아들의 키가 아버지보다 반 뼘가량 컸으므로 아버지는 아들을 우러러보며 악을 썼다.

"야 이 자식아, 지랄? 지랄이라니? 더 해봐, 해봐, 아 씨팔 개지랄이라고 해봐. 해보라니까."

윤은 전혀 흥분하지 않았다. 오히려 귀찮은 듯했다.

"왜 술 처먹고 와서 또 난리냐구?"

"이 망할 놈의 집구석, 불이나 확 싸지르고 너하고 나하고 다 죽자, 다 죽어, 응? 해봐, 이 씨부랄 놈아."

아들은 아버지를 거실 쪽으로 밀어붙였다.

"왜 이래, 또? 맨날 술 처먹고 주정하고 애들 패는 게 아빠야? 아빠

냐구?"

"내가 언제 맨날 술을 처먹었냐. 언제?"

"어제도 먹었잖아, 오늘도 먹고. 베란다에 소주병 쌓아놓는 게 누군데?"

그는 다리에 한껏 힘을 주고 버티고 있었지만 곧 아들의 힘에 지고 말 것임을 깨달았다. 살만 찐 줄 알았더니 윤의 아귀힘은 예상외로 셌다. 그는 무력감과 절망을 함께 느꼈다.

"그걸 내가 먹었냐? 네 에미한테 물어봐! 네 에미가 맨날 저녁때 옥상 가서 뭘 하는지!"

"아이 씨, 엄마는 돈 버느라고 힘드니까 그렇지. 아빠 뭐야? 맨날 먹고 놀고 자빠져 자고, 그러고서 뭐 보태준 거 있다고 컴퓨터를 부순다 만다 지랄발광이야? 아빠면 다야?"

"이 자식이!"

그는 윤이 말을 하는 틈을 타서 기습적으로 손을 빼내서 턱을 갈겼다. 그러나 팔이 제대로 닿지 않아 스쳤을 뿐이었다. 아들은 그의 팔을 뒤로 꺾었다. 소파에 얼굴을 닿게 한 뒤 무릎으로 등을 짓눌렀다. 그는 소파의 인조가죽에 코가 막히지 않도록 필사적으로 얼굴을 틀면서 거세게 숨을 내쉬었다. 두 달 전 102동 앞에서 주워온 소파는 먼지와 때와 병균이 득시글거릴 것이었다. 낯모를 사람들의 엉덩이가 수천 수만 번 지나갔을 소파의 가짜 가죽에 얼굴을 압착하듯 갖다대고 있어야 한다는 사실이 끔찍했다.

"야, 이거 좀 놔라. 내가 안 그럴게. 안 그런다, 윤아. 이거 좀 놔."

"아이 씨, 그걸 어떻게 믿어. 한두 번이야?"

그때 오빠, 하는 소리가 났다. 딸 연의 목소리였다. 자다가 시끄러워서 방 밖으로 나온 것 같았다. 그는 수치감에 몸이 벌벌 떨렸다.

"연아, 너 들어가 있어. 엄마 올 때까지 무슨 일이 있어도 나오면 안 돼. 들어가, 들어가라니까!"

입이 짓눌려 있어서 제대로 발음되지 않았다.

"오빠, 아빠가, 아빠가……"

연이 울먹거리자 윤이 소리를 질렀다.

"이 쌍년이 들어가래니까. 확 죽여버릴라."

그의 머릿속에 윤이 연의 목을 조르는 광경이 그려졌다. 애벌레처럼 살찌고 퉁퉁한 손가락 하나하나가 연의 가녀린 목을 조르고 연의 목이 늘어나면서 눈이 튀어나오고 감긴다. 연의 무릎에 힘이 빠지고 연이 쓰러진다. 우악스러운 손은 여전히 연의 목을 감고 있다. 그는 죽을힘을 다해서 머리로 소파를 떠다밀었다. 소파가 뒤로 밀리며 무릎의 압력이 사라졌다. 그는 오른쪽으로 몸을 뒤틀어서 팔을 빼냈다. 몸이 완전히 자유로워진 순간, 그는 있는 힘껏 발로 걷어찼다. 발끝에 무엇인가 제대로 걸렸다.

"아! 아야!"

윤이 쓰러져 뒹굴었다. 사타구니의 급소를 차인 것 같았다. 그는 몸을 완전히 일으켜서 사타구니 사이에 두 손을 끼워넣고 어린아이처럼 "아야, 아파, 아파" 소리를 내며 뒹구는 윤을 내려다보았다. 곧 손에 잡히는 대로 아무거나 주워들었다. 윤이 들고 있던 빈 콜라병이 손에 잡했다. 그는 윤의 머리를 그 병으로 갈겼다. 예상과 달리 병은 깨지지 않았고 두번째로 치자 손에서 튀어 달아났다. 윤이 우웅, 소리를 내고는 고장난 기계처럼 축 늘어졌다. 기분이 이상해서 돌아보자 연이 문을 반쯤 열고 놀란 눈으로 그의 행동을 지켜보고 있었다.

"들어가! 들어가란 말야! 안 들어가? 들어가!"

그는 병을 다시 주워들고 딸을 위협했다. 딸이 놀라서 방으로 들어갔다. 그는 부들부들 떨리는 주먹으로 윤의 머리를 후려쳤다.

"이 개자식아, 이 개 같은 놈아, 이 개놈아, 네가 애비를 죽이려고 해? 네가 사람 새끼로 애비를 죽이려고 목을 졸라? 그래, 네가 먼저 죽어봐라."

그의 코에서 흘러나온 콧물이 말할 때마다 인중에서 푸륵거렸다. 그는 윤의 방으로 들어갔다. 방 안은 발 디딜 틈도 없이 갖가지 물건과 옷가지, 상자로 어지러웠다. 책상 위에 전에 없이 책이 펼쳐져 있었다. 책을 뒤집자 '영어회화 완전정복'이라는 제목이 인쇄되어 있었다. 그는 책을 팽개치고 서랍을 열었다. 휴대전화가 들어 있었다. 그는 칠이 벗겨진 플립을 열었다. 그러고는 자신의 휴대전화 번호를 누르고 발신 표시를 눌렀다. 자신은 넣은 적이 없는, 넣을 줄도 모르는 컬러링 소리가 그의 귀를 울렸다. '성문 앞 우물 곁에 서 있는 보리수 나는 그 그늘 아래 단꿈을 꾸었네……' 노래를 하면 그렇게 불릴 멜로디가 다시 한번 시작되도록 아무도 전화를 받지 않았다. 그는 플립을 닫았다가 다시 열고 재발신을 눌렀다. '성문 앞 우물 곁에 서 있는 보리수 나는 그 그늘 아래 단꿈을 꾸었네 가지에 희망의 말 새기어놓고서……' 그는 플립을 닫고 다시 열었다. 재발신을 하자 이번에는 컬러링 대신 '전원이 꺼져 있어 삐 소리 후 소리샘으로 연결되오며 통화료가 부과됩니다' 하는 소리가 흘러나왔다. 전화기를 습득한 사람이 전원을 끈 것이었다.

"이런 개새끼가, 개 같은 놈이."

그는 이번에는 아내에게 전화를 걸었다.

"지금 어디야?"

전화기 속의 소리가 시끄러운 것으로 보아 단란주점 같았다. 그는 그나마 여관방이 아닌 것이 다행이라고 생각했다.

"어디긴, 밥 먹고 있지."

"누구랑?"

"누군 누구, 언니들하고 후배들하고……."

아내의 소리 사이에 "아이, 조과장님, 너무하세요" 하는 여자 소리가 끼어들었다. 그는 이를 악물었다. 잠깐 사이에 아내의 전화기의 소음은 줄어들었다. 손으로 막았거나 밖으로 나온 듯했다.

"왜 그래? 왜 윤이 전화 가지고 전화한 거야?"

"씨발, 윤이고 지랄이고 지금 당장 기어와."

"어머."

그의 말이 끝나기도 전에 아내의 목소리가 높아졌다. 그러고는 "왜 이러세요" 하는, 그가 연애 시절 말고는 들어보지 못한 콧소리 섞인 말과 "이여사님, 아직 몸 좋으시네" 하는 목소리가 섞여 들렸다. 그는 다시 이가 부러져나가라 깨물었다. "미안, 통화중!" 하는 소리에 이어 냉랭한 아내의 목소리가 들렸다.

"왜 욕을 하고 그래. 지금 회사 사람들하고 같이 있다니까."

"잘한다, 잘해. 야, 이년아. 내 마누라한테 내가 욕하는데 회사가 무슨 상관이야, 엉? 빨리 기어들어오라니까 내 말 못 알아들었어? 네 새끼 하나가 자빠져서 다 죽어간다, 다 죽어가."

"또 뭐야? 난 지금 못 간다니까. 누가 어떤데?"

"네 아들놈이 게임만 하더니 거품 물고 나자빠져 있다."

"내가 간다고 무슨 수 있어? 하여튼 걔는 사람 말을 안 듣잖아. 아빠가 아빠 같애야 사람 무서운 줄 알 거 아냐. 난 몰라. 두 사람이 알아서 하셔. 정 급하면 119를 부르든지."

"아, 이년아, 빨랑 안 와?"

"이봐요, 송원호씨. 당신 오늘 술 취했어? 어머머!"

그는 아내가 한 말보다 마지막에 들린 콧소리 섞인 비명에 더 화가 났다. 누군가 아내를 따라 밖에 나왔다가 뒤에서 가슴을 쥐기라도 한 것처럼 느껴졌다. 그리고 전화가 끊겼다. 윤의 휴대전화 사용시간이 다 되어서인지 아내가 끊어서인지 불분명했지만 그에게는 상관없었다.

그는 방 밖으로 나와서 여전히 쓰러져 있는 윤을 내려다보았다. 내 새끼가 죽으려고 할 리는 없지. 분명히 딴 놈 씨야. 그는 어머머, 하던 아내의 콧소리를 다시 떠올렸다. 피가 끓었다. 내일 당장 피 뽑아서 검사부터 해봐야겠구만. 더러운 피를 가진 모자를 한꺼번에 다 쫓아내버리겠다고 그는 생각했다. 총에 맞은 멧돼지처럼 쓰러져 있는 윤이 다시 밉살스러웠다. 그는 발로 멧돼지의 머리를 힘껏 걷어찼다.

그는 딸과 아내가 함께 쓰는 방의 방문을 바라보았다. 아내와 각방을 쓴 지 삼 년째였다. 피검사를 하고 당장 아내와 아들, 아니 멧돼지들을 쫓아내버리고 강남의 재개발 아파트에 가서 떵까떵까 살아보리라. 그 아파트에 너희를 들여주나 봐라. 그 집이 몇억인지 아느냐. 문짝 하나에 억이다, 억. 그는 등기를 하면 계숙에게는 미안하지만, 자신의 피치 못할 사정을 설명하고 무조건 거기 들어가서 살 생각이었다. 등기만 되면 자신의 것이라고 주장해도 되었다. 미안하지만, 미안하지만. 그런데 결정적으로 오늘밤이라도 여동생이 전화를 걸어올 것인데 그 전화를 못 받으면 아파트를 못 받게 될 수 있었다. 전화를 이쪽에서 할 수도 있지만 그건 너무 속 보이는 짓이라 다 된 밥에 코 빠뜨리는 격이었다. 그는 윤의 전화기의 플립을 열고 114를 눌렀다. 신고라도 할 생각이었다. 이 시간에는 분실과 통화품질 서비스 같은 긴급한 용건 말고는 접수를 하지 않는다는 자동안내가 흘러나왔다. 분실신고를 하려던 그는 자신이 가입한 이동통신사와 윤이 가입한 곳이 다르다는 것을 깨달았다.

"이런 쌍!"

그는 공중전화가 어디 있는지 떠올려보았다. 근래에 공중전화를 본 기억이 가물가물했다. 그때 딸이 있는 방의 문이 살그머니 열렸다. 그는 문틈 사이로 보이는 딸의 눈을 노려보았다.

"문 열지 마! 자란 말이야!"

딸은 울먹였다.

"잠 안 와. 엄만 언제 와?"

그는 갑자기 눈이 뜨거워졌다. 그걸 감추려고 일어나 방문으로 가서는 문을 떠밀었다.

"금방 와. 자. 잘 자라니까."

그는 방문 밖에 있는 자그마한 문고리를 걸었다. 초등학생이던 윤이 잘못했을 때 집어넣고 가두기 위해 만든 문고리였다. 지금은 가둬놔봤자 윤이 힘주어 당기면 떨어져버릴 정도로 약했다. 그런데 왜 눈이 뜨거워지는지 알 수 없었다. 귀찮다는 생각을 하며 그는 쓰러져 있는 아들에게 다가갔다. 일단 물이라도 끼얹어 깨운 뒤 휴대전화 충전하는 법을 배워서 전화를 하고, 전화를 찾고 전화를 받고, 피검사를 하고 쫓아내고 등기를 하고…… 그때 손에 들고 있던 전화기에서 벨소리가 났다. 아내였다.

"야 이년아, 왜 안 와, 지금까지!"

"송원호, 너 함부로 말하지 마. 나 당신 좋아서 같이 살아주고 있는 거 아니야. 내 인생 남부끄러울 거 없어. 당신한테 이년 저년 소리 들을 일 없다구."

"너 취했냐, 완전히 돌았냐?"

"내 인생 내가 결정해. 내 인생 내가 결정한다고. 내가 가고 싶을 때 갈 거고 가기 싫으면 영원히, 영원히 안 간다. 너 혼자 잘 먹고 잘살아봐. 사람 귀한 줄 알 거야. 최과장, 최과장님, 내가 지금 집에 있는 애들 한 방에 다 해결했어. 이리 와요, 이리 와봐."

그는 침착해지려고 애썼다. 일단 깨우자. 그는 여전히 떨리는 손을 꺾어 딱, 소리를 내며 아들에게 다가갔다. 그런데 윤의 피붓빛이 푸르스름해진 것 같았다. 형광등 때문인가. 그는 윤의 코에 손가락을 가져다댔다. 아무것도 느껴지지 않았다. 윤이 거실에서 게임을 하는 동안

방에 갇혀 진종일 채널을 바꿔가며 본 영화에서 본 대로 그는 윤의 목에 손가락을 가져다댔다. 아무런 움직임도 느껴지지 않았다. 차가웠다. 그는 다급하게 윤의 코에 귀를 가져다댔다. 아무런 소리도 나지 않았다. 코끝이 차가웠다. 기절한 건가. 그는 기절과 죽음의 상태가 어떻게 다른지 몰랐다. 기절했을 때 숨을 쉬는 건지, 그렇지 않은 건지도 생각해본 적이 없었다. 인공호흡을 어떻게 하는 줄도 몰랐다. 사람이 잠깐 동안 숨을 쉬지 않아도 뇌세포가 죽는다거나 하는 일은 생각해본 적이 없었다.

그는 온몸에 소름이 돋는 것을 느끼며 몸을 일으켰다. 자신은 죽이려고 한 적은 없었다. 윤의 공격에 저항해서 사타구니를 찬 것은 반사적인 행위였다. 병으로 머리를 때린 것도 자신을 지키기 위한 정당방위였다. 그 뒤에 머리를 찬 것은 문제가 될 수 있어도 결코 죽이려고 한 것은 아니었다. 그렇지만 누구도 그의 사정을 알아주려고 하지 않을 게 뻔했다. 그는 전화기를 든 채 안방으로 들어가 문을 닫았다. 자신도 모르게 문을 잠갔다가 잠금쇠를 풀었다가 다시 잠갔다. 어떻게 하나. 없던 일로 하고 싶었다. 아무것도 아니었으면 싶었다. 그는 머리를 싸쥐었다가 풀고 주먹으로 뒤통수를 두드렸다. 텔레비전을 켰다. 홈쇼핑 방송이 나왔다. 여성 기능성 속옷을 사라는 광고였다. 그는 소리를 최대한 높였다. 그런 채로 앉아 있었다. 한 손에는 아들의 휴대전화를 쥐고 한 손에는 리모트컨트롤을 들고 있었으며 눈은 텔레비전을 보고 있었다. 양복 차림 그대로, 넥타이까지 맨 채였다. 이대로 잠이 든다면, 자다가 깨면 모든 게 해결되어 있지 않을까. 자신의 손에 자신의 휴대전화가 들려 있고 윤은 일어나서 게임을 하고 있을 것 같았다. 이대로 수 많은 밤 가운데 하나가 흘러가서 새벽과 연결되고 새벽은 아침으로, 아침은 낮으로, 낮은 저녁으로 이음매 없이 연결되기를 바랐다. 그전에도 그랬듯이 아무것도 아니고 아무 일도 없는 날이기를 바랐다. 그렇게 십여 분이 지났다. 광고에 마감임박이라는 글자가 명멸했다.

그런데 어느 순간, 그의 코에 연기 냄새가 느껴졌다. 그는 턱을 들고 코를 높여 좌우로 흔들었다. 방 안은 아니었다. 거실 쪽이었다. 그는 방문을 열었다. 아니 열려고 하는데 문손잡이가 뜨거워 잡았던 손을 떼고 말았다. 기침이 나왔다. 문 아래 틈으로 연기와 냄새가 흘러들어오는 것 같았다. 그는 옷장을 열고 아내의 웃옷을 꺼내 손에 둘둘 말았다. 손잡이를 잡고 돌렸다. 훅 하는 열기가 느껴졌다. 그는 어둠과 연기 속에서 가스레인지가 있는 쪽에서 불길이 이는 것을 보았다. 현관문이 열렸다 닫히며 누군가 밖으로 뛰어나갔다. 그는 연이가 빠져나간 것에 안도하며 거실을 가로질러갈 수 있을지 생각해보았다. 유독가스는 그가 오래 생각하도록 내버려두지 않았다. 목이 타는 듯 쓰려왔고 그는 거세게 기침을 하며 문을 닫았다. 잘 탄다, 잘 타. 다 타라, 제발. 그는 자신도 모르게 소리를 질렀다. 자신이 저지른 일에 대한 증거가 타서 없어질 것이었다.

그는 옷장에서 이불을 꺼냈다. 여름 이불 하나만 가지고는 될 것 같지 않아 아래쪽에 있는 겨울 담요를 꺼냈다. 그는 윤의 휴대전화로 119를 눌렀다. 마치 기다리기라도 한 것처럼 사이렌 소리가 들려오기 시작했다. 그는 플립을 닫고 안방 창문을 열고 베란다로 나갔다. 바깥에 서 있는 사람들이 보였다. 그가 베란다 창을 떼내려고 애쓰는 동안 사람들이 그에게 어서 나오라고 손짓을 하고 소리를 질렀다. 그는 이불을 온몸에 둘둘 말았다. 소방차가 도착하는 것을 보며 화단을 향해 몸을 날렸다.

줄지어 서 있는 측백나무에 부딪히며 떨어져서 충격은 많이 받지 않았다. 그 대신 오른쪽 눈을 가지에 찔렀다. 엉덩이도 삐끗했는지 일어설 수가 없었다. 신속하게 들것이 다가와서 그를 태웠다. 그는 소방차 쪽으로 실려갔다. 큰 부상은 아니었고 불 끄는 게 바빠서 그는 그대로 남겨졌다. 사람들이 몰려왔다.

"괜찮아요? 괜찮소?"

그는 오른손으로 눈을 가리고 왼쪽 눈만으로 자신을 향해 말을 하는 사람들이 누구인지 식별하려고 애썼다. 손바닥을 타고 눈물이 줄줄 흘렀다. 그는 손을 떼낸 채 쉰 목소리로 "우리 애들이 있어요! 우리 애들요!" 하고 소리질렀다. 누워 있는 그의 옆으로 사람들이 연신 빠르게 지나갔다. 사다리차를 타고 올라간 소방관들이 창을 깨고 물을 뿜기 시작했다. 불길이 안방 쪽 베란다까지 번져서 밖으로 검붉은 혀를 널름거렸다. 강남의 재개발 아파트가 있으니까. 용돈으로 프리미엄도 있고. 그는 아들의 휴대전화를 쥐고 할 일을 다시 생각했다.

누군가 "연이 아부지!" 하면서 다가왔다. 일층에 사는 여자였다. 그는 여자와 한 번도 제대로 인사를 해본 적이 없었다. 중풍으로 삼 년째 자리에 누워 있는 남편을 두고 돈을 번다고 나돌며 행실이 좋지 않다는 소문이 있는 여자였다.

"우리 애들, 애들 좀 찾아줘요! 애들이 집에 있다니까요!"

여자는 그의 손을 꽉 쥐었다. 그러고는 아이들 엄마한테 연락을 했으며 애 하나는 나왔다고 말했다. 그는 고개를 끄덕였다. 한참 뒤 그는 몸부림치면서 울기 시작했다.

"우리 애가 얼마나 착한 앤데, 사고 한 번 안 치고 말 잘 듣고…… 덩치만 컸지 바보 숙맥이지…… 윤아, 윤아! 이거 네 핸드폰이다. 윤아, 윤아! 이거만 남기고 너 어디 갔느냐."

"연이 아부지, 윤이 저기 있어요. 저기 좀 봐요. 쟤가 윤이 맞지요?"

그는 고개를 들려고 애쓰는 척하면서 여자가 윤과 연을 혼동하고 있다고 생각했다. 이름을 너무 비슷하게 지었나? 그는 갑자기 허기를 느꼈다.

"연아, 연아! 아이구, 아이구 너 어디 있냐?"

그러자 여자가 그의 시야에서 사라지는가 싶더니 누군가의 살찐 손이 그의 손에 쥐어졌다.

"애 여기 있어요! 근데 연이는 아직 안 보이네. 어떡해!"

그는 눈을 떴다. 윤이 말없이 그를 내려다보고 있었다. 그는 유령을 본 듯 소스라쳐서 아들의 손을 뿌리쳤다.

"따님은 오빠가 다시 들어가서 데리고 나오지 않았으면 큰일 날 뻔했어요. 오빠 말이 방문이 밖에서 잠겨 있었다더라고요. 불은 부엌에서 났는데 어떻게 보면 방화 같기도 하거든요. 애가 있는 방의 문을 누가 밖에서 잠갔나, 또 누가 불을 질렀는지 경찰에서 제대로 수사를 해봐야 할 거 같습니다."

소방관이 아이들의 어머니에게 말했다. 아들은 맨발에 온몸에 검댕이 묻었다. 딸은 이따금 기침을 했다. 아들과 딸에게 한 손씩 맡기고 앉아 있던 어머니는 누워 있는 아버지 쪽을 향해 천천히 고개를 돌렸다.

"저 인간이 알겠죠. 아주 잘 알 거예요."

어머니는 중얼거렸다.

집필자는 나오라

"외숙모, 나 쫄딱 망했어요, 외삼촌 때매."

"아까부터 야가 뭐라 카는지 모르겠네."

"망했다 캐여! 우예 생질을 망하구로 하는 이삼촌이 다 있는가배."

"망하다이? 야가 망하다이? 뭐 때문에?"

"괜히 외삼촌이 박태보 선생 이야기를 해가지고 그거 찾아보느라고

일을 하나도 못 했다구요."

"외삼촌, 저 왔습니다."

"어허, 니가 우옌 일이냐."

"웬일은요. 그냥 다니러 왔죠."

"뭐라고?"

"그냥 다니러 왔다구요."

"뭐라고?"

"아이구, 그냥 절부터 받으시고."

"어허이, 거참. 오냐, 그래 집에 빌일은 없니야. 네 이미는 미국 진철이한테 갔다더이 왔고?"

"예, 아직 안 왔습니다."

"뭐라고?"

"아, 직, 안, 왔, 다고요! 미, 국, 서, 요."

"어허이, 참."

"보청기 끼세요, 외삼촌."

"뭐라고?"

"보청기 끼시라구요! 보, 청, 기요!"

"우얘 이러키 시끄럽다 싶더마 석철이 도령이 왔네. 우리 최삿갓이 가 또 무슨 바람이 불어서 여까지 왔는고. 동에 번쩍 서에 번쩍 하이 최길동인가."

"외숙모, 외삼촌 전에보다 영 못 들으시네요. 보청기 왜 안 끼세요?"

"저 어른은 보청기 끼봤자 반에 반도 못 들으신대여. 비싸기마 하고 웅웅 울려서 싫대여. 내 말은 아직 알아들으이 내가 이삼촌 보청기라 고마. 그래 요새 글 써서 돈은 잘 버는가? 우엔 일로 오섰어?"

"돈은 무슨, 눈 먼 돈이 있을라고요. 뭐 좀 쓸 게 있어서 왔는데요. 작은외삼촌 지금 아랫집에 계세요?"

"어데. 한 열흘에 한 마꿈씩 오싰다가 요전앞새는 잘 안 보이시는걸. 집이 빘을 기라."

"잘됐네요. 제가 한 며칠 빌려쓸게요. 급한 일이 있어서요."

"야야, 너는 서울에서 글을 쓰고 산께 이런 이야기를 알란가 모르겠 다만, 너 혹시 니 이숙모 친정 반남 박씨 중에 박태보 선생 이야기 들어 봤나?"

"반남 박씨가 양반이라는 이야기는 들어봤어도 사람 이름은 모르겠 는데요. 왜 그러세요?"

"뭐라고?"

"우리 반남 박가가 양반이라는 이야기는 들어봤대여! 퇴자 보자 할

152

아부지는 모르고! 왜 그래냐 캐여!"

"그 어른이 호가 정재ㄴ데, 정할 정(定), 재계할 재(齋) 하는 거기라. 저 조선 숙종 임금 때 기사환국이 되고 인현왕후를 쫓아내는 걸 반대하는 상소를 올렸다가 친국을 받고 돌아가신 분이라."

"기사환국이 뭐지요? 들어본 것 같기는 한데."

"뭐라고?"

"기사환국이 뭐라 카는 기냐고! 어른이 요새 감바우 내 친정 할아부지 문집을 내는 데 손서로 서문 쓰신다고 저래 돋비기를 들고 어두운 데서 고생을 하시여."

"아, 또 한문으로 쓰세요?"

"한문 책인께 한문으로 쓰시겠지."

"요새 한문으로 문장 쓸 수 있는 사람이 몇이나 될까. 한문 문장을 읽을 수 있는 사람도 많지 않을 건데."

"글쎄, 나도 자세한 건 모를따마는 숙종 임금 때 여러 분 환국이 있었느니, 그중에서도 서인들하고 여흥 민씨 인현왕후를 쫓아내고 남인하고 장희빈을 들인 기 기사환국이라. 이 박정재 겉은 이 이야기를 수신 과목에다가 꼭 넣어서 아들한테 가르치야 할 긴데 말이다. 수신 과목이라는 기 왜정 때 쓰던 말이고 요새는 뭐라 카나."

"수신요? 윤리 아니면 도덕인가. 저도 초등학교 졸업한 지 한 삼십년이 다 돼놔서."

"윤리래여! 도덕이래여!"

"그래, 그긴갑다. 옛날 일본 수신책에는 일본 사람들이 얼마나 약속을 잘 지키는 사람인가, 죽을 때까지 의를 지키는 사람인가 하는 거를 보이주는 일화가 진짜 많았니라. 어릴 때부터 그런 이야기를 읽고 크다 보이 어린아들도 자연스러이 그런 가치를 숭상하게 되는 기라. 나도 광복 직후에 소학교에서 아들 갈치봤지만 우리 교과서에는 바로 우리가 어떤 사람이고 어떤 걸 중요하게 생각하는 사람이냐 하는 그런 이야기가 없어. 박정재는 서인 중에서도 소론이지마는 당파하고는 전혀 관계 없이 자기 옳은 거를 옳다고 죽을 때까지 주장을 한 분이라. 네가 이런 분에 대해서 잘 연구해서 글을 한분 써봐라."

"아이구, 제가 그런 걸 어떻게요. 저 그런 글 쓰는 사람 아니에요."

"뭐라고?"

"제가 그렇게 교육적인 인간이 아니고요. 저 쓰는 글이라는 것도 도덕적인 거하고는 거리가 멀어요. 이런 분 이야기는 소설 말고 다른 식으로 생각해봐야지요."

"못 쓴대여. 퇴자 보자 할부지 이야기는 다리가 쓰야 된대여."

"여 쌓아놓은 책이 조선역사전집이라고 내가 옛날에 아주 어렵게 복사해온 책이니라. 여 보마 명신전도 있고 언행록도 있고 연려실기술도 있고 해서 아주 자세히 나온다. 내가 이젠 눈도 어둡고 볼 일도 없으이니가 갖다가 보거라. 한글로 토도 달리 있니라."

"한문은 못 봐요. 배운 적이 있어야지요. 한자도 잘 못 읽는데."

"한문을 못 본대여! 어릴 적부터 배운 적이 없다 캐여!"

"한문을 왜 못 봐. 눈 뜨고 한 글자 한 글자 찬찬이 보마 보이는 거를. 옛날 사람들 일은 한문으로 차분히 봐야 자세히 알게 되는 법이라."

"조선왕조실록도 번역해서 시디 한 장에 다 집어넣는 세상인데 이런 책 없어도 자료 찾기야 쉽지요. 아무리 그래도 이런 글 써봐야 요새 사람들은 관심 하나 없고 읽지도 않는데."

"무슨 말인지 하나도 모를따."

"못 쓴대여! 써도 보는 이가 없대여. 퇴자 보자 할아부지 이야기가 나와도 요새 사람들이 안 본대여."

"어허, 퇴보가 아이고 태자, 보자라 카이 우째 자기네 조상 이름도 모르는고."

"싸우지 마세요. 하여간 시간 나면 그냥 찾아보기는 할게요. 이 책은 없어도 돼요. 인터넷만 찾아도 어지간히 나올 거니까."

"야가 도시 뭐라 카는고."

"한분 찾아본대. 인터넷에도 나오고 민중전전에도 나온대여!"

"민중전전이 뭐예요? 그게 인현왕후 이야긴가?"

"아까부터 밑에서 미누리가 밥 먹으러 오래여!"

"왜 못 쓴다 카까. 허허이."

"모도 니리가서 이야기해여! 고마 진지 자시러 가여!"

"근데 외숙모가 반남 박씨였어요? 와, 명문 출신이시네."

"나는 그런 거 몰라. 남들이 뭐라 카든동 우리야 대대로 농사짓고 조용히 살았으이."

이때에[1] 서인(西人)들은 무리로 귀양 가고 귀양 가지 않은 사람들도 파직당하거나 자리를 빼앗겨 일정한 직임이 없는 산반(散班)으로 있었다. 왕후[2]를 폐한다는 말[3]을 듣고 통문을 돌려서 모인 뒤 소(疏)를 올려서 극력으로 간하기로 했는데 전 판서 오두인, 전 참판 유헌, 전 관찰사 이세화 등 사십여 명이 평시서[4]에 모였다. 최석정·이돈처럼 소매에 소의 초본을 넣어온 사람도 있었고 뜻만 있어온 사람도 있었는데 모여서 소의 내용을 가지고 갑론을박했지만 쉽게 결론은 나지 않고 시간만 흘렀다. 한 사람이 "오늘은 이미 늦었으니 내일 만들어서 바치는 게 좋겠다" 하고 또 어떤 사람이 "소를 짓고 쓸 이가 없으니 어찌할고" 했다.

---

1) 1689년(숙종 15) 음력(이하 일자는 모두 음력임) 2월 1일 서인의 영수인 봉조하 송시열이, 장희빈 소생 윤(昀: 후일의 경종)이 탄생 두 달 만에 원자로 봉호가 정해져서 문묘에 고한 데 대해 반대하는 상소를 올렸다. 이를 보고 진노한 임금이 송시열을 삭탈관직하고 문외출송하라고 명했다. 이어 2일의 기사환국으로 남인 정권이 성립되어 좌의정에 목내선, 우의정에 김덕원이 임명되었다. 이어 권대운이 영의정이 되었으며 남인인 윤선도·허목·윤휴·오시수·홍우원 등이 복관되었다. 한편 서인들의 집권 당시 남인들을 역모로 몰아붙인 임술옥사(1682)의 고변자인 김익훈 등에 대한 국옥이 시작되어 3월에 김익훈·박빈은 맞아죽고 남두북은 병사했다. 3월에는 서인들의 정신적 지주인 이이·성혼의 위패가 문묘에서 출향되었고 윤3월에는 이사명과 전 영의정 김수항이 죽음을 당했다.

2) 인현왕후 민씨(1667~1701). 민유중의 딸이며 서인 영수 송준길의 외손녀이다. 1681년(숙종 7) 인경왕후가 승하한 후 계비가 되었으나 숙종이 후궁 장씨에 혹하여 왕후를 멀리했다. 기사환국(1689) 때 폐위되어 궁중에서 쫓겨나 서인(庶人)이 되었다. 오 년 만인 1694년의 갑술환국으로 복위하였다. 궁녀가 쓴 소설 「인현왕후전仁顯王后傳」이 전해진다.

3) 4월 22일 임금은 대사헌 이하 양사의 간관을 인견한 자리에서 중전의 실덕에 관해 말하며 폐비의 의사를 비쳤다. 23일은 중전의 탄일인데 여러 궁과 내수사에서 공상단자를 드리니 임금이 단자를 내치고 음식을 모두 물리치며 대신과 2품 이상의 신하를 인견하여 폐비함을 전교했다. 폐비의 이유는 중전이 장희빈에 대해 투기가 심하고 선왕과 선후가 나타난 꿈을 빌려 모함을 하여 임금을 속였다는 것, 김수항의 종손녀인 김 귀인과 함께 친정과 결탁하여 임금의 동정을 살피며 서인의 이해를 대변했다는 것, 장희빈 소생인 원자를 미워한다는 것 등이다. 이에 반대하는 신하를 파직하고 귀양을 보냈으며 비망기를 내려 그 뜻을 확고히 했다.

4) 조선시대 시전(市廛)과 도량형(度量衡), 물가 등에 관한 일을 관장한 관청. 시전에서 쓰는 자(尺), 말(斗), 저울과 물가를 통제하고 상도의를 바로잡는 일을 맡아보았다.

이때 사람들 중에 얼굴이 쇳빛이고 목소리가 카랑카랑한 전 응교 박태보(朴泰輔)가 나서더니 분연히 말했다.

"이런 일을 어찌 날을 두고 끌어가겠소. 차라리 내가 짓고 쓰겠습니다."

박태보는 최, 이 두 사람의 소본(疏本)을 가져다가 내용을 합치고 첨삭하더니 풍우처럼 붓을 달려 잠깐 만에 상소 한 편을 써냈다. 이 소를 다시 여러 사람이 각각 자기 뜻으로 윤색했는데 소의 내용[5]이 격렬한

5) 『조선왕조실록』 숙종 15년 4월 25일자에 실려 있는 상소의 대의는 다음과 같다.
"신들이 엎드려 삼가 생각하오니 임금이 후비(后妃)를 두는 것은 함께 조종(祖宗)의 계통을 잇고 만백성의 위에 군림하기 위한 것으로, 이는 치화의 근본이요 왕교(王敎)의 시초인 것입니다. 옛날 제왕이 후비를 중히 여긴 것은 진실로 이 때문입니다. 우리 중궁께서 일국의 국모로서 임하신 지 이미 구 년이나 되었습니다. 대비께서 친히 가려 뽑으시어 전하께 부탁하셨고, 전하께서 함께 대비의 상을 치르신 분입니다. 조정 안팎에 잘못이 있다는 말이 들리지 않았으며 신민들이 우러러 추대하는 마음이 바야흐로 간절한데, 삼가 어제 빈청에 내리신 비답을 보니 그 뜻이 너무도 엄하였습니다. 전하의 말씀이 한번 전해지자 이를 보고 들은 사람들이 깜짝 놀랐습니다. 어찌 성명(聖明)한 세상에 이렇게 은의를 손상시키는 일이 있을 줄 생각이나 했겠습니까? 아아, 궁중의 일은 외인으로서는 알 수가 없어 신들은 이른바 '거짓으로 칭탁하여(假託) 속였다'는 것이 무슨 일인지 모르겠습니다. 설령 중궁께 조그만 잘못이 있다고 하더라도 꿈 이야기를 한 것은 말실수에 불과한 것이요 행동에 드러난 것이 아닌데, 그것이 무슨 큰 허물이라고 갑자기 적발하여 드러내면서 가차 없이 망극한 죄명을 씌워 헤아릴 수 없는 위엄을 드러내시나이까? 원자의 탄신은 실로 종묘사직의 무한한 경사로 궁벽한 산골에 사는 백성들도 모두 기뻐하여 마지않는데 중궁의 마음인들 어찌 기쁘지 않으리까? 지난해 후궁을 선발하라는 명을 내리신 것은 중궁께서 권하여서 하신 것이었으니, 중궁께서 왕자가 없음을 민망히 여겨서 사심을 잊으신 것을 여기에서 볼 수 있습니다. 이제 원자가 탄신한 뒤에 와서 도리어 불평하는 마음을 품고 원망하는 기색을 드러냈다는 것은 상정으로 헤아려보아도 있을 수 없는 일임을 알 수 있습니다.
부인들은 성품이 편협하여 투기하지 않는 이가 드문 법입니다. 태임(太妊)·태사(太姒)의 성덕을 지닌 사람이 아니고서 전세의 후비 가운데 누가 이것을 면한 사람이 있었습니까? 민간의 필부로서 한 아내와 한 첩을 둠에 있어서도 반드시 명분을 삼가고 까다롭고 세세

데가 많아서 더러는 "상께 올리는 글은 엄준해야 하는 것이지만 지나치게 격하면 오히려 일을 그르칠까 걱정이다"라고 했다. 그러자 벼슬이 가장 높아 연명소에 맨 먼저 이름을 올리게 된 오두인이 "일이 이미 여기에 이르렀으니 우리들이 어찌 죽는 것을 두려워하리오"라고 대답하고 이세화가 "우리들이 비록 파면되고 관직이 없으나 팔십여 명이나 되니 이 또한 밖에 있는 하나의 조정이다. 한 번의 상소로 그칠 것이 아

하게 따지지 않아야 가정불화를 막을 수가 있는 것입니다. 그래서 속담에도 '어리석지 않고 귀먹지 않으면 가장이 될 수 없다'고 하였는데 옳은 말입니다. 진실로 이렇게 하지 않으면(苟或不然) 처첩 간에 서로 알력(軋轢)하는 사이에 틈(釁端)이 생기고 서로 꼽박하는 사이에서 미워함이 생기나 사랑하고 미워하는 말들이 그 사이에 난무하게 됨은 물론이며 물이 배어들어가듯(浸潤) 남을 헐뜯는 참소가 자자할 때 이를 철저히 살피지 않는다면 그 화를 이루 말할 수 없을 것입니다.

전하께서는 종묘사직의 화환(禍患) 때문에 염려한다고 전교하셨습니다만, 신들은 더욱 이해하지 못하겠습니다. 원자에게 이미 위호를 정하여 적통을 잇게 하였으니 원자는 바로 중궁의 아들인 것입니다. 그런데 중궁을 기울게 하고 넘어뜨린 뒤에 어찌 원자가 편안할 리가 있겠습니까? 뒷날 원자가 점차 장성하여 오늘날의 일을 듣게 된다면 실로 상심하고 애통해할 것입니다. 옛글에 이르기를, '부모가 사랑하던 것은 나도 사랑한다' 하였고, 또 말하기를, '아들이 자기의 아내가 마땅하지 않더라도 부모를 잘 섬긴다고 하면, 아들은 부부의 예를 행하여 일생토록 변치 않는다'고 하였습니다. 중궁의 처사가 성심에 합하지 못한 점이 있으시더라도 대비께서 돈독히 어루만져 사랑하시던 일을 생각하신다면 전하의 효성으로 어찌 차마 폐절하겠다는 뜻을 두시겠습니까.

『역경』에 이르기를, '뭇사람이 좋다 하면 후회가 없다'고 하였는데, 이를 해석하는 사람이 '뭇사람을 따르면 천심에 합치된다'고 하였습니다. 이번 일이 있은 뒤로 전하의 신자가 된 사람은 위로 대신과 재상을 비롯하여, 아래로 삼사와 서관에 이르기까지 면대하여 극력 간쟁하기도 하고 정청하여 호소하기도 하는 등 책벌이 잇따라도 그칠 줄을 모릅니다. 심지어는 포의의 선비들도 모두 서로 이끌고 와서 반대하는 소장을 올리는가 하면, 천한 부인네와 아이들도 달려와 눈물을 흘리지 않는 사람이 없습니다. 모두 이렇게 하는 것이 무슨 까닭이겠습니까? 천지의 기운이 어긋나면 만물이 나고 자랄 수 없고 부모가 화평하지 않으면 자식들이 편하지 못한 연고에서인 것입니다. 따라서 인심과 하늘의 뜻을 알 수가 있습니다.

니라 서너 차례를 더 올리더라도 기어이 중궁을 폐한다는 전교를 거두도록 해야 할 것이다"라고 했다. 오두인이 미소를 지으며 "공의 말처럼 서너 번씩이나 할 겨를은 없을 것이오"라고 말했다. 이날 신시(申時: 오후 네시경)에 오두인을 소두(疏頭)로 한 상소문이 들어가자 승정원에서는 곧 받아들여가서 위로 올렸다.

상소를 임금에게 아뢰고 난 뒤 조금 있다가 임금이 승정원에 숙직하

전하께서는 한 몸의 사심에 따라 돌아보지 않고 마음대로 행하시지만, 인심과 하늘의 뜻은 억지로 어길 수 없다는 것을 모르십니까? 옛글에 이르기를 '사람이 누군들 허물이 없겠는가, 고치는 것이 귀한 것이다'라고 하였습니다. 진실로 바라건대 전하께서는 깊이 대의를 생각하시고 인심을 굽어살펴서서 노여움을 거두소서. 그리하여 천지와 일월이 다시 그 덕을 합쳐 빛나게 함으로써 동방의 억조창생이 걱정하고 기대하는 마음을 위로하여주신다면 더없는 다행이겠습니다. 신들은 모두 세신으로서 전하의 조정에 벼슬하면서 전하의 녹봉을 먹고 전하와 중궁을 우러러 모시는 망극한 은혜를 받았습니다. 지금은 마침 산반이 되어 반열 밖에 있기 때문에 정료(廷僚)들의 뒤에 끼어 스스로 애통 절박한 정성을 품신할 수가 없으므로 이에 감히 서로 이끌고 와서 간절히 호소하는 것입니다. 전하께서는 살펴주소서."

연명한 사람들은 86인으로 명단은 대략 다음과 같다. 전 판서 오두인, 전 참판 유헌, 전 관찰사 이세화, 전 승지 김재현, 전 군수 최석정, 목사 이돈, 전 승지 서문유, 전 급제 조성보, 전 부사 서종태, 전 목사 이광하, 전 목사 박태보, 전 목사 심사홍, 전 부사 이행하, 전 부사 심준, 전 정랑 김몽신, 전 도사 김인전, 찰방 서종헌, 전적 김두남, 전 정랑 김홍복, 전 참의 심수량, 전 현감 박태순, 부사 이의창, 전 판관 이종헌, 전 도사 유명홍, 전 현감 이인기, 전 정랑 홍수헌, 전 한림 이인엽, 전 정언 김덕기, 전 정자 조대수, 전 사과 이삼석, 전 판관 홍만선, 주부 김계정, 현감 오두성, 전 현령 안중전, 전 별제 한덕량, 전 박사 이진식, 전 별감 이기주, 전 군수 이준, 전 현감 윤이진, 전 첨정 유시번, 전 군수 이인혁, 전 현령 이인숙, 전 봉사 이인회, 전 현감 정정양, 전 봉사 이세유, 전 판관 홍수정, 전 봉사 이하성, 참봉 정유정, 전 참봉 이만형, 전 급제 김계선, 전 참봉 민광익, 전 현감 강석범, 전 부사 조다래, 전 감찰 서문숙, 전 현감 김하석, 전 도사 오대수, 전 현령 이경수 등. 이외에 직함이 분명치 않은 사람으로 최방언, 이세환, 유경, 윤박, 윤평, 이만형, 권상하, 이덕명, 남방, 박세집, 이지웅, 윤박, 윤평, 유명재, 이정기, 곽창직, 이만징, 박용선, 김재전 등이다.

고 있는 승지를 급히 불렀다. 승지 김해일과 이서우가 황급히 달려가니 임금은 이미 시민당에 촛불을 밝히고 기다리고 있었다. 이어 오두인 등의 상소를 가져오게 하여 "승지는 이 상소를 읽으라"고 하교했다. 이서우가 손으로 그 상소를 펴보니 종이에 찢어진 데가 있었는데 임금이 노하여 손으로 쳤기 때문이라는 것을 알 수 있었다.

이서우가 눈이 어두워 빨리 읽지 못하자 임금이 재촉을 거듭했다. 다 읽고 나자 임금이 "상소의 내용이 어떠한가?" 하고 물었다. 이서우가 대답했다.

"신은 새로 기용되었고 김해일은 영남에서 왔기 때문에 아는 게 없습니다. 상소의 내용을 보니 진실로 과당(過當)하기는 했습니다만, 큰 뜻은 근자에 정신(廷臣)들이 간쟁한 것과 같았기 때문에 감히 소를 받아들인 것입니다."

임금이 "그 상소 가운데 '진실로 이렇게 하지 않으면(苟或不然)'이라고 한 그 이하를 다시 읽으라"고 했다. 이서우가 "진실로 이렇게 하지 않으면 처첩 간에 서로 알력하는 사이에 틈이 생기고 서로 핍박하는 사이에서 미워함이 생겨나 사랑하고 미워하는 말들이 그 사이에 난무하게 됨은 물론이며 물이 배어들어가듯 남을 헐뜯는 참소가 자자할 때 이를 철저히 살피지 않는다면 그 화를 이루 말할 수 없을 것입니다" 하고 몇 줄을 더 읽었다. 임금이 성난 목소리로 말했다.

"상소의 내용이 아주 흉악하고 참혹한데도 승지가 '과당하다'고만 했으니, 승지도 무례하구나. 근일 대소 신료들이 중궁을 어머니로 섬긴다는 의를 거짓으로 빌려 여러 날 쟁론하는 것도 불가하거니와, 오두인

160

등은 내가 내린 비망기의 내용은 전혀 살펴 유념하지 않고서, 기필코 한 부인(婦人 : 중궁)을 위하여 절의를 세우기 위해 도리어 내가 참언을 들어주어 죄 없는 사람을 폐출하려 한다고 하니, 과연 이럴 수가 있는 가? 오두인과 연명한 사람들을 친히 국문한 다음 모두 극변으로 귀양 을 보내겠다."

이어서 임금이 내관을 돌아보면서 "내가 국문하러 나아갈 것이니 제 반 기구를 준비하라"고 했다. 또 승지에게 "인정전 문에다가 친국할 형 구를 설치하라. 삼경까지 제대로 못 하면 승지부터 무거운 벌을 받을 것이다"라고 했다. 이서우가 일어나서 "연명한 사람이 팔십여 명인데 고금에 팔십여 명을 일시에 극변으로 귀양 보낸 일은 없습니다" 하고 말하자 임금이 "진실로 죄가 있다면 백 명을 귀양 보낸들 불가할 게 있 겠느냐?"고 말했다. 이서우와 김해일이 함께 아뢰었다.

"밤중에 죄인을 국문하느라 바람과 이슬을 맞으면 보고 듣기에 곤혹 스러울 뿐만 아니라 옥체에 손상이 있을까 두렵습니다. 그리고 이는 역 적을 다루는 옥사가 아닌데 반드시 친국을 할 필요가 있겠습니까?"

임금은 "큰비가 억수같이 쏟아져도 그만둘 수가 없다. 지금 친국을 하지 않는다면, 내가 잠을 이루지 못해 큰 병이 될 것이니 속히 해야 한 다. 이는 대역죄보다 심하니 친국해야 한다"고 조금도 굽히지 않았다. 이서우가 또 "국문하는 것은 숨긴 실정을 알아내기 위해서 하는 것입 니다. 이미 상소에서 다 열거했는데 숨길 것이 무엇이 더 있겠습니까" 라고 하자 "여기에는 반드시 지휘하고 사주한 자가 있을 것이기 때문 에 내가 국문하려 하는 것이다"라고 언명했다.

이어서 "왕비의 친속이 염려스러우니 민진후 형제[6]를 의금부로 잡아다가 엄히 국문하라"고 하고 또 "오두인은 음흉한 자이니 그 아들도 편안히 둘 수가 없다. 해창위 오태주[7]를 삭탈 관직하라"고 명했다.

임금이 이어 연명한 사람들을 물었다. 이서우가 상소 끝에 기록된 것을 아뢰자 임금은 "유헌과 이세화가 제일 관위가 높으니, 오두인과 함께 국문하겠다. 경중을 가려 벌할 것이니 일단 여든 명 모두 멀리 귀양 보낸다는 명은 집행하지 말라"고 했다.

날이 저물었으므로 소에 참여한 사람들 대부분이 돌아가고 오두인·이세화·박태보·심수량·이돈·이인엽·김덕기·조대수 등 몇 사람만이 궁궐 아래에 남아 비답을 기다리고 있었다. 초경 오점(오후 여덟시 사십분경) 임금이 인정문에 나와서 급히 금부 당상과 대신, 삼사를 부르고 친국할 형틀을 준비하라고 재촉하니 사람들이 횃불을 미처 준비하지 못하여 궐문 가까이 있는 가게를 뜯어서 때기까지 했다. 임금이 이르기를 "오두인을 먼저 잡아들여서 빨리 공초를 받으라. 대신과 금부 당상이 왜 이리 늦는가. 승지는 나가서 재촉하라. 대신과 금부 당상이 들어오는 대로 속속 입시하게 하라. 금부도사는 죄인을 잡아왔는지, 나장은 모였는지 형장은 대령했는지 사관은 물으라"고 했다. 이서우가 "여러 신하들의 집이 성 밖에도 있고 잠들어 있기도 하며 하인을 모으는 데 시간이 걸려 아직 오지 못했습니다" 하고 아뢰자 임금은 "영부사 민정중[8]을 대신 위의 지위에 두지 못하리니 우선 삭탈관직하라. 먼저

---

6) 민유중의 아들들로 인현왕후의 오빠.
7) 현종의 막내사위. 명안공주의 남편으로 숙종 임금의 매부가 된다.

잡아들일 죄인은 먼저 잡아들이고 나중 오는 죄인은 나중에 잡아들이라. 이경이 지났는데 대신과 금부 당상이 아니 보이니 실로 놀랍구나. 대신은 죄를 물을 수가 없지만 그 이하는 모두 죄를 물으라"고 명했다.

이경 오점(저녁 열시 사십분경) 판의금부사 민암이 들어오는 것을 보고는 "어찌하여 그리도 천천히 들어오시오" 하고 꾸짖고 오두인의 상소를 보고 요점을 뽑아 문목(問目 : 국문에서 심문할 사항의 목록)을 만들게 했다. 이미 삼경이 다 되었는데도 대신들 중에서 온 사람은 하나도 없었다. 민암이 대신이 온 다음에 문목을 의논하여 정하자고 청하였다. 임금이 "내가 비망기로 부인의 죄상을 두루 언급하였음에도 오두인이 내 말을 모두 허망한 것이라고 하였다. 그렇다면 내가 남을 무고하는 사람이 된 것이니, 마땅히 반좌율(反坐律)에 의거해서 나를 폐출시켜야 하는 것이다. 참언이 있었다는 등의 말을 어디에서 들었는지 상세히 물어보아야 한다"고 대답했다. 영의정 권대운이 도착했다. 임금이 "나라에 흉역이 있어 내가 나와 앉아서 기다린 지 오래인데 이제야 도착하였으니 어찌 이럴 수가 있단 말이오?" 하자 권대운이 집이 멀기 때문이라고 사죄했다. 권대운과 민암이 뜰 밑에 물러와 앉아 문목을 내려 하자 임금이 "경이 볼 때 이 상소가 과연 어떠하오?" 하고 물었다. 권대운이 "말을 전혀 가려서 하지 않았으니, 참으로 무례하기 그지없습니다" 하는데 좌의정 목내선도 도착했다. 임금이 "전일에 김홍욱[9]이 있었는데, 오두인 등의 흉역은 그보다 더 심하다. 어떻게 일각인

8) 인현왕후의 숙부.
9) 황해감사 김홍욱은 1654년(효종 5) 7월 가뭄과 홍수의 잇단 재해를 당해 임금이 전국

들 땅 위에 살려둘 수가 있겠는가?" 하니, 목내선이 "상소의 내용이 진실로 무례합니다"라고 했다.

권대운이 이현조와 심벌을 문사랑(問事郎 : 국문장에서 죄인을 심문하고 내용을 기록하는 임시 벼슬)에 임명할 것을 청하니, 임금이 윤허했다. 임금이 또 국문하는 제구의 배설을 제대로 하게 하고 나장과 횃불의 숫자를 늘리라고 엄명했다. 제신이 거의 다 모였지만 임금의 호령이 워낙 급하고 엄해서 신하들은 숨을 제대로 쉬지도 못하고 서로의 얼굴만 바라보며 아무 말도 하지 못했다.

궐문 밖에 있던 사람들은 궁중 하늘에 불빛이 비치고 시끄러운 소리가 땅을 진동하며 서리 등속이 황급하게 들고나는 것을 보고 크게 놀라 서로 모였다. 필시 친국을 하려는 것이라고 의논하다가 그렇다는 말을 듣고는 금호문 밖에서 죄주기를 기다렸다. 사람들이 모두 두려워서 몸을 떠는데 박태보만이 혼자 태연자약하게 말했다.

"일이 이미 이 지경에 이르렀는데 놀라고 두려워해봐야 무슨 소용이 있는가."

오태주가 아버지 오두인을 보고 울면서 "장차 친국 받을 때 공술할 말을 미리 의논해두십시오" 하고 재촉했다. 이 말을 들은 박태보가 오두인에게 "대감께서 대궐에 들어가시면 주상께서 반드시 소문(疏文)을 누가 지었느냐고 물으실 터이니 바로 대답하고 숨기지 마십시오" 하고 말했다. 오두인은 "내 이름이 소장에 제일 먼저 올라 있는데 어떻게 그

에 내린 구언소에 소현세자빈 강(姜)씨가 억울하게 죽은 원한을 풀어주어야 한다는 소를 올렸다가 궐내 뜰에서 국문 중 곤장에 맞아 죽었다.

렇게 말하겠는가"라고 했다. 박태보가 "오늘 일은 숨기지 않는 게 옳습니다"라고 거듭 말했다. 옆에서 이세화가 바지를 걷고 다리를 어루만지면서 길게 탄식했다.

"나라의 은혜를 받아 녹을 먹은 지 삼십 년에 다리가 이렇게 살쪘는데 오늘 대궐 뜰에서 매를 맞게 되었구나."

이윽고 사방에서 횃불이 화살처럼 날아오기 시작했다. 대궐에서 나온 금부도사와 나장이 소리를 질렀다.

"소두 오두인은 어디 있는가!"

오두인이 일어서자 박태보가 오두인의 손을 잡고 다시 간곡하게 말했다.

"제발 바로 말씀하십시오. 대감 혼자 당할 일이 아닙니다. 대감께서 말씀하지 않더라도 실상 제가 쓴 것이라고 자수할 터이니 부디 숨기지 마십시오."

오두인이 끌려가자 박태보는 가죽신을 벗고 짚신으로 갈아신고 다시 자리에 앉아 자신을 잡으러 오기를 기다렸다.

오두인이 잡혀들어간 때는 이미 삼경이 넘은 시각이었다. 급한 나머지 국문할 차비를 채 갖추지 못하였고 자리를 깔고 장막을 친 다음 흰 병풍을 둘러쳤으며 가운데다 어상(御床)을 설치했다. 좌우에 촛불 두 개를 밝히고 내관이 둘러 시위했으며, 총관 두 사람이 칼을 메고 시립했고 병조의 입직 당상과 문사낭청 한 사람은 뜰 밑에 서 있었다. 사관은 뜰 위에 엎드려 있고 승지와 옥당은 뜰 밑에 엎드려 있었다. 임금이 오두인이 걸어들어오는 것을 보고 판의금부사 민암을 향해 "형구를 씌우지 않고 왜 그냥 들어오는가. 죄인이 아직도 망건을 쓰고 띠까지 하고 있는 것은 무슨 까닭이며, 또 손을 마주 잡고 천천히 걷게 하니, 국옥(鞠獄)이 진실로 이럴 수 있는가?" 하고 노한 목소리로 소리쳤다. 이에 따라 특별히 큰칼을 씌우고 족쇄를 채웠다. 임금이 문목의 조목에 따라 심문하게 하고 "나장은 죄인의 겨드랑이에 몽둥이를 끼우고 국문하라"고 엄히 명했다.

오두인이 문자로 진술하려 하자 임금이 말하기를 "죄인 주제에 어째서 문자로 대답한단 말이냐? 바로 육담(肉談 : 말)으로[10] 하라"고 꾸짖었다. 그리고 "내가 내린 비망기의 내용을 두고 지어낸 말이라고 하는 것은 무엇 때문인가?" 하고 물었다. 오두인이 나이가 많고 지쳐서 언사가 분명치 못한 가운데 "군부의 과하신 처사를 보고 잠잠히 있을 수 없어 산관들끼리 함께 상소를 하였을 따름입니다. 어찌 전하의 말씀을 지어낸 것이라 했사오리까" 하고 진술했다. 임금이 이어 상소문을 지은 사람은 누구이고 쓴 사람은 누구인가고 하문했다. 오두인은 "박태보가 집필하였고 여럿이 서로 의논하여 지었습니다" 하고 답했다. 임금이 집필한 자를 잡아들이라고 명했다.

오두인이 잡혀들어간 지 얼마 안 되어서 궐문 밖으로 금부도사가 와서 이세화와 유헌을 불렀다. 유헌은 남문 밖 자기 집에 있어서 선전관과 금부도사가 성문을 열고 잡으러 갔고 이세화가 먼저 붙들려갔다. 또 오래지 않아서 다른 금부도사가 밖에 나와서 "소를 집필한 사람이 누

---

10) 세속에서 상시 하는 말을 육담이라고 하는데 이는 껍질을 제거했다는 의미이다(『조선왕조실록』 원주).

구인가?"고 물었다. 박태보가 "나요" 하고 대답하고는 망건과 담뱃대를 종에게 주면서 "어머님께 가져다드려라"라고 했다. 박태보가 띠와 부채를 소매에 넣고 큰칼을 스스로 끌어당겨서 쓰고 빠른 걸음으로 들어가는데 이인엽·김몽신·김덕기·조대수 같은 사람들이 "왜 사원(士元:박태보의 자)은 상의를 하지 않고 혼자서 일을 맡으려 하는 거요. 이 소는 사원이 혼자 지은 것이 아니고 우리들이 함께 거들어서 쓴 것인데 어찌하여 혼자서 썼다고 하시오?"라고 하며 길을 막았다. 박태보가 "무슨 의논할 것이 있단 말입니까. 내가 지어서 내가 썼으니 죄가 비록 죽는 데에 이른다 한들 어찌 여러분에게 누를 끼치겠습니까"라고 했다. 이돈이 소매를 잡아끌며 "사원은 어찌 그렇게 경솔한가?" 하자 박태보가 웃으며 소매를 뿌리쳤다.

"남아가 이런 때를 당하여 어찌 죽기를 무서워하리. 우습구나, 영공의 말이여. 내 마음이 정해졌는데 어찌 굽은 길로 가서 살기를 바라리오."

박태보가 태연한 얼굴로 국문이 열리고 있는 궁궐 뜰로 가니 이세화가 아직 장막 밖에 머물러 있었다. 박태보가 들어가서 앉자 이세화가 간절한 어조로 말했다.

"나는 이미 늙었고 나라의 은혜를 받은 지도 오래되었으니 오늘 죽는다 해도 아까울 것이 없네. 그대는 젊은 나이에 위로 양친이 계시고 형제도 없으며 나라의 은혜를 받은 것도 우리와 같지 않은데 만일 바르게 공술했다가는 반드시 죽을 것이네. 그대는 원정(原情:공술)을 하게 되면 모름지기 이 늙은이들에게 미루고 살 도리를 생각하게."

박태보가 대답했다.

"영감¹¹⁾께서는 어찌 당치도 않은 말씀을 하십니까. 이 박태보가 들어가서 할 말을 영감이 어떻게 지휘하신단 말씀입니까. 신하로서 이런 정황에 이르면 죽음이 있을 따름이고 제 뜻은 이미 변할 수 없습니다."

마침내 오두인에게 장형을 가했다. 임금이 "네가 누구의 지휘를 받아 이런 상소를 올렸는가?"라고 물었다. 오두인이 "여러 사람들이 같이 의논해서 한 것이지 실로 지휘하고 사주한 사람이 없습니다"라고 대답했다. 임금이 "정말인가?" 묻자 오두인이 재차 "없습니다. 절대로 없습니다" 하고 말했다.

"상소에 연명한 팔십여 명 가운데 어찌 상소하자고 앞장서서 주장한 사람이 없었겠는가?"

"연명으로 올리는 상소일 경우에 서간을 왕복시키는 일이 있으나 이번에는 모의하지 않고 모인 것입니다."

"너희들이 어찌하여 군부를 무함(誣陷)하는가?"

"내용에 뜻이 통하지 않은 점은 있습니다만, 어찌 감히 전하를 무함하겠습니까?"

임금이 누차 맨 먼저 상소를 올리자고 한 사람이 누구인지 물었으나, 오두인은 늙어 장을 견디지 못하고 단지 아프다고 비명만 지르다가 점점 말이 없어졌다. 임금이 "네가 끝까지 한마디도 하지 않겠는가?" 하자 오두인이 겨우 "주상의 위엄이 이 지경에 이르렀는데 어찌 감히 숨길 수 있겠습니까? 실로 상소를 올리자고 맨 처음 주장한 사람을 모릅

11) 정3품과 종2품의 벼슬아치를 이르는 말. 대감은 정2품 이상이다.

니다"라고 말했다.

"하늘이 말해주더냐? 땅이 고해주더냐? 어찌하여 말하지 않느냐?"

"윤심이 이 의논을 통고하여주었기 때문에 알았습니다."

"윤심이 무슨 말을 했는가?"

"백관이 모두 모여 호소하고 있으니 산반에 있는 사람들도 상소를 올려 간쟁해야 한다고 하였습니다."

우의정 김덕원이 "누군들 상소를 올릴 수 없겠습니까? 단지 오두인 등의 말이 근거와 내용이 없을 뿐입니다. 말이 합당하다면 상소가 불가할 것이 없습니다"라고 말했다. 임금이 "허실을 논할 것 없이 윤심을 잡아오라"고 명했다.

오두인의 형이 끝나자 이세화가 형틀에 올려졌다. 이세화가 임금을 향하여 "신이 무례한 탓으로 성상께서 깊은 밤에 밖에 나와 앉아 계시게 하였습니다" 하고 말했다. 임금이 사관에게 "이런 잡담은 기록하지 말라"고 명했다. 임금이 문사랑에게 엄하게 형신하라고 명하고 "상소를 올리자고 처음 주장한 자가 누구인가?" 하니, 이세화가 "신이 주장했습니다"라고 선선히 대답했다.

"너는 죄를 남에게 전가시키지 않으려고 스스로 주장했다고 하는 것인가?"

"신이 감히 전하를 속일 수 있겠습니까? 어제 한강 가에서 달려와서 오두인·유헌·김재현 등이 상소를 올리려 한다는 말을 듣고는 신의 의견도 그들과 같았기 때문에 서로 의논하여 연명했습니다."

"오두인의 말에 의하면 박태보가 집필했다는데 상소문을 지은 사람도 박태보인가?"

"박태보가 쓰기는 했습니다만 상소의 내용은 서로 의논하고 윤색했습니다."

"이토록 흉역스런 문자를 보고 어째서 좋게 여겼는가?"

"신이 비망기를 보고서 마음속으로 개탄스러움을 느껴 참여한 것이며 보통 민간에서도 역시 처첩 간의 투기가 있는 까닭에 억측으로 한 말이옵니다. 신이 비망기의 내용을 보았으나 상세히 살피지 못하였습니다."

이세화는 고문 때문에 고통에 겨워 말을 조리 있게 할 수가 없어 간신히 대답했다. 임금이 "이미 비망기를 보았다고 하고서 또 반대로 상세히 살피지 못하였다고 하니, 어찌하여 말이 그리도 거짓스러운가? 엄히 형신을 가하라" 하자 이세화가 임금이 앉은 자리를 향해 "성지가 매우 엄하니 신은 죽음을 감수하겠습니다만, 상소의 내용은 전혀 몰랐습니다"라고 했다. 임금이 "어찌 감히 죄인으로 하여금 자주 어좌를 바라보게 하는가?" 하고 꾸짖었다. 또다시 이세화에게 신장을 가하자 이세화가 아픔을 참지 못하여 말했다.

"신이 세상에 나와 임금을 섬겼으니 마땅히 나라를 위하여 한 번 죽기를 원했습니다. 어찌 임금을 무함할 마음을 품었겠습니까?"

"진실로 그러하다면 어째서 흉악한 소에 참여하였는가?"

"신이 실로 미혹되어 상소에 참여하는 것이 옳은 줄 알았을 뿐 상소의 내용이 어떠한 것인 줄은 몰랐습니다. 신은 본디 문사(文辭)에 능치 못하여 문자에 대한 의논에는 감히 참여하지 않는 것을 온 조정이 알고 있습니다. 신은 형신을 받을 필요 없이 바로 사지로 나가기를 원합니다."

이세화의 형신이 끝나고 유헌이 잡혀들어왔는데 대답이 너무 느리자 임금이 나장에게 겨드랑이에 몽둥이를 끼우고 속히 묻게 하였다. 유헌이 병이 들었다고 하자 임금이 "병이 들었다면서 어떻게 상소를 올렸는가?" 물었다. 유헌이 "신은 성 밖에 칩거해 있으면서 자식을 보내어 상소에 이름을 쓰게 하였습니다만, 상소의 내용은 몰랐습니다"라고 했다.

마침내 박태보가 국문장에 이르렀다. 먼저 문사랑이 높은 소리로 문목을 읽어내려갔다.

"네 상소문 속에 가탁하여 거짓을 꾸민다느니, 꿈을 말한 실언에 망극한 죄명을 씌운다느니, 서로 알력이 있고 서로 핍박한다느니 하는 말은 무슨 말이냐. 누가 가르치더냐. 이런 흉한 말을 어디서 들었으며 누구와 더불어 의논하였느냐. 누가 이런 상소를 올리자고 주장하여 군부를 배반하고 죄상이 드러난 사람에게 절개를 세우고자 하는가. 숨기지 말고 바로 아뢰라."

읽기를 다한 뒤에 임금이 나장으로 하여금 박태보의 겨드랑이에 몽둥이를 끼우게 하고 엄히 심문하라고 명했다. 이에 박태보 옷깃을 여미고 문목에 나온 문자를 줄줄 외워내려가며 자세하게 조목마다 아뢰었다.

"지금 민가에서도 처첩을 가진 자가 제 집을 제대로 다스리지 못하면 이러한 일이 일어나 가도가 어지럽혀지는 일이 많습니다. 엎드려 보건대 전하께서 요즘 후궁에 대한 은총이 너무 과하시므로 신이 항상 불행한 일이 있을까 염려하였사온데 이제 막대한 처사가 계시므로 뜻밖의 일이 궁중에서 벌어질까 아뢴 것입니다."

임금이 박태보가 조금도 두려워하는 기색이 없음을 보고 더욱 노하여 어좌 가까이로 끌고 오게 하고 큰 소리로 일렀다.

"네가 날더러 총애하는 첩의 참소에 혹해서 무죄한 중전을 폐한다 하느냐. 조그만 놈이 당돌하게 일찍부터 나에게 항거하여 독을 내뿜더니[12] 지금 또 이같은 소로 욕을 보여 나를 배반하고 간악한 여인에게 붙었구나. 네 무슨 뜻으로 이렇듯 간특하고 흉역한 일을 하느냐. 일에는 시비가 있는 법인데 만약 여인이 옳다면 내가 무고한 것이니 나를 폐출시켜야 할 게 아닌가."

"전하께서는 어찌하여 차마 이같은 하교를 내리시나이까. 군신과 부자는 일체입니다. 제 아비가 지나친 노여움으로 죄 없는 제 어미를 쫓아내려 할 때 자식 된 자가 울면서 제 아비에게 간하는 법이옵니다. 신

---

12) 박태보는 1677년(숙종 3) 알성시에 장원급제하여 전적이 되던 해 대왕대비와 왕대비를 위해 잔치를 베푸는 것을 흉년이니 성대한 잔치를 베푸는 것은 하늘의 뜻을 저버리는 것이라고 그만두어야 한다고 상소해서 임금이 경비를 줄이고 잔치를 간소하게 치르도록 했다. 이어 겨울에 시관으로 과거의 문제를 효종의 기휘와 관련된 것으로 출제하여 선천으로 유배를 갔고 다음해에 풀려났다. 1681년에는 수찬으로서 인경왕후가 두역으로 죽었을 때 임금이 전염을 두려워하여 빈전에 나가지 않는 것을 간했다. 같은해 12월, 이조판서 이단하·김석주를 논핵하고 오시수의 사사에 반대했으며 문묘 출향과 관련된 시비에 끼어들어 임금의 노여움을 사서 파직되었다. 1687년에는 인조의 능침인 장릉을 이전하려 했을 때 허황한 지관의 말을 듣고 가벼이 천장할 수 없다고 상소했다가 파주목사로 쫓겨났다. 1689년 봄에는 성혼과 이이·양현을 문묘에서 출향하매 관아에서 이 절차를 이행하지 않고 출향이 잘못됐다고 상소했다 파직당했다.

들이 만 번 죽을 마음으로 한 장의 소를 올렸을 뿐 어찌 전하를 배반할 뜻이 있겠습니까. 중궁을 위하는 일이 곧 전하를 위하는 일인데 중궁을 먼저 하고 전하를 뒤로 할 이치가 있겠습니까."

임금이 나장을 향해 "이러한 독물은 곧바로 목을 베어도 가하다. 원정을 받을 것도 없이 먼저 엄한 형벌부터 주라"고 명했다. 김덕원이 나아가 "바로 형장을 가하는 것은 법에 어긋나는 일입니다. 반드시 뒷날 폐단이 있게 됩니다" 하고 아뢰었다. 임금은 "이런 흉역스런 죄인에게 원서(爰書 : 죄인의 진술을 적은 문서)를 갖춘 뒤에 형장을 가할 필요가 있겠는가?" 하고는 민암에게 "박태보가 죄 있는 여인을 위하여 절개를 세우려 하니 매질 잘하는 나장에게 사지를 결박하게 하고 판의금이 몸소 뜰에 내려가 형장 한 대 한 대를 살펴보며 형을 집행하고 철저히 심문하라"고 엄명했다.

드디어 박태보에게 형을 가했다. 해묵은 쇠사슬로 얽어 무릎을 졸라매고 고개를 움직이지 못하게 한 뒤 추를 가슴에 닿게 동여매고는 매질을 가했다. 금부 당상들과 도사, 나장들이 일제히 '매우 쳐라' 하는 소리가 천지를 진동해서 대궐 밖까지 울렸다. 피가 낭자하게 튀고 살이 찢어지는데도 박태보는 아프다는 소리 하나 없고 낯빛도 변치 않으니 헛것을 치는 것 같았다. 임금이 부채로 서안을 치며 "이렇듯이 형장을 더해도 아프다는 소리 하나 없으니 이같은 독물이 무슨 일을 못 할까. 더욱 엄히 치라"고 분부했다.

박태보가 말했다.

"전하께서 군부를 배반하고 중궁을 위하여 절의를 세우려 한다는 것으로 책하셨습니다. 신이 비록 우매하오나 대의는 알고 있습니다. 이미 전하를 배반하였다면 중궁을 위하여 절의를 세운다 한들 어떻게 절의라고 할 수가 있겠습니까?"

임금이 잇따라 큰 소리로 꾸짖었다.

"네가 더욱 독기를 부리는구나, 더욱 독기를 부려. 매우 쳐라, 매우! 위를 무함했다는 공초를 어서 받으라!"

박태보가 아뢰었다.

"전하께서는 번번이 위를 무함하는 것이라고 하교하시는데, 무슨 말을 가리켜 위를 무함했다고 하시는 것입니까?"

임금이 "죄인이 승복을 아니하거든 매의 숫자를 헤아리지 말고 치고 잡소리를 하거든 주둥이를 치라"고 했다. 이때 임금이 더없이 진노하여 엄한 명을 잇따라 내려서 기필코 죽이려는 의도를 보였다. 그러나 박태보는 조용히 대면하여 말하면서 한마디도 실수하지 않고 평상시처럼 의연했다.

박태보가 "전하께서 선후(先后)를 무욕(誣辱)한 조사기[13]에 대해서

---

13) 숙종 즉위년에 어머니이자 현종 비인 명성왕후 김씨가 친정아버지인 청풍부원군 김우명을 보호하기 위해 밤에 숙종을 만나 울며 사정을 호소한 일이 있다. 조사기는 이때의 일을 두고 1689년 윤3월 27일에 올린 소에 "'드디어 주상과 밤에 선정전에 나아가 주상은 동향하여 앉고 태후는 창문을 닫고 합내에 앉아서 대신을 불러 소리내어 슬피 울게 하였다' 하였습니다. 송시열의 당여가 감히 망극한 말로 무고하여 태후를 경동시킴으로써 슬피 울게까지 하였으니, 소인이 국가를 교란시킴이 한결같이 이 지경에 이르렀습니다. 당일의 절차와 기상을 상상해보면, 을사년에 이기 등이 무고하였을 적에 문정왕후께서 충순당에 나아가 임금이 동향하여 앉았던 일과 너무도 흡사하였습니다"라고 하여 명성왕후가 을사사화를 일으킨 문정왕후처럼 대비로서 정무에 관여하고 임금의 판단을 흐리게 한 것으로 표현했다.

는 시종 비호만 하시더니, 유독 신만은 기필코 죽이시려 하는데, 신은 실로 이해할 수가 없습니다"라고 했다. 임금이 더욱 분노하여 "어째서 그 주둥이를 치지 않는가?" 하고는 잇따라 큰 소리로 "네가 끝내 지만(遲晩 : 자복)하지 않겠는가? 끝내 지만하지 않겠는가 말이다!" 하고 꾸짖었다. 박태보는 "전하께서 신에게 지만하라고 하시는 것이 무슨 일인지를 모르겠습니다"라고 말했다.

"내가 내린 비망기의 뜻이 분명하거늘 후궁의 참소를 듣고는 거짓말을 한다고 소를 집필하여 나를 헛말을 한 사람으로 만드니 그게 위를 무함하는 게 아닌가. 어서 지만하라."

"궁중의 일을 외인이 알 바 아니오나 단순히 투기를 한 혐의가 있기 쉬운 고로 혹 이런 일이 있지 않은가 살펴보라는 것이옵지 어찌 위를 무함했다 하오리까."

"네가 기필코 부인을 위해서 절의를 세우고 죽으려는 것은 무슨 의도에서인가? 후세에 누가 너를 충절이 있다 이를 것 같으냐?"

"신들은 단지 오늘날의 거조가 비상한 것임을 보고 신하로서 애통 절박한 마음을 견딜 수가 없어서 이에 서로 의논하여 상소를 올려 진달한 것뿐입니다."

"너는 군상을 무함한 죄가 있다!"

"신이 전하의 신하로서 감히 전하를 무함할 수 있겠습니까?"

"원자는 일국의 근본인 것인데, 저 사람(중전)이 원자를 자신에게 불리한 존재로 여기고 있으니, 이는 죄인이다. 이제 네가 죄인을 위해서는 절의를 세우려 하면서 원자를 위해서는 걱정을 하지 않으니, 이것은 위를 무함하는 것을 지나 대역부도가 아닌가? 죄상이 이보다 더하다고 한들 너희들이 어찌 그르다고 하겠는가?"

이때에 승지가 법도에 따른 형벌이 다 찼음을 아뢰었다. 임금이 일단 박태보를 형틀에서 내리게 했다.

임금이 영의정 권대운 등에게 명하여 오두인·이세화·유헌의 죄를 의논하게 하면서 "지금 오두인 등은 참으로 흉역이다. 죄를 의논함에 있어 완만하게 해서는 안 된다"고 했다. 권대운 등이 모여서 의논한 뒤에, "상소의 내용이 실로 무례하므로 오두인·이세화가 스스로 해명한 것이 있다 하더라도 죄를 논해야 됩니다. 그러나 유헌은 소본을 보지 못하였으니 마땅히 차이가 있어야 합니다" 하고 아뢰었다.

임금이 말하기를 "어찌하여 죄를 정하지 않는가? 이세화 스스로가 맨 먼저 상소를 올리자고 주장했다고 하지 않았는가?" 하자 목내선이 "이세화는 어제 저녁에 한강에서 왔는데 어떻게 주장할 수 있겠습니까? 죄를 남에게 전가시키지 않으려는 의도입니다" 하고 권대운 등이 "오두인과 이세화는 형벌을 청해야 할 것 같습니다"라고 아뢰었다.

임금이 말했다.

"임금을 속인 무리를 오히려 '형벌을 청해야 할 것 같다'고 하니, 국청의 의논이 어쩌면 이렇게 헐거울 수 있단 말인가? 오두인과 이세화를 다시 형추하라."

오두인에게 형을 가했지만 기운이 쇠하고 위험한 지경이라 나장도 차마 세게 치지 못했다. 임금이 직접 추국했지만 첫번째 원정과 별다른 대답을 듣지 못했다. 이러는 중에 닭이 울었다. 세 정승이 함께 나아가

"날이 새려고 하니 옥체가 손상될까 염려스럽습니다" 하고 아뢰었다. 임금은 "나는 손상될 것 없다. 경들이 죄인을 구하고자 한다면 나가라"고 했다. 김덕원이 "이 옥사보다 더 중한 경우에도 전하께서 친히 국문하지 않으셨는데 지금 밤새도록 밖에 앉아 계시니, 신들은 참으로 걱정스럽습니다" 하자 임금이 "이보다 더 중한 옥사가 어디 있겠는가? 어찌 이렇게 말할 수가 있단 말인가? 나가라!"고 했다. 그러자 권대운 등 세 정승이 함께 나가는데 몇 걸음 못 가서 임금이 "나가라고 한 사람은 우상이다. 대신들이 어찌하여 모두 함께 나가는가?" 하니 목내선과 권대운이 도로 돌아와 엎드렸다. 승지들이 "우상이 실언했더라도 친국에는 삼공이 모두 있어야 하옵니다. 불러들이소서" 하자 임금은 "이 옥사는 매우 중대한 것인데 우상의 말이 이러한 것은 무슨 까닭인가? 파직하라"고 하교했다. 권대운과 목내선이 "말 한마디의 실수로 대신을 파직시키는 것이 어떨지 모르겠습니다"라고 했지만 임금은 받아들이지 않았다. 대사헌 목창명과 대사간 유명현이 합사로 파직을 환수하라고 아뢰었지만 윤허하지 않았다.

오두인을 형틀에서 내리고 이세화를 다시 형추했다. 형의 차례가 다 찬 뒤에 임금이 이세화를 내리고 박태보를 형틀에 올리게 했다. 이때 임금의 노여움이 갈수록 극심하여져서 '엄형을 가하라' '장을 맹렬히 치라' 하는 말이 여러 번 나왔고, 민암을 독책하여 왕래하면서 형을 가하게 하기를 마치 종 부리듯 했다. 박태보가 살가죽과 살이 벗겨지고 떨어져 피가 흘러 얼굴에 가득한데도 참고 굴하지 않으니 임금이 더욱 노여워했다.

"여러 죄인들이 모두 네가 상소문을 지었다고 하는데 집필도 네가 하고 주장도 네가 했느냐."

"쓰기는 신이 썼사오며 문자의 취사선택이며 윤색도 하였사옵니다."

"네가 무슨 마음으로 이같이 흉악하고 참혹한 소를 올렸느냐. 이토록 엄한 매를 치는데도 네가 감히 끝까지 독을 피우고 바로 고하지 않느냐."

"신이 소 가운데 이미 고했습니다."

"이같은 흉적은 반드시 정형(正刑 : 사형)을 하여야 국가의 기강을 세울 수 있겠다. 홍치상[14]도 이미 지만하고 처형된 것을 네 눈으로 보지 않았느냐. 네가 어찌 임금을 무함한 죄를 자백하지 않느냐."

박태보가 낮은 목소리로 대답했다.

"전하께서는 어찌 신을 이리도 모르십니까. 홍치상은 제가 홀로 비밀히 한 것이거니와 신의 소는 일국의 공론이므로 감히 이같이 아뢴 것인데 어찌 홍치상에 비하겠습니까. 하물며 전하께서는 신이 여러 해 동안 전하의 허물을 간하고 빠뜨리신 것을 보충해드린 것이 홍치상과는 다르다는 것을 모르시나이까."

임금은 더욱 노했다.

"너희 놈들은 홍치상과 다를 바 없다. 내가 참소만 믿고 거짓말을 한

---

14) 효종의 외손자로 숙종과는 외사촌 간이었다. 서인인 전 영상 김수항과 함께 임금의 동정을 엿보았다는 것과 남인 정승 조사석이 장희빈의 비호로 정승이 되었다는 말을 퍼뜨리고 장희빈의 후원자인 동평군 이항, 장희빈의 오빠인 장희재를 모함했다는 죄목으로 교수형에 처해졌다.

다 하니 위를 무함하는 게 아니냐. 어찌 음흉하고 질투하는 계집을 위해 이토록 방자하고 간악하게 구느냐."

박태보는 얼굴을 들고 소리를 높였다.

"전하께서는 어찌하여 차마 이런 하교를 하시나이까. 부부는 인륜의 시작이요, 성인은 인륜의 지극함이옵니다. 비록 보통의 필부라도 부부의 도리를 중히 여기거늘 하물며 우리의 모후는 누구의 배필이십니까. 일시의 분노로 인하여 옛 성인의 가르침을 생각하지 않으시고 중궁을 두고 하시는 말씀이 이같이 상스럽고 거만하시옵니까."

임금이 기가 막혀 한동안 말을 못했다.

"이게 무슨 말이냐. 이게 무슨 말이냐. 이놈의 발악이 갈수록 더하는구나. 마땅히 역률(逆律)로 다스려야겠으니 압슬(壓膝)과 낙형(烙刑)을 가할 기구를 가져오라."

민암이 "압슬에 필요한 형구는 법에 의하면 평시서에서 가져와야 하는데, 지금은 급박하여 미처 준비를 못 할 것 같습니다" 하니 임금이 "재촉하라. 어찌하여 미처 못 하겠다고 말할 수 있단 말인가?" 했다.

이때 날이 밝으려고 했다. 박태보가 말했다.

"신은 이미 한번 죽기를 정하였고 군신의 분의를 다하였으니 진실로 목숨이 아깝지 않으나 전하의 거조가 이렇듯 과하시니 생각건대 형벌이 과한 후에는 반드시 망국의 임금이 될까 아프고 한스럽게 여기나이다."

"내가 망국의 임금이 되든 말든 너에게 무슨 상관이냐."

"전하께서는 어찌 그런 실언을 하십니까. 신은 교목세신(喬木世臣)으로서 나라와 더불어 목숨을 한가지로 할 몸이기에 그를 서러워하니다. 후일에 반드시 뉘우침이 있으시오리다."

임금이 사관에게 다시 "이런 잡스러운 말은 쓰지 말라" 하고 나장에게 "만일 박태보가 다시 입을 열면 곧 입을 찢어라"고 명했다. 이어 판의금부사에게 압슬 형구를 갖추라고 엄히 재촉했다. 승지가 다시 형이다 찼음을 고하고 윤심을 잡아왔음을 아뢰어 박태보를 형틀에서 내렸다. 박태보가 장형을 받은 것은 두 차례지만 첫번째에는 세지 않는 매를 아홉 번 맞았고 두번째는 같은 매를 열네 번 맞았으니 합치면 거의 세 차례에 해당했다.

윤심은 이렇게 공술했다.

"신은 오두인에게 권한 적이 없습니다. 중궁의 폐출을 두고 조정의 백관들이 정청하는 때에 파직되었다 하여 말이 없어서는 안 되겠기에 상소를 올리려 한 것입니다. 오두인에게는 연명할 것인가 물었을 뿐입니다. 오두인은 직첩을 빼앗겼고 신은 파직되었기 때문에 연명할 적에 불편한 점이 있었습니다. 그래서 이런 사실을 다시 통보하고는 서로 알리지 않았습니다."

임금이 권대운과 목내선을 돌아보고 의견을 물었다. 두 사람은 "윤심은 진실로 오두인 등의 상소 내용을 몰랐습니다" 하고 응답했다. 임금은 윤심을 방면하고는 "윤심은 단지 상소를 올려야 된다고만 했는데, 오두인은 참으로 상의해서 한 듯이 고했으니, 오두인의 정상이 간교하다. 다시 형신을 가하라"고 했다.

오두인은 형을 받으면서 아무 말이 없었다. 임금이 "네가 감히 한마디도 안 할 작정인가?" 하자 오두인이 겨우 "신이 평시서에 가니 수삼

명이 이미 모여 있었습니다. 그래서 이들과 서로 의논해서 상소를 올린 것입니다"라고 대답했다. 오두인의 형신이 끝나자 임금이 이세화를 다시 형틀에 올리게 했다. 이세화는 늙어서 매를 견디지 못하고 임금이 앉은 자리를 바라보고 길이 탄식하며 말했다.

"전하께서 신의 머리는 벨 수 있어도 결안(結案)은 받지 못하시리이다. 신이 한번 결안하여 죽게 되면 후세의 공론을 어찌하시오리까. 신의 몸은 이미 나라에 허하였고 신의 어리석은 충성이 매양 마음에 있더니 오늘 마침 죽음이 경사가 아니오리까."

이세화의 형이 다 차매 내리게 하고 임금이 박태보를 다시 잡아올리라고 한 후 이때부터는 오두인과 이세화는 두고 박태보만 가형했다.

압슬 형구가 갖춰졌는데 땅에 널을 깔고 사금파리 두 섬을 부은 뒤 사금파리 위에 박태보의 두 다리를 얹게 했다. 또 사금파리 두 섬을 다리 위에 덮고 좌우로 널을 얹은 뒤 널머리를 단단히 매어서 움직이지 못하게 했다. 건장한 나졸이 한꺼번에 세 명씩 널 위에 올라가 일시에 소리를 외치면서 뛰기를 열세 번씩 하면 형이 한 차례가 채워지는 것이었다. 임금이 형을 재촉하니 널 속에서 뼈와 사금파리가 맞부딪쳐 깨지는 소리가 났고 나졸도 울면서 뛰었다. 주위에서 보는 사람들이 실색하여 물러나되 박태보는 안색이 변함이 없었고 두 차례의 형벌에도 아프다는 소리 하나 없었다.

임금이 노하여 "네가 스스로 짓고 쓰고도 어찌 임금을 무함한 죄를 지만하지 않느냐. 네가 승복을 하지 않고서 죽지 않기를 바라느냐"고 소리를 높였다.

"신이 광망하였다 하여 죽이신다면 죽으려니와 위를 무함한 것은 신의 죄가 아닙니다."

"소 가운데 있는 '꿈 이야기를 한 것'이라는 말이 무슨 말이냐. 누구에게 들었느냐."

"꿈이란 본래 허망한 것이어서 증거가 없고 믿기 어렵사온데 일일이 장래 일을 맞히기를 바라겠습니까. 중궁께서 꿈을 기억하여 우연히 아뢴 것에 지나지 않는데[15] 지금 전하께서 이 일을 꺼내어 큰 죄안을 만들려 하시니 이 어찌 막대하고 지나친 처사가 아닙니까. 전하께서 중궁이 꿈의 일을 진실로 믿었다 하시나 실상 전하께서도 전날에 신하들을 인견하실 때 꿈 이야기를 자주 하시고 꿈을 믿는 뜻을 보이지 않으셨습니까. 이번의 중궁에서의 일도 전하께서 스스로 먼저 꿈을 믿는다는 실수를 하셨기에 일어난 것으로 압니다."

"간특하구나, 간특해. 네가 더욱 내가 헛말을 만들었다고 무함하나 너는 간악한 여인을 너희 서인들의 당여(黨與)[16]라고 옹호하는 데 지나지 않는다. 민진후 형제가 너를 사주하였는가?"

---

15) 인현왕후가 꿈을 꾸었는데 명성왕후와 현종 임금이 꿈에 나타나서 자신과 김 귀인은 복록이 길 것이고 아들을 많이 낳아 선조 조와 같을 것이나 후궁 장씨에게는 아들이 없을 것이며 오래 궁중에 있다가는 반드시 경신년 후에 뜻을 잃은 사람(남인)들과 결탁해서 망측한 일을 만들어 국가에 불리하리라고 했다. 이 꿈 이야기를 임금에게 고하자 임금은 선왕과 선후의 말씀을 칭탁하여 공갈하고 마음을 움직이려고 계교를 꾸몄다고 하면서 장숙원이 아들이 없다고 했는데 아들이 태어난 것은 어인 연고인가, 꾸미고 속이는 것이 이것으로도 알 수 있다고 했다(『숙종실록』 15년 4월 21일조).

16) 인현왕후가 같은 편인 서인임을 의미. 장희빈은 중인 역관 장형의 서녀로 종숙인 역관 장현이 남인과 긴밀한 관계였다.

"전하께서는 분명히 신을 서인이라 여겨서 이런 엄한 하교를 내리시는 것 같습니다만, 신이 어찌 민진후 형제와 결탁하리까. 신의 형 박태유가 여양부원군을 탄핵한 적이 있었기 때문에[17] 두 집안은 원수가 되어 평소 상대를 하지도 않았습니다. 신은 성품이 편협하여 세상과 합치되는 점이 적은 탓으로 사람들과 원만하게 지내지 못하였던 것을 아실 것입니다. 신이 만일 붕당에 들어 계교와 이해를 잘 받들었다면 어찌 지금 이 지경에 빠지겠습니까. 하물며 이 상소는 신자로서 해야 할 바를 하는 것이니 어찌 남의 가르침을 받으오리까. 이렇듯 참혹하게 형을 가하심이 신이 서인이라 그러하시는 것입니까."

"네가 감히 서인이니 남인이니 할 수 있는가? 또 감히 편당을 일컬으

---

17) 1683년(숙종 9) 6월 2일에 정언 박태유가 민유중을 탄핵한 내용에 "여양부원군 민유중에 이르러서는 청아하다는 이름이 여태까지 드러났으나, 자리가 귀해지고 은총을 입고 외람되이 여러 직임에 처하게 되자, 평소의 조행이 이미 이지러짐을 면하지 못하게 되었습니다. 요사이 하는 바를 보건대 방자한 행동에 거리낌이 없어, 송사를 결단하는 데 공평함을 잃었다 하여 사사로이 형조의 아전을 다스리고, 자질구레한 일로 승정원의 신하를 추문할 것을 청하였습니다. 이는 전하께서 교만하게 한 과실에서 말미암은 것이니, 마땅히 일찍 칙려(飭勵)를 더하시어 스스로 삼가고 법을 두려워하며 다시는 외정에 간여하지 못하게 해서 조정의 체통을 엄숙하게 만드소서" 한 것이 있다. 그전인 1681년 12월 20일 교리 박태보는 문묘 출향과 관련한 상소에서 "지난번 전하께서 장차 여양부원군 민유중에게 그대로 병조판서를 맡도록 하셨는데, 이는 실로 여러 조정의 원칙을 무너뜨리는 것이며 외척이 정치에 간여하는 폐단을 열게 되는 것이므로 대신과 삼사가 함께 힘껏 간쟁하여야 하는 것입니다. 그런데 이단하는 사헌부의 관헌으로서 그 실수를 바로잡아 구원하여 그 직임에 적합하도록 하려는 것은 생각하지 않고, 바로 민유중을 위하여 별도로 일반 관직 외에 한 관사를 설치하여 그의 권세를 중하게 해서 임명하도록 청하기를, '이 직임은 법전에 기재되지 않았으니 국구(國舅)가 차지하더라도 불가한 것이 없습니다'고 하였습니다. 이것은 남의 귀와 눈을 가리고 위아래 사람에게 잘 보이려고 하는 의도에서 나온 것으로, 지난날 임금의 위엄에 핍박당하여 그가 지키던 바를 상실했던 것에 지나지 않습니다'라고 공격한 바 있다.

며 이렇듯 방자하단 말인가. 내 어찌 서인이라 하여 너를 엄형할까."

"원컨대 전하의 급하신 진노를 그치시고 오늘의 거조를 세 번 생각하소서. 진실로 아시기 어렵지 않으시니 자세히 아뢰겠나이다. 군신의 분의는 부자와 같사오니 부모가 불화하면 자식이 울며 간하지 않으리까. 신들의 뜻은 양전을 받들어 국가의 평안한 복록을 누리시게 하고자 하는 것입니다. 옛말에 가로대 내 마음으로 다른 사람 마음을 헤아린다 했으니 전하께서는 의리를 살펴 신들의 심사를 헤아리소서."

이때 승지가 형벌이 다 찼음을 아뢰었으나 임금이 더욱더 화가 치미는 것을 참지 못하고 일어섰다 앉았다 하더니 "이놈이 점점 더 독해지는구나. 단근질을 어서어서 하라"고 명했다. 급히 숯 두 섬을 가져와 불을 피우는데 미처 부채를 준비하지 못해 나졸들이 옷을 벗어 불을 부쳤다. 화염이 일어나자 좌우의 여러 신하들이 뜨거운 기운을 이기지 못하고 물러섰다. 두 손 너비만한 넙적한 쇠 둘을 불에 넣어 달구어 쓰고 식으면 번갈아 달궈서 몸을 지지게 했다. 큰 나무로 기둥을 세운 뒤 박태보의 엄지발을 노끈으로 동여매고 거꾸로 매달았는데 아래에서 여섯 치가 떨어지게 하니 보는 사람마다 낯빛을 잃고는 박태보가 기운이 막혀서 말을 못 할 것이라고 했다. 그러나 박태보는 한층 더 정신과 기운을 가다듬어 말이 오히려 점점 분명해졌다. 박태보가 조용히 말했다.

"신이 듣기로는 압슬이나 낙형은 모두 대역을 다스리는 극형이라 하는데 신이 무슨 죄가 있기에 역적과 한가지로 치죄하십니까?"

"네 죄는 역적보다 더하니라. 지만 두 자만 어서 실행하라."

이때 나장이 바지를 끄르려고 하자 임금이 "어찌 급히 하지 않느냐.

살이 나오는 족족 지지지 못할까" 하고 벽력처럼 소리를 쳤다. 미처 바지를 제대로 벗기지 못하고 바지솔을 찢으며 달군 쇠를 한번 시험할 양으로 기둥에 대니 연기가 풀풀 나며 기둥이 타는 것이었다. 화형을 가하자 두 다리가 숯처럼 타서 연기가 일어나고 벌건 기름이 끓으며 누린내가 코를 찔렀다. 박태보는 죽은 나무채 같았는데 끓은 기름이 흘러내리자 신하들이 떨면서 감히 주변에 서 있지도 못했다. 박태보는 찡그리는 빛이 전혀 없어서 오히려 신하들이 그 모습에 평안함을 되찾을 정도였다.

"판의금은 몸소 가서 온몸을 두루 지지게 하라. 화형에도 제 놈이 살아날 것이며 이래도 지만을 아니 할까."

임금이 명하자 박태보가 빙그레 웃으면서 천천히 말했다.

"신이 이에 이르러 만일 처음 가진 마음을 변하여 허위로 자백하면 이는 안으로 신을 속이고 위로는 전하를 속이는 게 됩니다. 신의 한 몸이 숯이 되나 불이 되나 실로 전하를 조금도 속이지 않았나이다. 신이 비록 뼈가 없어지더라도 결단코 허위로 지만을 하지 않겠습니다. 신이 경연에 출입한 지 십여 년이 되었사오나 조금도 전하의 덕을 돕지 못하고 오늘에 와서 전하에게 큰 과오가 있게 하였사오니 이것이 신의 죄인가 합니다."

이에 임금이 사관에게 "박태보의 이 말도 쓰지 말라"고 명했다. 낙형은 모두 열세 번을 한 차례로 치는 게 상례였다. 양다리와 넓적다리, 무릎을 지지기까지 하자 권대운이 머뭇머뭇하다가 아뢰었다.

"화형하는 법에는 본래 지지는 데가 있으니 온몸을 지지는 것은 법

밖의 일입니다. 뒤에 전례가 되어 폐단이 생길까 두렵습니다."

임금이 "그렇다면 어느 곳을 지져야 되는가?" 하고 묻자 권대운이 "신의 나이 팔십에 불행하게도 누차 국옥을 겪었지만 낙형의 법규는 발바닥을 지질 뿐이었습니다"라고 대답했다. 임금이 그리 하라고 하여 비로소 발바닥을 지졌다. 임금이 두 발바닥을 고루 지지게 하여 이때 두 다리는 숯과 같았고 끓는 기름은 샘솟듯 하는데 박태보의 말은 조리가 있고 흔들림이 없으니 모두 신기하게 여겼다.

임금이 "유헌은 소를 모른다고 하는데 참말이냐"고 묻자 박태보는 "소의 내용을 어찌 모르겠습니까만 병으로 아들을 대신 보내어 소의 글은 보지 못하였습니다"라고 하고 또 "이세화는 너와 함께 의논해서 소를 지었다고 하는데 과연 그러하냐"고 하자 "소는 신이 지은 것이니 이세화가 어찌 한마디인들 도왔겠습니까. 다만 신을 살리고자 짐짓 자신이 하였다고 하는 것입니다"라고 대답했다. 이로써 유헌과 이세화 두 사람이 더 큰 화를 면할 수 있었다.

마지막으로 임금이 "이세화, 유헌이 상소를 올리자고 먼저 주장하지 않았으면 네가 주장하였을 것이니 네가 과연 끝까지 그 사실을 지만하지 않겠느냐"고 하자 박태보가 숨을 내쉬고 낮은 소리로 대답했다.

"전하, 신의 목을 바로 베소서. 누가 말리오리까. 전하께서는 어찌 받기 힘든 지만을 반드시 받으시려 하십니까. 신의 머리를 베시더라도 지만을 받지는 못하십니다. 이제 만일 지만한다면 신이 죽어 지하에 돌아가서 형벌을 못 이겨 거짓 자복한 권신이 됨을 면치 못하여 여러 귀신들이 손가락질하고 비웃을 것이니 어찌 부끄러워 견딜 수 있겠습니까. 신이 살아서 전하를 바른길로 이끌지 못했으니 차라리 죽어서 아무 것도 모르고 싶습니다. 빨리 죽이시옵소서. 이 말씀밖에는 아뢸 게 없나이다."

이로부터 아무리 지지고 달래도 눈을 감고 입을 봉한 채 한마디도 하지 않았다. 이에 임금이 용상을 두드리면서 민암에게 직접 가까이 가서 자복을 받으라고 하니 민암이 황급히 내려가긴 했어도 다리가 떨리고 발음이 똑똑하지 못했다.

"죄인은 어찌 지만을 하지 않는가."

민암의 말에 박태보가 눈을 뜨고 한참을 쏘아보다가 천둥 같은 소리로 "내가 무슨 지만할 말이 있다고 이리도 핍박하는가!"라고 했다. 민암이 머리를 숙이고 무안해하더니 임금에게 돌아와 "아무리 달래도 지만할 뜻이 안 보입니다"라고 아뢰었다. 승지 이서우가 낙형 두 차례가 다 찼음을 아뢰었다.

날이 밝고 이미 해가 떴다. 박태보는 단근질을 여러 차례 하여 기름과 피가 끓고 힘줄이 끊어지고 뼈가 다 타서 형용이 극히 참혹했다. 누린 냄새가 어전으로 올라가니 임금이 오래 보고 있는 것이 메스꺼워서 "마땅히 원정을 받고 죄를 정하는 도리가 있으니 국문을 그만 파하라"고 명했다. 이어서 궁중 별감을 시켜 박태보가 죽었는지 살았는지 살펴보라고 했다. 별감이 돌아와서 죽지 않았다고 고하니 "상소를 짓고 쓴 것이 모두 박태보의 손에서 나온 것인데도 끝내 지만하지 않으니, 실로 극악한 독물이다" 하고 대전으로 돌아가니 이때가 사월 스무엿새 진시(辰時 : 오전 열시가량)였다. 이어 내병조(內兵曹)[18]에다 국청을 설치하고 형을 가하게 했다. 또 "이 뒤로 다시 이런 상소가 있으면 곧바로 역률로 다스리도록 할 것이니, 승정원은 이러한 내용을 중외에 포고하라"고 하교했다.

이때에 박태보가 비로소 형틀에서 풀려났지만 기운이 다하고 입이 말라 목숨이 위태로웠다. 서리 한 사람이 꿀물 한 그릇을 가져다주니 박태보가 마시고 정신을 약간 차리고는 서리에게 소속과 이름을 물었다.

내병조에서 다시 국청이 열렸다. 목내선이 팔을 뽑으며 소리를 높여 "이 죄인은 각별히 엄하게 형벌하라"고 명했다. 이에 박태보가 큰 소리로 "어전에서는 전하의 노여움이 크시니 엄형을 받았거니와 내 무슨 큰 죄가 있어 이같은 혹형을 받을 만하다고 이제 여기서까지 이렇게 심하게 다스리는 것이오"라고 했다. 나장을 돌아보면서 "아무려면 내가 살겠느냐. 저놈이 보고 있으니 어서 나를 죽여라"라고 했다. 목내선이 매를 치는 것을 하나하나 살피면서 혹독하게 치게 하니 드디어 무릎뼈가 부서지고 골수가 샘처럼 솟아나왔다.

이때 소에 같이 참여했던 사람들은 궐문 밖에서 기다리고 있었는데 안에서 모두 박태보가 반드시 죽었을 것이라고 생각하면서 가슴을 두드릴 뿐이었다. 형이 끝나자 나졸이 나와서 "박응교 나리의 무릎 싸맬 헝겊을 찾아오시오"라고 외쳤다. 김몽신과 조대수가 각자 입고 있던 옷자락을 찢어서 보냈다. 그래도 부족하자 박태보가 금부도사에게 "내 도포 소매를 찢어서 싸시오" 하고 말했다. 금부도사가 찢으려고 했지

---

18) 조선시대에 궁궐 안에서 시위나 의장에 관한 일을 맡아보던 관아. 병조 관리들의 출장소.

188

만 손이 떨려 옷이 찢어지지 않았다. 박태보가 "칼로 실밥을 찢어서 싸매면 쉽소" 하면서 이리저리 하라고 지휘해서 마침내 무릎을 다 쌌다. 그러고는 소매 속에 있던 부채를 꺼내면서 "움직이는 데 방해가 될 테니 집에 전해주오"라고 했다. 박태보에게 칼과 차꼬를 씌워서 들것에 태우고 창과 조총을 가진 군졸들이 옹위하여 의금부로 데리고 갔다. 종질 박필순이 군사 틈으로 들어와 홑이불을 헤치고 손을 잡으며 "착하실사, 우리 숙부여. 죽기에 임하여도 마음 변치 않으시니, 군자시로다. 전후 일이 어떻게 될지 모르오니 마음을 단단히 잡으소서"라고 했다. 박태보가 "내 마음은 조금의 흔들림도 없다"고 또렷하게 대답했다.

박태보의 아버지 박세당이 소식을 접하고 급히 양주 수락산 석천동에서 달려왔지만 서로 만나보지 못했다. 의금부 앞 원두막에서 기다리다가 아들의 상태가 어떤지 알려고 사람을 시켜서 "네 글씨를 보면 네 얼굴을 보는 것이나 다름없으니 한 자만 써서 보내라"고 하니 아들은 "저를 역률로 다스린다 하오니 부자간이라도 문자를 서로 통하는 것은 미안한 일이므로 감히 하지 못하겠습니다"라고 답했다.

이날도 국문을 하려 했지만 영의정 권대운이 "박태보 등의 죄는 만번 죽어도 아깝지 않사오나 누차 중한 형신을 받아 목숨이 경각에 달려 있는데 더 형신을 가하면 끝내 장하에 죽게 될 것이니, 전날에 국맥 (國脈)을 손상시키게 될까 염려스럽다고 한 전교에 어긋나는 처사가 아니겠습니까?" 하고 용서를 비는 차자를 올렸다. 이에 임금이 답을 내렸다.

"박태보 등이 범한 죄는 흉역에 관계되지만, 이미 '이 뒤로는 역률로

논하겠다는 것을 중외에 포고하라' 는 명을 내렸으니 이들의 죄는 이전에 있었던 것이어서 마땅히 참작을 하여야 한다. 박태보는 사죄를 감하여 절도에 위리안치하라. 오두인은 박태보와 차이가 있지만 소두로 참여하였으니 무겁게 처분하지 않을 수 없다. 사죄를 감하되 극변에 안치하라. 이세화와 유헌은 경중을 참작하여 이세화는 멀리 귀양 보내고 유헌은 삭탈관직하라."

이에 오두인은 의주에 정배하고 박태보는 진도에, 이세화는 정주에 정배하게 하였다. 이들이 옥에서 나오자 사람들이 다투어 이들의 얼굴이라도 한번 보려고 했다. 남녀노소 할 것 없이 사람들이 쏟아져나와 길을 메웠고 눈물을 흘리고 애석하게 여겼으며 심지어 통곡하는 사람까지 있었다.

박태보는 두 다리가 부어 움직이지 못했고 목이 부어서 물 한 모금도 삼키지 못했다. 옥에서 들것에 실려 나오니 나장들이 "이런 형벌을 받고 살아서 나가는 이는 고금에 없는데 나리의 충성에 하늘이 감동한 것이다"라고 했다. 사람들이 충신의 생전 얼굴을 보자 하고 모여들어 약봉지를 던지고 재물을 던지기도 하며 전송했다. 박태보가 억지로 눈을 떠 보고는 아는 사람에게는 손을 들어서 인사를 했다. 하지만 고문으로 인한 화열(火熱)이 속으로 들어가 목숨이 위태로워서 잠깐 명례방(明禮坊 : 지금의 서울 명동) 집으로 가서 쉬었다. 황망중에도 오히려 아버지를 위로하되 "마음을 진정하소서. 어머니 기운은 어떠하시니이까"라고 했다. 모든 사람 말이 "이미 날이 저물고 병이 이토록 중하니 이 밤은 성안에서 지내고 내일 성문을 나서는 게 좋겠다"고 했다. 박태보가

"내 병이 비록 중하나 숨을 아직 쉬고 있고 죄명이 지극히 중한데 어찌 감히 성안에 머물러 있으리오" 하면서 저물녘에 남문을 나섰다.

박태보가 탄 교자가 다다르자 길가 가게에 있던 노인들이 앞을 다투어 갓을 벗고 채를 잡았다. "이분이 타신 틀을 멘다는 것은 진실로 영광스러운 일이다" 하면서 여럿이 서로 바꾸어 메고 극력 보호하여 갔다. 양모 윤씨 부인이 나이 일흔이 넘고 다섯 살 때부터 기른 정이 직접 낳은 자식보다 더한데 아들을 보니 너무도 참혹하고 장독(杖毒)과 화독이 올라 어떤 명의도 살려낼 길이 없는 것이었다. 눈물을 뿌리는 양모에게 박태보는 "오늘 살아서 어머님을 다시 뵈오니 이제 죽어도 한이 없습니다. 어머님께서는 과도히 설워 마소서" 했다. 이렇듯 정신은 온전하지만 음식을 전혀 먹지 못하고 증세도 고칠 길이 없으니 보는 이마다 울지 않는 사람이 없었다. 박태보는 "내가 요행으로 살아나서 적소(謫所)로 가게 되니 나 보고 싶은 책 몇 권을 가져가서 때로 펴보리라" 했지만 아버지가 "유익하지 않으니 말라"고 했다.

금부도사에게 이끌려 조금씩 길을 가서 5월 1일에 한강을 건넜다. 노량(露梁)에 이르러 병이 더하여 더이상 가지 못하게 되니 금부도사가 장계를 올려 비답을 기다렸다. 박태보는 온몸이 참혹하게 붓고 아픔이 극심함에도 부모가 있으매 의원을 불러 침으로 화독을 다스렸고 뼈에 박힌 사금파리를 빼냈다. 그런가 하면 찾아온 벗들과 농 섞인 이야기를 나누었다.

"아예 타 죽을 뻔하다가 살아나면 적이나 기특할까. 다리 아래는 단단하니 살 것도 같네."

"성상이 나를 살리려고 놓아주셨네만 골육이 날로 썩고 구린내가 그치지 않으며 음식을 하나도 못 먹으니 이러고도 살아날까."

종질로부터 중궁이 이미 폐비가 되었고 3일에 사가로 내쫓겼다는 말을 듣고는 "가엾다"고 탄식했다. 그렇듯 신고를 겪으면서도 임금을 원망하는 말을 조금도 한 적이 없었고 상소한 일을 신하의 당연한 도리로 알았다. 매부 이정이 "형님께서는 평생 동안 부끄러워할 만한 일이 없더니 필경 이러한 절개를 세웠소. 죽은 혼백이 굽어보나 쳐다보나 부끄러울 것이 없도다. 사육신[19]의 무덤이 여기 있으니 지하에서 만나면 서로 부끄러움이 없으리로다"라고 했다. 박태보가 그 말을 듣고 놀라 "소년아, 너의 말이 어찌 그렇게 경솔한가" 하고 말을 막았다.

4일 밤에 박태보가 옆에 있는 사람더러 "내가 다시 일어나지 못함을 모르지 않았으되 양친을 위해 의약을 썼으나 이제 내 명이 지금 다하겠구나. 의약이 무엇이 유익하리. 이것들을 다 치워주오" 하고는 이제까지 다리에 매었던 것을 떼어놓고 새 자리와 이불을 가져오게 하여 펴고 누웠다.

박세당이 "너의 신색을 보니 더이상 할 일이 없구나. 네 마음에 할말이 있느냐" 하고 물었다.

"할 말씀이 있으리까마는 국청에서 한 말이 여러 가지라 사람들이

---

19) 세조 연간 단종의 복위를 꾀하다가 사전에 발각되어 악형에도 굴하지 않고 순사한 여섯 신하로 곧 성삼문·박팽년·하위지·이개·유응부·유성원 등을 말한다. 사육신은 1691년(숙종 17) 12월 숙종에 의해 관작이 복구되고 민절(愍節)이라는 사액(賜額)이 내려짐에 따라 노량진의 묘소 아래 민절서원을 세웠다.

바르게 전하지 못할 일이 많을 것이오니 아뢰리이다."

이어 두어 가지 일을 말하고는 혀가 마르고 기운이 다했다. 아버지가 "말하지 말라"고 만류하고 이윽고 "네가 말을 하지 않아도 사람들이 다 알리라"고 했다.

뒤에 "이전에 내가 형님(박세후 : 박태보의 양부)의 묘지문을 썼거니와 네가 보고 고칠 데가 있다고 하더니 네 뜻을 말해보라"고 했다. 박태보가 "문자는 비록 좋사오나 두어 가지 말씀이 빠져 있는 듯하오니 전에 여쭈온 걸 쓰소서" 하고 또 "소자가 일찍 형님(박태유)의 행장 초를 지었사온대 감사 형님(종형 박태상)에게 의논하여 더 넣어 쓰옵소서"라고 했다. 이어 "네가 죽으면 어디에 해골이 돌아갈고" 하니 "김포에 산소를 정했사오니 지관이 아나이다"라고 했다. 형의 아들 중 하나를 양자 삼을 일에 대해서 이야기를 마친 뒤 양모 보기를 청하여 윤씨 부인이 들어왔다. 박태보가 양모를 위로하고 부인 이씨에게 "나 죽은 뒤 어머님이 의지하실 곳이 당신뿐이니 극진히 봉양하고 과도히 슬퍼하지 말고 어머님께 근심을 끼치지 마옵소"라고 했다. 윤씨 부인이 울며 들어가고 난 뒤에 부인이 울며 머뭇머뭇하고 들어가지 않으니 박태보가 정색을 하고 일렀다.

"사나이가 부인의 앞에서 죽지 않는 것이 예이거늘."

사람으로 하여금 부인을 붙들어 데리고 가게 하니 부인이 통곡하며 들어갔다. 아버지가 "어이 너를 살리기를 바라리오마는 천행으로 다시 살릴까 하였더니 이도 하늘이 준 수명이로다. 네 이제 다시 살아날 가망이 없으니 어찌하겠느냐. 다만 조용히 죽음으로써 마지막을 빛나게 하라"고 하니 아들은 "감히 어찌 가르치심을 좇지 않으리이까" 했다. 아버지가 문을 닫고 나가서는 눈물을 흘리고 부르짖으며 울었다.

박태보가 매부에게 "평생 고운 옷과 물들인 옷은 입지 않았고 또 죄인으로 죽으니 치상을 할 때는 검박하게 하게" 했다.

점점 담이 끓자 다리를 좀 들라, 아파서 펴지지 않는다고 하고 "명 끊기가 이리 더딘고" 하고 말하더니 숨이 끊어졌다. 또는 '어찌 그리 흙에서 부르니' 하고 웃으며 말하고는 숨이 졌다. 혹 전해지기로는 '왜 이리도 괴로운고' 하고 울며 말하더니 졸하였다.

이때 박태보의 외삼촌 남구만[20]이 강릉에 귀양 가 있었는데 4월 26일 꿈을 꾸었다. 정태화·홍명하와 함께 임금 앞에 있는데 국가에 큰일이 있어 깜짝 놀라며 깨었다. 5월 5일에 꿈을 꾸니 생질인 박태보가 준마를 타고 와서 절하고 멀리 떠나는 것이었다. 그 뒤에 서울 소식을 들으니 곧 박태보가 국문을 당하고 명이 다한 날이었다.

송시열이 박태보가 화를 입었다는 소리를 듣고 손자 송주석에게 "박태보에 관련된 문자는 모두 불에 넣어 태워버려라" 하고 그를 위해 눈물을 흘리고 소식(素食)을 했다. 송시열이 윤증에게 노한 뒤로 "윤선거(윤증의 아버지)가 강화도에서 실절했기 때문에 그 자손들이 절개 있는 사람을 꺼려서 윤증이나 외손자[21]인 박태보도 내 아버지 송갑조를 헐뜯었다"는 식으로 쓴 글이 하나 둘이 아니었다. 이에 이를 모두 불태우고 박태보의 이름을 함부로 부르지 못하게 한 것이다.

---

20) 남구만의 손위 누이가 박태보의 친모이다.
21) 양가로 외손과 외조가 된다. 박태보는 윤증의 생질이다.

박태보가 죽었다는 소식을 들은 일가친척, 친구, 빈객이 각각 의복을 보내어 치상을 했고 얼굴 모르는 사람조차도 소식을 듣고는 다투어 와서 조상을 하고 울고 갔다. 7월에 양주 수락산 장자곡 박세당의 집 뒤에 안장했으니 어머니 의령 남씨의 산소 건너편 언덕이었다.

박태보가 죽을 때 나이가 36세인데, 뒤에 임금이 잘못을 깨닫고 7월에 복작을 하게 했으며 5년 뒤 정려하고 이조판서를 증직했다. 노량진의 풍계사에 사당을 지어 제사를 지내게 했고 경종 임금 3년(1723)에 영의정을 추증하고 시호를 문열(文烈)이라 하였다.

박태보의 충절에 관한 이야기들이 세상에 퍼져나가니 어느 사람의 손에서 난 줄 모르게 「박틔보전」 「박태보전」 「박틔보실기」 「朴泰傅傳」 「朴太傅傳」 「박학ᄉ사절녹」 「본국충신박틔보전」 「朴學士泰補傳」 「박할님전」 「文烈公傳」 등이 숱하게 유전하게 되었다. 한글과 한문이 여러 번 바뀌고 혹 거짓도 섞이고 그릇되기도 하며 엉성함도 있으니 사실과 같은 것을 찾기란 불가능한 일이다. 실록도 보고 문집도 참고하고 때로 자세하고 때로 간략하게 하나 각각의 본말을 다함이 있을 뿐이다.

아, 가엾구나.

"야가 무신 일로 잠을 못 잤길래 빙든 빙아리맨쿠로 꼬박꼬박 자불고 있는고. 야야, 니 밥은 먹었나. 니 형수한테 밥 좀 달라 카지, 때 되거든."

"밥은 잘 얻어먹고 있어요, 외삼촌. 그런데요, 저 망했어요. 외삼촌 때매."

"뭐라고?"

"박정잰지 박태본지 찾아보다가 제 일은 하나도 못 했다구요. 내일 모레가 원고 마감인데."

"야가 뭐라 카노. 허허."

"하여간 정리를 좀 해놨으니까 나중에 이거나 한번 읽어보세요."

"이기 도시 뭔지 몰라도 글씨가 너무 작아서 못 읽을따. 너무 길어도 도통 읽지를 모해. 망구십 늙은이가 시간이 있이야지."

"그런데 자료는 여기저기 많은데 말하는 게 다 달라가지고 뭐가 진짠지 모르겠더라구요. 어떤 건 소설이라고 하는데 사실 같고 어떤 건 실록, 일기, 실기라고 해서 사실이라는데도 소설보다 더 뒤죽박죽이에요. 서로 이름 다르고 나이도 꿈도 다르고."

"아이고, 시원한 나무 그늘에서 호호백발 이삼촌하고 눈이 새파란 생질이 앉아서 오손도손 무신 말씀을 그리 정답기 나누시는공? 그 아까시꽃 냄새 향그로와라."

"외숙모, 나 쫄딱 망했어요, 외삼촌 때매."

"아까부터 야가 뭐라 카는지 모르겠네."

"망했다 캐여! 우예 생질을 망하구로 하는 이삼촌이 다 있는가배."

"망하다이? 야가 망하다이? 뭐 때문에?"

"괜히 외삼촌이 박태보 선생 이야기를 해가지고 그거 찾아보느라고 일을 하나도 못 했다구요."

"퇴자 보자 할바이 때매 지 일을 한 개도 모 했대여. 이삼촌이 고여히 이야기하는 바람에."

"우째 그래 한분 찾아봤니야? 젊은 니가 보이 이 어른이 어떻디야?"

"독한 인간들이대요. 임금도 신하도 죽거나 살거나 간에 끝장을 봐야 진짜 같은 모양이에요. 그것도 좋아서 하는 것 같애요."

"독하대여. 인간들이 마카."

"허허, 나 겉은 늙은이가 시골에 꿩처럼 숨어 살민서 뭘 알겠느냐마는 옛날에 죽은 사람들도 요새 젊은 사람들하고 생각하는 기 크기 다르지는 않았을 기다. 사람은 변할 기 없다."

"하여간 여기에 자료 정리해서 갖다났으니까 한번 보시라구요. 그래도 한 분이라도 읽으면 정리한 보람이 있겠네."

"여 글로 정리해났다고 이삼촌 보시래여! 아랫집에서 쭉해 미칠 들앉아 있더마 이거를 만들랐어? 이삼촌 눈이 어두와 못 보실 긴데."

"글씨 크게 해서 다시 빼서 드리지요, 뭐. 그런데 이 정도 글자를 못 보시면 쓰기는 어떻게 쓰세요? 한문 사전은 깨알만하던데. 참, 전에 보니까 한글로 뭘 쓰시기도 하시대요."

"어데, 이삼촌은 먼지 국문으로 글씨를 써가이고 그거를 한문으로 옮기시여. 한문은 할아부지 책으로 내고 그 글을 다시 국문으로 옮기가이고 젊은 사람들 읽히야 된다고 그거를 문중 회보 겉은 데 부친다 캐여."

"하하, 처음부터 한글로 쓴 걸 회보에 보내시면 되잖아요. 그런데 문중 회보 같은 걸 젊은 사람들이 보기나 하나 모르겠네."

"이삼촌은 안 그렇대여. 국문을 한문으로 옮기고 한문을 국문으로 옮긴 기 비교를 해보마 천지 차이라 카시는데. 그거 정리하니라고 우리 미누리가 고생을 마이 하고."

"아, 형수님 국문과 나오셨지. 그런데 외숙모는 어떻게 박태보가 옛날 한글로는 박퇴보 비슷하게 썼다는 걸 아셨어요?"

"따지서 글자로는 뭔동 잘 몰라도 우리 어릴 때 방바닥이고 마루고 다락 먼지구디 속에 구불러댕기던 기 박퇴보 실기하고 민중전전 겉은 기라. 총밍할 때 하도 읽어대다보이 다 외왔어. 내가 이삼촌한테 이야기는 안 해도 옛적에 그러고 그런 거는 훼이 다 안다. 공부해서 쪼매 아는 거하고 어릴 때부터 안 기 같은가."

"충이나 효라 카는 기 꼭 젊은 아들한테마 안 통하는 기 아이라. 요새는 늙은이들도 그런 이야기는 싫어해. 돈하고 술하고 놀음이라는 말만 들으마 심봉사맨쿠로 눈을 번쩍 떠민서. 뭐 시속이 나쁘다는 기 아이고 역사를 자세히 보마 그 속에 있는 사람들한테서 한 분은 들어볼 진리가 있으이. 사람다움이라는 기 뭐냐, 그때 자기가 꼭 안 해도 되는데 나서게 하는 힘이 뭐냐. 이런 걸 어렵고 까시롭기 여길 거 없다."

"요새 사람들은 생각하는 것도 싫어해요. 손가락 끝하고 눈꺼풀하고 입만 움직이려고 하는걸요. 아, 혀도, 끝만."

"그런데 야야, 너는 서울서 글을 써서 먹고산다 한께 이런 사람 알란가 모를따마는 죽산 조봉암이라고 저 자유당 말기에 있었니라."

"외숙모! 외숙모! 어디 가세요?"

"유식한 사람들끼리 훌륭한 이야기 마이 하시. 배추싹 좀 뜯어오게 점심이나 먹구로. 고치장 넣고 참기름 뿌리서 썩썩 비비 먹으마 되겠네."

"아, 망했다. 난 이제 죽었다."

"야가 뭐라 카는고, 자꾸. 어허이, 거참."

저만치 떨어져 피어 있네

그는 삼 년 전에 담배를 끊었다는 말을 하지 않는다. 처형대의 사형수처럼

묵묵히 담배를 받아 피울 뿐이다. 그리고 다시 마을을 굽어본다. 마을에서 뻗어가는 긴 창

자 같은 길과 내장기관 같은 논밭이며 구릉이 있다. 구름이 다시 해를 가리며 스푸마토 기

법을 쓰듯 산과 들, 하늘의 경계를 허물어뜨린다.

＊

"우리 주인 핸드폰은 꼬진 핸드폰 친구들이 한마디씩 그거 무전기냐 사주지도 않으면서 그 핸드폰 버려라 우리 주인 핸드폰은 미친 핸드폰……"

딸이 설정해놓은 휴대전화 벨소리에 그는 차 안에서 충전을 하던 전화기를 집어든다. 벨소리가 한물간 것이듯 그의 휴대전화는 배터리가 채 한나절을 가지 않는 고물이다.

"여보, 여보. 집에 이상한 게 날라왔어. 빨리 집에 들어와봐봐."

통화료 연체 때문에 수신만 할 수 있게 되어 있는 전화기에서 나오는 다급한 목소리에 그는 오히려 느긋하게 대답한다.

"여보세요. 지금 오데로다 전화 건 겁니까요?"

수화기 저쪽에서는 잠시 말이 없다. 그것만 가지고도 그는 전화를 건 사람이 아내임을 알 수 있다. 근래에 귀가 급속도로 나빠져서 말소리를 듣고 해석하는 데 시간이 걸리는 것이다.

"거기 김종호씨 핸드폰 아니에요?"

"전화는 맞는디 고 친구 시방 숨 넘어가느라 무진장 바쁩니다이."

예전에 국제전화를 할 때처럼 얼마간의 시간이 흐른 뒤 아내의 말이 기관총탄처럼 쏟아진다.

"여보, 여보, 여보, 지금 농담할 때가 아니라니까. 정말 이상하고 웃기는 게 왔어. 통지서라는 거, 이게 뭐야. 법원이 어쩌고저쩌고 경매가 어쩌고, 난 몰라. 모른다구."

그의 아내는 원래 말이 무척 빠른 편이다. 그러면서도 정확한 단어로 하고 싶은 말을 하는 사람이다. 그는 평소 아내에게 전생에 말 못 하고 죽은 귀신이 서넛은 씐 모양이라고 했는데 전화를 하고 있는 아내의 말에 좀체 쓰지 않는 '모른다'는 말이 들어 있는 걸로 봐서 문제가 있긴 있다.

"아, 뭐야. 이 사람 정신이 어디로 갔나. 찬물이라도 한잔 마시고 이야기를 해봐."

다시 잠깐 동안의 침묵 뒤에 말이 쏟아진다.

"여보, 여보, 여보. 나 지금 찬물 두 대접은 마셨어. 금붕어 배야. 정말 손이 떨려서 읽을 수가 없어. 여보, 제발 빨리 들어와."

"이거 안 되겠구만. 세미 어디 갔어? 차라리 걔 보고 읽으라고······"

"세미, 학원 영어 선생님이 영화 보여주고 스파게티 사준다고 선생님 차에 태워가지고 시내 갔잖아. 내가 어제 다 이야기한 거야. 학교 기

말고사에서 전교 1등에서 10등 사이에 든 애들 중에 학원 다니는 애들 세 명만 데리고 가는데 세미도 끼워줘서 오늘 점심때 당신 보고 세미를 학원까지 태워다달란 게 그것 때문이잖아. 당신이 암말도 안 하고 혼자 나가서 세미가 입이 잔뜩 나와서 나갔다구. 당신은 도대체 뭘 하길래 애도 잠깐 못 태워다줘. 지금 뭐 하는데. 어디예요?"

말을 하면서 그의 아내는 정상을 회복해가는 듯하다. 그는 연월리 집 지붕 수리를 하러 왔고 이곳에서 만나기로 약속한 수리업자를 기다리고 있다고 말한다.

"여보, 여보. 그건 남의 일이잖아. 부자 후배 건평 육십 평짜리 호화별장 천장에 물 쬐끔 새는 게 무슨 큰일이야. 스무 평짜리 연립주택이라도 당장 우리집에 큰일이 났다니까. 당장 와서 이것부터 해결해!"

"아 장사 한두 번 해보는 것도 아니면서 왜 그래. 그딴 거 괜히 사람 겁줄라고 보내는 거라니까. 하여간 알았어. 알았으니까 끊어, 전화."

그는 아내의 의사대로 따라할 때, 아내가 시키는 대로 할 때 일단 퉁명스러운 태도를 취하고 보는 것이 아버지한테 물려받은 유전자일지도 모른다고 생각한다. 어머니가 오래 못 사신 것도 그것 때문일까.

**

그는 자신이 열 살 되던 해에 죽은 어머니가 그랬듯 조용한 사람이다. 미술대학에 다닐 때 구상을 하게 된 것도 당시 주류였던 추상미술이 골치 아프고 시끄럽게만 느껴져서였다. 군대에 다녀와서 유행 사조이던 독일의 신표현주의에 끌리기도 했지만 구상의 껍질을 완전히 벗어버린 것은 아니었다. 결국 그가 찾은 길은 구상과 현대성이 마주치는 극사실주의였다. 미국에서 발생하고 수입됐다는 점에서는 팝아트나 미니멀리즘과 같지만 그것처럼 주류가 돼본 적이 없는, 민중미술의 메시지와도 상관없는 원론적이고 순수한 차원의 극사실주의였다.

그는 또 온순한 사람이다. 친구들이 기성 화단의 입맛에 맞는 작품 위주로 선발하는 공모전을 거부하고 저마다 자신의 길을 가겠노라고 천명했을 때도 온순한 그는 이미 닦여 있는 길을 택했다. 그 결과 재학 중에 미협이 주관하는 미술대전에서 세 번의 특선, 민간의 크고 작은 공모전에서 두 번의 우수상을 받았다.

그가 가장 경멸하는 인간은 데생의 기초도 되어 있지 않으면서 개념이니 설치니 하면서 이미 완성된 사물을 빌려와 처음부터 제 것인 양 설쳐대는, 어쩌다 만만한 한국 사회에서 그런 게 통하는 바람에 허명을 가지게 된 선후배들이다. 기초에서는 피카소에 비해서도 꿀릴 게 없다고 생각하는 그의 요즘 일거리는 바로 아동용 도서 전문 출판사에서 내는 그림책에 들어가는 세밀화를 그리는 것이다. 스무 권짜리 시리즈로 제작되기 때문에 대여섯 달치의 일감은 되고 그럭저럭 그리면 한 달 일이백만원의 벌이는 된다. 두 달 전 삼백만원의 선금을 받아서 다 써버리고 일을 시작하지도 못하고 있다는 게 문제이긴 하지만.

그는 온순하다. 조용하게 살고 싶어하는 사람이다. 누가 통지서 따위로 건드리지만 않는다면.

✱
✱✱

그는 차의 시동을 건다. 연료가 가스라 그런지 시동이 시원하게 걸리지 않는다. 그건 그의 생각이고 그가 지붕을 고치려 하고 있는 대지와 부속토지 구백삼십육 평, 건평 오십구 평짜리 집의 주인인 양만모의 판단은 달랐다.

"김선배, 그 차는 굴러가는 것 자체가 기적이야. 한 방에 시동이 안 걸리는 게 당연하지."

차령 십 년에 십팔만 킬로미터를 주행한 그의 차는 뉴질랜드로 이민 간 동생이 주고 간 것이다. 군대에 있을 때 폭발사고로 왼손을 잃은 동생은 국가유공자로 가스를 쓰는 차를 탈 자격이 있었고 그렇게 칠 년 정도 타던 차를 그에게 넘겨주었다. 그 차를 받을 무렵 그는 이미 대출금 연체 때문에 은행 거래를 할 수 없는 처지였고 자동차 명의를 이전할 수도 없어 차는 동생의 명의 그대로다. 가끔 과속단속 카메라에 찍히기도 하고 주차위반 과태료 통지서가 차에 붙기도 했지만 동생의 전 주소로 통지서가 갈 것이었고 그는 그 주소가 어디인지도 모르고 있다. 동생 이름으로 부담하던 보험이 있었지만 그마저 내지 않은 지 삼 년이다. 한마디로 그의 차는 엔진이 멈추는 날까지 타다가 버릴 차였다. 당장 그 차가 멈추면 지방 소도시 하고도 면소재지에 있는 연립주택에서 살아가는 데 큰 불편이 생길 것이어서 그는 늙은 당나귀를 달래가며 다루듯 조심스럽게 차를 다뤄오고 있다. 당나귀 방귀 소리 같은 "프르르르" 소리가 몇 번 더 나고 "피릭" 하고 제법 콧김 뿜는 소리를 내는가 싶더니 시동이 걸린다.

그는 집에서 잔디밭 사이로 난 길을 따라 오십여 미터를 내려가서 대문을 통과한 뒤 차에서 내린다. 도난방지 시스템 표지가 대문짝만하게 달린 대문을 닫기 위해서다. 실상 도난방지 시스템은 없다. 표지만 갖다붙였을 뿐이다. 해발 육백 미터로 반경 사십 킬로미터 안에서는 가장 높은 마오산 자락에 있는 집들 가운데서도 또한 가장 높은 곳에 자리잡은 만모의 별장, 아니 만모의 말대로라면 산골짝 오두막 작업실에 도둑이 들어 경보가 울린다면 가장 가까운 파출소에서 달려온다 하더라도 최소한 삼십 분은 걸린다. 표지의 경비회사라면 한 시간은 걸릴 것이다. 그러니 경비회사에 돈을 줄 이유가 전혀 없다.

거리도 거리지만 산 아래에서 집까지 이르는 흙길을 통과하기가 만만치 않다. 장마철이 지나고 나면 일반 승용차는 지나기가 힘들 만큼 물길이나 구덩이가 생기곤 해서 아랫마을에서 굴삭기를 빌려 땅을 골라야 한다. 그럼에도 시멘트 포장을 안 하는 것은 돈이 없어서가 아니다. 집주인의 외제 지프로는 그 정도의 물길을 쉽게 통과할 수 있기 때문이다. 굴삭기 운전법을 배워 구덩이를 메우는 일 같은 건 물론 늙은 당나귀로는 그 물길을 통과할 수 없는 그의 몫이다. 지붕에서 물이 샐 때 수리하는 사람을 불러 고치게 하는 것이 그의 일이듯. 집주인은 그런 일을 그가 할 때마다 들어간 비용에다 일이십만원의 돈을 더 얹어주었다.

집주인은 한 달에 두어 번이나 올까 말까 하는데 그때마다 혼자 오는 법이 없다. 집주인이 작업실이라고 고집하는 것은 그가 매번 다른 여자들을 데려와서 나름의 '작업'을 하는 것을 의미할 수도 있다. 작업을 하러 온다는 연락을 받고 벽난로에 집어넣을 나무를 준비하거나 인근 도축장 단골 정육점에서 최고급 등심을 사다놓는다거나 동네 여자들을 불러 청소를 하고 마당의 잡초를 뽑는 것 등등의 일도 그의 몫이다. 밤새 질탕하게 파티를 벌인 사람들은 일어나서 자기 자리에 돌아가는 것만으로도 힘들어해서 뒤치다꺼리는 그가 맡는 게 보통이다. 한마디로 그는 부잣집의 시골 별장지기가 할 만한 모든 일을 하고 있다. 그렇게 해서 미술대학 오 년 후배이자 한국의 만화가 가운데 최고 수입을 올리는 사람 가운데 하나인 만모의 작업실을 관리해주고 그가 받는 돈은 그의 연평균 수입의 삼분의 일 정도다. 만모의 입장에서는 적당한 현지 관리인을 둔 셈이고 그로서는 그나마 현금이 정기적으로 나오는 구멍을 가지고 있는 셈이다.

오 년 전 만모가 연월리의 산자락 땅을 살 때 그는 만모에게 오백만 원쯤의 빚을 지고 있었다. 가까운 사이에 십수 년 동안 쌓인 빚치고는 많다고 할 수 없었지만 시골에 내려온 뒤 일정한 수입이 없게 된 그로서는 도저히 갚을 엄두를 낼 수 없는 금액이었다. 그해 여름 휴가철에 그가 사는 동네에 들렀던 만모는 마침 서울 가까운 곳에 작업실이라도 하나 가졌으면 한다고 했고, 그는 좋은 땅을 소개해줌으로써 소개비 조로 그 빚을 털어내기로 했다. 실제로 그는 몇 달을 찾아다닌 끝에 산 바로 아래의 마을 전체를 행랑채 격으로 두고 있으면서 그 땅 위로는 다른 집이 없는, 국유림 바로 아래의 오염원이 없는 곳을 구했다. 땅을 살 당시에는 형질변경이 안 된다고 해서 값도 싼 편이었다. 불법건축물이

긴 하지만 실제 쓰는 데는 아무런 지장이 없는 별장, 아니 작업실을 짓고 난 뒤 마을 담배밭 농사꾼들까지 이따금 질시의 눈길을 던질 정도로 땅값이 많이 올랐다. 만모가 앞으로 십 년 동안 그에게 매달 주는 정도의 돈을 주어도 손해가 없을 정도로.

**
**

작업실에서 흙길로 사백 미터쯤 내려가면 시멘트로 포장된 마을길이 나오고 거기서 일 킬로미터쯤 더 내려가면 편도 일차선의 지방도가 연결된다. 차들이 많이 다니는 편도 아닌데 그의 차는 그 도로에서 두 번이나 사고를 당했다. 작업실을 짓기 전 땅을 보러 다닐 때 한 번, 작업실을 짓는 동안 한 번 사고가 났는데 둘 다 상대방의 과실로 인한 사고였다.

앞의 사고는 골프장을 다녀오던 서울 사람의 벤츠에 뒤를 받힌 것이었다. 상대가 옆에 타고 있던 젊은 여자와 골프를 치고 나서 맥주를 몇 잔 마셨음을 냄새로 알게 된 그는 그 사실을 시인하는 각서를 받은 뒤 병원에 드러누웠다. 이것저것 사진을 찍고 교통사고와 관련이 없는 위내시경 검사까지 하고 사흘이 지나서 그는 집으로 돌아왔다. 보험회사에서 사람이 나올 때 병원에서 연락을 해주면 잠깐 가서 누워 있기도 했다. 합의에 이르기까지 입원기한은 계속 연장되었고 세 달쯤 지나 퇴원수속을 밟았을 때 그의 농협 통장으로 보험금과는 별도로 사고를 낸

당사자로부터 천오백만원이 입금되었다. 그 돈은 입금되자마자 천백팔십육원만 남기고 인출되었다. 그 계좌가 갖가지 명목으로 빌린 돈을 상환하는 계좌였고 상환을 못 한 원리금이 천오백만원에서 천백팔십육원 모자란 금액이었기 때문이다. 입금되었다는 전화를 받자마자 농협에 달려갔다 허탕을 치고 온 아내가 내민 통장에는 남은 천백팔십육원마저 카드회사에서 인출한 것으로 기록되어 있었다. 아내는 그걸 두고 "두 놈이 쪽쪽 소리도 없이 빨아갔다"고 했다.

두번째 사고는 그의 뒤에서 따라오다 중앙선을 넘어 추월을 하던 행상트럭이 맞은편에 차가 오는 것을 발견하고 급히 제 차선으로 돌아오면서 그의 차 옆구리를 들이받은 경우다. 그때는 작업실 현장감독을 맡으면서 만모에게 얼마간의 보수를 받고 있던 터라 병원에 있지는 않았다. 차도 문짝을 하나 가는 정도로 그쳤고 다른 부분의 수리비는 그냥 돈으로 받았다. 그 사고로 찌그러진 부분을 고치고 칠을 해서 원상태로 회복해봐야 이미 수많은 상처를 가지고 있는 차에 어울리지 않을 것이었기 때문이었다. 합의금 오십만원은 현금으로 받아 아내에게는 말도 하지 않고 혼자 써버렸다.

그런 그의 차를 두고 만모는 '복덩어리 암놈'이라고 했다. 차에는 사고가 났다 하면 다른 차를 들이받는 수놈과 그의 차처럼 남에게 받히는 차가 있는데 그게 바로 암놈이라는 것이었다. 어떻든 그에게 최근 삼년 동안 가장 큰 수입을 가져다준 게 그 녀석이다.

*
***
**

　그는 연립주택 단지 마당에 차를 세우면서 일층 입구 의자에 101호에 사는 노인이 앉아 있는 것을 본다. 이사한 지 몇 년이나 됐어도 그는 이웃들과 제대로 인사를 한 적이 없다. 당연히 이웃들이 뭘 하는 사람인지 몇 명이나 되는지도 잘 모른다. 정화조를 치고 현관이나 계단에 들어가는 공용전기료를 내기 위해 사층 여덟 세대가 한 달에 한 번씩 내는 회비 같은 건 그의 아내가 알아서 낸다. 그의 아내 역시 이웃들과 어울리는 걸 좋아하지 않는다. 말은 하지 않지만 서울에서 대학을 나온 아내와 관심사를 공유할 만한 이웃이 없기 때문인 것 같다.

　그렇지만 101호 노인은 연립주택 마당에서 늘 무슨 일인가 하고 있어서 모르려야 모를 수가 없었다. 단지에 딸린 여남은 평 되는 땅을 갈아서 고추 모종을 심고 상추씨를 뿌리고 토마토, 가지 등속은 물론 가을철에는 제법 실한 무와 배추를 수확하는 사람이 노인이다. 물론 그 야채들을 손질하거나 말리는 데에도 노인의 시간과 품이 들어갔다. 노인은 언제나 혼자서 꾸물꾸물 일했다. 단순한 소일거리라고 보기에는 노인이 너무 집요해 보였고 혼자 먹기에는 양도 많아서 그는 노인이 그런 것들을 다른 곳에 사는 아들딸에게 보내고 있을 거라고 짐작했다. 그러나 그의 아내는 노인이 그것들을 장날 내다파는 것 같다고 했다. 3일과 8일, 닷새마다 돌아오는 면소재지의 장날 노인이 그런 것들을 바닥에 펼쳐놓고 있는 것을 몇 번 보았다는 것이다.

　그런데 이번에는 노인이 아무것도 하지 않고 앉아 있다. 주름진 손을 늘어뜨린 채 자신이 어디선가 주워온 플라스틱 의자에 앉아 있다. 노인의 눈은 그를 향하고 있지만 그에게는 아무런 반응도 보이지 않는다. 노인의 한쪽 손에 들린 누런 편지봉투를 본 그는 갑자기 불안한 생각이 들어 계단을 뛰어오른다.

그는 초인종은 건드리지도 않고 현관문을 두드리며 "문 열어!" 하고 소리친다. 그의 아내는 어떤 소리는 잘 알아듣고 어떤 소리는 전혀 듣지 못하는데 초인종 소리는 잘 알아듣지 못하는 소리에 속하고 문을 주먹으로 두드리는 둔탁한 소리가 잘 알아듣는 소리에 해당한다. 기다리고 있었던 듯 안에서 급한 발걸음 소리가 들려오고 현관문이 열린다.

"여보!"

그의 아내는 그를 보고는 손등으로 눈부터 문지르기 시작한다. 그는 아내의 손에서 노인이 들고 있던 것과 똑같은 봉투를 빼앗아든다.

"아, 이 여편네가 왜 이래, 정신 사납게! 문 닫아!"

그가 그 집을 고른 이유는 처음 그 집을 봤을 때 햇빛이 온 집 안을 환히 밝히고 있었기 때문이다. 초봄의 여린 햇살만으로도 거실은 따뜻하다. 거실 바닥에 주저앉은 그는 한달음에 봉투에서 꺼낸 종이의 문안을 읽어내린다. 발신처인 지방법원이며 '타경2169' 같은 생전 처음 보는 기호가 그의 신경을 자극한다. 그건 그가 지상에 거주해오면서 무엇인가를 빼앗길 때 언제나 먼저 오던 신호다. 사냥꾼을 인도하는 사냥개 같은 게 바로 그런 기관의 이름과 숫자, 기호다. 부동산 임의경매, 최선순위 담보물건, 배당요구 같은 생소한 단어와 임차보증금, 확정일자부 임차인, 주택임대차보호법 등등이 나열된 문안을 읽으면서 그 내용을 알려고 하기보다는 크든 작든 그 무엇인가를 빼앗기고 또 빼앗겨왔어도 언제나 살아남았다는 과거의 경험과 자긍심을 일깨우기 위해 애쓴다. 그가 어떻게 마음을 먹고 다짐을 하든 간에 그 밥맛없는 종이쪽의 내용은, 그가 살고 있는 집의 등기부상 주인이 집을 담보물로 해서 농협에서 받은 대출금을 갚지 않아 그 집이 농협에 의해 압류되었고 경매 절차에 들어가게 되었다는 것이다. 그러니 임차보증금을 받을 권리가 있는 임차인은 그 사실을 법원에 알리라는 통지다.

"뭐 별거 아니구만. 이런 걸 가지고 찔찔 짜고 그러냐. 야, 정현숙! 이건 아무것도 아냐. 내용으로 봐도 우리가 잃을 건 별로 없어. 이건 농협하고 집주인하고의 문제야."

그의 아내가 슬그머니 그의 앞에 다가앉는다. 아내에게서 마늘 냄새가 난다. 그는 고개를 살짝 돌린다.

"정말? 우리 괜찮은 거야? 그럼 이게 뭐라고 보낸 건데?"

그는 아내의 부어 있는 손에 끼어져 있는 18K 금반지에 시선을 고정하고 입을 연다.

"여기 봐. 주택임대차보호법이라는 게 있다고. 주택을 임대차하면 다른 것보다 우선해서 보호를 받는다는 법이야. 여기서도 임차보증금 받을 거 있으면 배당요구를 하라잖아. 하라는 대로 하면 되는 거야. 야, 그런데 주인영감 대단하네. 언제 대출을 빼먹고 우리한테 전세를 줬냐. 하기사 우리집 우체통에도 돈 빌려가라고 신협하고 보험회사에서 보낸 편지가 계속 왔잖아. 요새는 금융기관들이 돈 굴릴 데가 없다고 담보가 약해도 막 대출을 해준다는 거야. 신문 봐도 맨날 그 이야기잖아."

그는 슬쩍슬쩍 아내의 눈치를 보며 말한다. 언제부터인가 아내는 그의 말을 그다지 신용하지 않는다. 하긴 그의 아내가 그의 말을 믿어서 이익을 본 경우보다는 믿지 않아서 손해를 보지 않는 경우가 훨씬 더 많았으니까. 그럼에도 이번만은 그의 아내도 낙관적인 쪽으로 생각하려고 노력하는 것 같다.

"맞아, 우리 이사 오자마자 다음날 주민등록 옮기러 면사무소 갔잖아. 면사무소에서 무슨 날짜 찍어준 거, 그거만 있으면 전세금은 무조건 보호를 받는다고 했어. 세미 아빠, 우리 정말 별일 없는 거지? 우리 세미 태평종고 갈 수 있는 거지?"

그가 사는 태평면의 태평종고는 교장이 바뀌고 나서 근래 몇 년 동안 인문반을 집중육성해서 서울에 있는 대학에 매년 오십 명 이상 진학시킴으로써 일약 신흥 명문으로 떠오른 학교다. 인근 시군에서 중학생을 둔 학부모들이 태평종고에 아이를 넣기 위해 이사를 올 정도다.

"그럼. 가지, 가고도 남지. 야, 지금 우리 국민 절반은 우리처럼 전세 들어서 사는 사람일 텐데 이렇게 간단하게 전세금 뺏기고 쫓겨나면 이게 무슨 국가고 법이냐 말이야. 우리 같은 중산층이 살아야 나라도 잘되고 법도 의미가 있지."

"우리가 무슨 중산층이야. 집도 절도 없는데. 생판 영세민이지."

"어허, 차 굴리고 애 학원 보내고 전셋집 살면 중산층이지. 단칸방에서 월세 내는 사람들, 비닐하우스에서 촛불 켜고 살다 불나는 사람들이 영세민이고. 야, 신경 그만 끄고 밥 줘라. 배고프다."

그의 아내는 벌떡 일어서며 "오늘 하도 정신이 없어서 쌀 사다놓는 거 잊어먹었어. 그냥 라면 먹자" 하고는 엉덩이를 씰룩거리며 부엌으로 향한다. 그는 뒤쫓아가서 그 엉덩이를 두들기고 싶다는 난데없는 충동을 간신히 억누르고 베란다로 나간다. 아래를 내려다보니 노인은 여전히 의자에 앉아 있는데 머리카락이 빠진 그의 머리가 그에게는 의자의 일부처럼 보인다. 웃을 일도 아닌데 그는 푹, 하고 웃어버린다. 머리카락이 없는 의자, 그 위의 의자라는 표현이 떠올랐기 때문이다.

***
***

그는 컴퓨터에 전원을 넣고 다시 통지서를 꼼꼼히 읽어본다. 근화연립을 지어 분양한 사람이 101, 102, 그리고 401호의 주인이다. 오 킬로미터쯤 떨어진 곳에 또다른 근화연립이 있는데 그것이 낙하리 1차고 그의 집은 태평리 2차에 있다.

전에 살던 국민임대주택인 아파트를 나온 것은 관리비와 임대료가 아깝고 부담스러워서였다. 집을 구하려고 돌아다닐 때 처음 눈에 띈 곳이 근화연립 1차였다. 벼가 한창 자라고 있는 청록빛 벌판에 있는 근화연립 1차 입구 현수막에는 '절찬 분양중'이라는 글씨가 시뻘겋게 씌어 있었다. 보기보다는 멀어서 마을을 지나 농로를 약간 넓힌 길을 덜커덕거리며 십여 분 따라가서야 현수막이 나왔다. 사층짜리 세 동 가운데 한 동의 일층이 건축주가 있는 곳이었는데 삼십 중반쯤 된 건축주의 사위가 그곳을 지키고 있었다. 그런데 '절찬리에 분양중'인 곳은 그곳이 아니라 더 나중에 지었다는 태평면 태평리의 근화연립 2차였다. 그가 분양이 아닌 전세도 가능하냐고 묻자 볼이 약간 부은 사위는 기다려달라고 했다. 월세로 한다면 얼마인가, 지은 지 얼마나 되었는가, 위치는 어디인가, 논 중간에 집을 지으면 여름에 메뚜기는 방문하지 않는가 따위의 질문에 사위는 잠긴 목소리로 거듭 기다려달라고 했다. 그가 전세 계약을 할 때까지 사위에게서 들었던 '기다려달라'는 말은 열 번쯤 되었다. 더이상 물어볼 것도 없어서 기다리고 있노라니 건축주가 배기량 3500cc의 최신형 검은색 승용차를 끌고 나타났다. 역시 최신 폴더형 휴대전화기에 달린 진줏빛 줄을 흔들며 똑똑 끊어지게 말하는 게 습관인 건축주의 이름 역시 똑똑 끊어지게 발음되는 전동만이었다.

이십사 평형이지만 방이 셋이고 뒤쪽 베란다를 터서 부엌으로 개조했기 때문에 웬만한 아파트 삼십일 평형과 같은 넓이라는 근화연립 2차는 태평면 면사무소에서 멀지 않은 곳에 있었다. 지은 지 이 년이 되었다고 했다.

전동만은 두번째로 집을 보러 간 그에게 근화연립 2차가 태평면에서는 가장 첨단의 시설을 갖춘 연립주택이라는 점을 강조했다. 그 첨단 시설의 대표적인 게 바로 수도였다. 태평면의 농가들은 물론이고 면소재지의 집들도 지하수를 쓰는 곳이 많았다. 태평면 앞들에 지하 사백 미터의 우물을 파서 관정을 박고 거기서 뽑아올린 물을 해발 삼백 미터의 봉황산 기슭 양수장에 보낸 뒤 자연 수압으로 각 가정에 공급되게 한 수도는 태평면에 지어진 연립주택 어느 곳도 쉽게 들이지 못하고 있었다. 수도관을 끌어오기 위해서는 적잖은 돈이 들기 때문이라고 했다.

서울에서 나서 삼십대까지 살았던 그는 그 잘난 수도가 마음에 들었던 게 아니라 가구 하나 없이 텅 빈 거실 안쪽까지 들어오는 환한 햇빛이 너무도 마음에 들었다. 연립주택 앞뒤로 논밭이 있고 농가가 있어 닭 울음소리가 나는 것도 좋았다.

물론 전세보증금이 가장 중요한 고려사항이었다. 전동만은 휴대전화의 플립을 계속 딸깍거리며 전세금 이천오백만원을 주고 세를 사느니 이천만원 융자를 당장 받아줄 테니 사천오백만원에 아예 분양을 받으라고, 그러면 가스레인지와 비디오폰, 베란다 새시까지 해주겠다고 했다. 그가 생각을 해보겠다고 하자 그까짓 이천만원을 융자받는 것이 뭐가 그리 대수라고 생각해보고 말고 하느냐고 혼잣말처럼 말하더니 메뚜기 세상인 근화연립 1차를 드나드느라 흙투성이가 된 차에 올라타고 가버렸다.

그는 은행 대출금과 신용카드 대금이 연체되어 일체의 금융거래를 할 수 없게 되었고 자신의 이름으로 집을 사서 등기를 할 수 없는 처지라고 고백할 생각은 없었다. 그의 아내는 금융거래를 할 수 있었지만 그의 명의로 되어 있는 대출금이나 이자를 갚을 능력은 되지 않았다. 가장 중요한 것은 일정한 수입이 없는 그의 가족이 다시 언제든지 전세금을 생활자금으로 삼고 더 궁벽한 곳, 더 작은 집으로 이사를 갈 수도 있다는 점이었다. 그는 두 번을 더 전동만과 만나 사정한 끝에 전세금을 이천이백만원으로 깎았고 부동산 중개수수료를 주지 않게 된 것을 다행으로 여기며 계약서에 도장을 찍었다.

한 달 뒤 그의 가족이 이사했고 여섯 달이 채 안 되어 101, 102호에

216

도 사람들이 이사를 왔다. 새로 이사 온 두 집 모두 현관문에 비디오폰이 달렸고 베란다에는 새시를 했다. 그 때문에 그는 101, 102호는 분양을 받은 줄 알고 있었다.

입주를 하고 나서 그는 상식에 따라 전입신고를 할 겸 계약서를 들고 확정일자를 받으러 면사무소로 갔다. 그것이면 전세보증금과 관련된 모든 문제가 해결된다고 그는 알고 있었고 어느 정도는 사실이기도 했다. 이 년이 지나 재계약을 할 시점이 되었을 때 그는 다시 상식에 따라 등기부등본을 떼보았다. 등기부등본에는 이 년 하고도 보름 전 그가 401호에 입주하기 직전에 401호, 101호, 102호가 한 묶음으로 담보물건이 되어 태평농협에서 채권최고금액 칠천팔백만원의 대출을 받은 것으로 되어 있었다.

놀란 그가 전화를 하자 전동만은 특유의 딱딱 끊어지는 목소리로 그게 무슨 문제냐고, 이십사 평짜리 연립주택 세 채면 아무리 못 돼도 일억 오천은 될 것인데 원금 육천만원짜리 대출은 아무것도 아니라고 짜증스럽게 말했다. 자신이 연립주택 분양을 한 게 백 가구가 넘는데 아무도 그런 걸 가지고 시비를 걸어오지 않았다고 했다. 그는 전동만이 당장이라도 담보대출 이천을 안고 아예 그 집을 사라고 하자 오히려 자신이 호들갑을 떤 것 같아서 미안해졌다. 그는 그 미안함과 함께 다른 대책을 마련하지 않았다는 이유로 다시 이 년을 더 살겠다고 했고 전동만은 냉랭한 어조로 그걸 재계약을 하자는 의미로 알겠다고 하고는 전화를 끊었다.

비디오폰을 달아주고 새시공사를 해준 것은 그보다 더 많은 전세금을 냈거나 세입자를 빨리 들이기 위해서였을 것이다. 공사까지 해주고 전세보증금을 이천오백만원 이하로는 받지 않았을 것이다. 그는 그 와중에서도 최악의 경우 보증금을 떼이더라도 101, 102호보다는 자신이 적게 손해볼 거라는 생각을 한다. 그러고는 곧 최악의 경우를 단호히 부정한다. 주택임대차보호법이라는 게 있으니까.

그는 인터넷에 접속해 습관대로 P2P 사이트로 들어가 자신의 사이버머니가 얼마인지 확인한다. 평민에서 양반, 군주, 왕을 거쳐 신이 된 게 여섯 달 전이다. 남의 자료를 내려받으면 사이버머니가 나가고 남이 그가 가진 자료를 내려받으면 사이버머니가 쌓이는 체제다. 가지고 있는 자료가 많을수록 다운을 받아가는 사람이 많게 마련이므로 전형적인 부익부 빈익빈의 현상이 벌어진다. 최초에는 일정액의 사이버머니를 공짜로 받지만 그게 떨어지면 전화든 휴대전화든 신용카드든 결제 수단을 통해 돈을 내고 그 돈의 열 배에 해당하는 사이버머니를 받을 수 있다. 개인의 사이버머니를 현금으로 전환하는 방법은 없다. 개별적으로 거래를 하는 방법은 있지만 그는 아직 시도해보지 않았다. 주고받는 자료의 대부분은 영화나 프로그램, 음악, 사진처럼 저작자가 있어서 거래를 하는 것 자체가 불법인 경우가 많다. 저작권과 상관이 없는 것들은 몰래카메라 같은 포르노 동영상이 대부분이다.

문제가 있다는 건 그도 알고 있지만 지금 현재로는 그만한 오락거리가 없고 그만큼 시간을 보내는 데 유용한 수단도 없고 그만한 중독성이 있는 것도 없다. 담배는 삼 년 전에 끊었고 술은 잘 마시지 않으며 특별히 하는 운동도 없다. 현실에서는 무기력하지만 인터넷에서 그가 신이다.

그는 현재 집이 처한 상황에 관해 자세히 알아보기 위해 등기소가 있는 읍으로 향한다. 101호 노인도 손에 든 봉투가 담고 있는 내용이 무엇인지 대략 짐작을 할 터이지만 혼자 의자에 앉아 손을 늘어뜨리고 있는 것밖에 할 일이 없는 것이다. 그는 앞서 나가는 사람이 된 것 같은 만족감에 라디오에서 나오는 노래를 따라 부르기까지 한다.

나에 꽈거는 어두웠쥐만, 나의 꽈거는 힘미 들었쥐만, 끄러나 나에 꽈거를 싸랑할 수 있다미언, 뇌가 추억의 끄림을 끄릴 수만 있다미언, 행쿼 행쿼 행쿼 하는 거야……

읍의 등기소는 면사무소와는 분위기가 많이 다르다. 우선 주차장에 차를 댈 데가 없다. 등기소 바깥 도로변 담벼락 옆에 차를 세우려 하는데 길바닥에 종이쪽이 바람에 흔들리고 있다. 견인을 해갔다는 표시다. 딱지는 얼마든 괜찮지만 견인은 곤란하다. 그는 등기소 뒤편의 주택가로 들어가 차를 댄다. 투덜거리면서 걸어서 등기소로 가니 그새 주차장에 빈 곳이 생겨 있다. 그만큼 드나드는 사람이 많다는 반증이다. 쭈아식들, 나름대로 바쁘게 사는구만. 그래, 행쿼하는 거다, 이놈들아. 앞으로! 그는 바쁜 사람들 가운데 한 사람이 된 기분으로 등기소 안으로 바쁘게 들어간다.

그는 태평리 근화연립 2차 D동 101, 102, 401호에 대해서 등기부등본을 신청한다. 등본이 나오기를 기다리며 앉아 있자니 근화연립 2차 A, B, C 3개 동 사람들과 1차의 3개 동 사람들 가운데 자신과 같은 통지서를 받은 사람은 없는지 궁금해진다. 기다리는 사람들이 어쩐지 낯익은 것처럼 느껴지기도 한다. 그러나 그는 다른 집의 등기부등본을 신청하지는 않는다. 중산층다운 온정과 호기심에서 나온 궁금증 때문에 등본까지 떼볼 필요는 없을 것이다. 그게 중산층의 합리적 사고다. 그들이 무슨 일을 당하든 자신과 상관없다. 아니 그들보다 한시라도 빨리 전동만을 붙들고 늘어져야 이천이백만원을 돌려받을 수 있다. 시간은 돈이다. 한발 빠른 행동이 돈이다. 지식이 돈이고 정보가 돈이다.

등본을 떼어본 결과 근화연립 2차 D동 101, 102, 401호는 농협의 임의경매 신청이 받아들여져 경매절차가 진행중이라고 되어 있다. 잘 알고 있지만 문서로 확인을 하자 손가락이 약간 떨려온다. 101호와 102호의 등기부등본을 보니 각각 같은 날짜인 이 년 전 이천오백만원의 전세권을 설정했다고 되어 있다. 비슷한 처지이면서 자신에게는 알리지도 않고 자기들끼리만 전세권인지 뭔지를 설정했다는 게 약이 오른다. 하하, 요것들 봐라. 나 모르게 대가리들을 좀 굴렸다 이거지. 부르쥔 그의 주먹에 힘이 들어가기 시작한다.

그는 서류봉투를 옆에 끼고 밖으로 나온다. 초봄의 흙바람이 점퍼 속까지 파고들어오지 않도록 지퍼를 올리면서 등기소 옆 도로를 따라 걷는다. 단층짜리 낡은 건물들이 다닥다닥 붙어 있고 일층에는 법무사 사무실이 몰려 있다. 그는 등기소에서 제일 가까운 법무사 간판은 그냥 지나친다. 그 다음 사무실 입구에는 겨우내 얼었다 녹아내린 흙물이 튄 흔적이 지저분해서 그냥 지나간다. 사무실에 앉아 있는 법무사는 머리가 반 넘게 벗어졌는데 안경 쓴 얼굴이 무척 깐깐해 보인다. 마지막 사무실에는 환갑이 넘어 보이는 넉넉해 보이는 인상의 남자가 안쪽에 앉아 있다. 입구의 문턱도 깨끗하다. 유리 출입문에 다른 곳처럼 '경매, 공증'이라는 글씨가 크고 선명하게 씌어 있다. 그는 흙이 묻은 신발을 털고 안으로 들어간다.

"저, 경매 때문에 왔는데요. 뭐 좀 여쭤보고 싶어서요."

법무사는 둥근 턱을 만지며 인터넷 바둑을 두고 있다. 인상이 좋아 보였던 것은 바둑의 형세가 좋아서였던 것 같다. 그는 금방 자신의 선택을 후회하는 심정이 된다. 입구 맞은편 책상 앞에 앉아 있던 앳된 여직원이 그의 말을 받는다.

"어떤 경매 말씀이세요? 오늘 경매는 벌써 끝났는데요."

그 말에 그는 자신이 어떤 전문적인 세계에 발을 들여놓았다는 것을 실감한다. 긴장감이 온몸에 퍼진다. 그런 긴장감이 몸에 좋은지는 모르지만 무력감보다는 낫다.

"법원에서 집으로 이상한 통지서가 날라왔네요. 오늘 등기부등본 떼보니까 집주인이 농협에서 융자를 해가지고 안 갚아서 경매를 하게 됐다네요. 경매로 집이 날아가면 누구한테 돈을 받는 거지요? 전세금을 받아내려면 누구한테 말해야 하지요?"

그는 스스로 왜 자신의 일을 남의 말처럼 하는지 답답해하면서 말한다. 여직원은 듣는지 마는지 손가락 끝으로 서류를 분류하고 있다. 그는 아내 앞에서는 얼마나 자신 있게 말을 했는지 떠올린다. 그런데 전문가들의 세계에 와서는 이제 막 고등학교를 졸업했을까 말까 한 아이 앞에서도 쩔쩔매고 있는 것이다.

"일루 오세요."

바둑이 끝났는지 법무사가 마우스에서 손을 떼며 말한다. 그는 안쪽으로 들어간다. 법무사는 별말 없이 그의 손에 들려 있는 서류봉투를 향해 손을 내민다. 그는 등기부등본과 법원에서 온 통지서, 임대차계약서가 든 봉투를 넘겨준다. 그러면서 그는 법무사의 허리쯤 높이의 벽에 보일 듯 말 듯 붙은 '상담료 시간당'이라는 종이를 슬쩍 본다. 고개를 빼어 종이의 나머지 부분을 확인한다. '원'과 '시간당' 사이의 공간에 금액은 적혀 있지 않다. 법무사는 그가 건넨 문서를 안경을 벗고 한동안 들여다보고는 안경을 쓰며 짧게 말한다.

"어이구, 이거 잘못하면 전세보증금 기냥 날리시겠소."

순간적으로 그의 머릿속이 훤해진다. 노름을 하던 중 돈을 딴 친구가 하품을 하며 '날 샜네' 할 때의 그 날 샌 아침의 희뿌연 창문처럼. 입을 떼보려고 하지만 말이 나오지 않는다. 십여 초를 입술만 옴쭉거리는 그를 전문가는 남의 일이니 남의 일처럼 지켜보고 있다.

"주택임대차보호법이 서민들을 보호한다고 해서 주민등록도 옮기고 확정일자도 받고 했는데……"

법무사는 계약서를 뒤집어 확정일자와 인지를 손끝으로 툭 튕긴 뒤 말했다.

"글쎄, 법이 있으나 마나 한 경우라니까요. 선생 같은 분이 한두 사람 오는 게 아니에요."

법무사는 그에게 앉으라고 한 뒤 주택임대차보호법의 항목을 손으로 가리켜가며 전문가답게 설명을 하기 시작한다.

첫째, 선순위 저당권(담보 설정)이 없는 임차주택에 주택임차인이 입주하고 주민등록 전입신고를 마치면 바로 다음날 그 주택이 양도되거나 경락되더라도 임대기간까지 임차를 할 수 있고 전세보증금을 반환받을 수 있다. 그런데 그가 계약을 할 당시에는 농협의 선순위 저당권이 없었지만 실제로 이사를 가고 주민등록을 이전했을 때는 저당권이 설정되고 난 뒤였다. 전세금 잔금을 주고 입주를 하기 전에 등기부등본을 떼보지 않은 것은 그의 실수였다. 순진한 세입자들의 맹점을 이용하는 악덕업자들도 더러 있다.

둘째, 임대보증금이 소액인 경우(서울특별시, 광역시는 삼천만원, 기타 지역은 이천만원 이하) 임차주택이 경매되더라도 낙찰대금 가운데 임차주택 가액의 이분의 일 범위 안에서 일정 금액(서울특별시, 광역시는 천이백만원, 기타 지역은 팔백만원)까지는 우선 변제받을 수 있다. 그런데 그의 경우 전세금이 이천만원을 넘으므로 이러한 보호를 받을 수 없다.

셋째, 확정일자를 갖춘 임차인은 임차주택의 환가대금(경락금)에서 선순위 저당권을 우선 변제하고 남는 금액이 있을 경우에 후순위 담보권자나 기타 일반 채권자에 우선하여 보증금을 변제받을 수 있다. 그런데 현실적으로 그의 집과 다른 두 가구의 경락금이 선순위 저당권을 변제하고 남을지 의문이다.

그는 노련한 백정이 짐승의 뼈와 살을 분리하듯이 숙련된 솜씨로 일목요연하게 문제를 정리하는 전문가에게 경외심마저 느낀다. 하나씩 법조문이 제시되고 자신에게 적용되었다가 아무것도 안 된다는 것이 확인되는데도 어쩐지 남의 집 돼지가 해체되는 것처럼 실감이 나지 않는다.

"등본만 한번 제대로 떼봐도 이런 일은 안 생기는데, 나 참. 상식적으로 이해가 안 돼요."

그는 전문가가 말하는 상식과 자신이 가지고 있는 상식 사이에 아득한 차이가 있다고 생각한다. 의자에서 일어난 그는 법무사가 한 손으로 한 번에 간추려서 건네는 서류를 받아 조심스럽게 봉투에 집어넣는다. 일어서서 머뭇머뭇하던 그의 입에서 떨리는 말소리가 흘러나온다.

"저기요, 상담료가 얼맙니까?"

**
****
**

그가 인터넷에서 찾아본 사례들도 법무사가 말해준 것과 대동소이하다. 새벽에 신문 배달하는 오토바이 소리가 났고 그는 문 앞에 신문이 떨어지는 소리를 들었다. 같은 동 여덟 가구, 아니 근화연립 2차 서른두 가구 가운데 그의 집 단 한 가구만 신문을 구독하고 있다. 텔레비전 뉴스만 봐도 충분한데 신문까지 볼 필요가 있느냐는 게 그를 제외한 나머지 가장들의 생각이다. 신문을 보는 건 그런 사람들과 자신이 다르다는 자부심의 원천이었다. 그는 버릇대로 신문을 다 읽고서야 눈을 붙였다. 점심때 일어난 그는 아내가 식탁에 남기고 간 쪽지를 읽는다. 대학 시절 그를 매혹했던 단정하고 예쁜 글씨다.

'여보, 보청기 때매 병원 가니까 차려놓은 거 드세요. 세미 학교 갔다 오기 전에 올 거야. 사랑해요.'

그가 사는 면소재지에는 이비인후과 전문병원이 없다. 이십 킬로미터쯤 떨어진 읍에 가야 이비인후과가 있는 종합병원이 있다. 말이 종합병원이지 서울 변두리의 소형 병원 규모이다. 그러므로 그가 사는 면단위 시골에서 반드시 이비인후과에 가야 할 정도의 증세라면 심각한 것이고 그의 아내의 상태 역시 심각하다.

어릴 때 앓은 중이염의 후유증으로 오른쪽 청각 기능은 상실되다시피 했고 성한 한쪽 귀에도 이상이 생긴 지 꽤 됐다. 언제부턴가 가스레인지에 올려놓은 주전자의 휘파람 소리 같은 건 잘 안 들리는데 밖에 과일 팔러 온 행상의 확성기 소리는 물론 차에서 내리면서 방귀 뀌는 소리까지 세세히 들린다고 했다. 아내의 귀와는 아무런 관련이 없지만 그는 자신에게 노안이 오기 시작한 것을 인정하고 나서 아내에게 보청기를 하라고 했다. 보청기를 하러 이비인후과에 갔는데 뭐가 잘못됐는지 한 번 가서 결과가 나오지 않아 두번째로 간 것이다.

그는 멸치조림과 김, 김치에 현미밥, 된장국으로 늦은 아침을 먹는다. 입맛이 없는 것은 여느 때와 같다. 그의 집이 날개도 없이 날아가려고 하는 것을 알고 있다는 게 여느 때와 다른 점이다. 이제 조금 실감이 나고 있다. 법무사를 만나기 전까지만 해도 자신의 빠른 행동에 기꺼움을 느꼈지만 지금은 먼저 불행을 안 사람의 고통을 남 먼저 겪고 있다. 그 생각이 들자마자 그는 숟가락을 내려놓는다.

"나 뚱만이 그 쉽쉐이 어떤 놈인지 알아요. 그 쉬발놈, 개쉐이."

지붕 수리업자는 트럭을 타고 와서 연립주택 마당에서 전화를 했다. 국도변 '아스팔트슁글 타일 변기 욕조 도매 시공 수리 전문'이라는 간판에 적힌 휴대전화 번호를 메모했다 부른 업자의 성은 봉씨다. 봉은 그가 트럭에 올라타자 근화연립에 얼마나 오래 살아왔는지, 언제 분양을 받았는지 알고 싶어했다. 연월리의 작업실까지 가는 동안 그는 약간이나마 자신이 처한 상황에 대해 말을 하게 되었다. 길게는 하지 않았지만 전동만에 대해서 좋은 말이 나올 리는 없었다. 작업실 지붕에 올라가기까지 봉은 별말 없이 듣기만 했다. 그래서 그는 작고 날렵한 몸이며 소년 같은 얼굴이 주는 인상과는 달리 과묵한 사람인 줄 알았다.

트럭에 싣고 온 사다리를 놓고 거미처럼 익숙하게 지붕에 올라간 봉은 그 역시 지붕 위로 올라오게 했다. 그가 위태위태하게 지붕에 올라서서 봉이 가리키는 곳이 물 새는 곳임을 확인하고 나서 내려가려 하자 봉은 그전에 그 지붕 공사를 한 사람이 얼마나 엉터리로 시공을 했는지 세세하게 지적했고 당장 물이 새는 곳은 작아 보이지만 전체 지붕의 삼분의 일은 들어냈다 다시 씌워야 하며 안에 썩은 천장도 바꿔야 한다고 했다. 물 새는 곳을 잡는 것이 처음 지붕을 씌우는 것보다 훨씬 더 전문적인 기술과 경험이 필요한 일이고 이 일대에서는 자신이 아니면 그 집지붕을 고칠 사람은 없을 거라고도 했다. 또 이대로 방치할 경우 앞으로 한두 번만 더 비가 오면 집 전체가 썩어날 것이라는 것이었다. 어떻게든 남이 한 일은 깎아내림으로써 자신의 중요성과 전문성을 강조하고 비용을 올리려는 흔해빠진 수작이라고 그는 생각했다. 그런 수작은 별일 아닌 일일수록, 전문성이 부족하고 규모가 영세할수록 더 잦았다.

그가 시큰둥한 얼굴로 별 반응을 보이지 않자 봉은 불쑥 전동만의 이름을 꺼냈다. 그는 사다리를 타고 내려가던 자신의 위치와 자세 때문에 봉을 우러러보지 않을 수 없었다.

"똥만이 그 쉬발놈, 근화 1차 공사할 때 쉥글 공사 시켜놓고 아직도 땡전 한 푼 안 준 개쉐이라구요. 나이도 많이 처먹은 놈이, 나이도 똥구멍으로 처먹었나, 개좆, 개쉽 같은 늙은 사기꾼쉐이. 내가 언젠가 그럴 줄 알았어, 응. 아저씨, 내가 아저씨가 증언 서달라고 하면 언제든지 증언 서줄 테니까 그 쉽쉐이 사기로 깜빵 보내버려. 그런 쉐이는 뒈질 때까지 콩밥 처먹고 피똥 싸도 싸. 더러운 쉐이."

욕설로 점철된 봉의 말은 점점 빨라진다. 그새 땅으로 내려온 그는 봉이 한 발은 지붕에 한 발은 사다리에 걸친 채 새처럼 지저귀는 소리를 듣는다.

"한 오륙 년 전에 내가 아엠에푸 만나가지고 빌빌 쌀 땐데 진짜 없는 놈 똥구멍에서 콩나물 빼 처먹을 놈이지, 그깟 놈의 쉥글 공사비가 얼마나 한다고…… 그 쉽탱이 내가 스무 번도 더 찾아갔어. 맨날 없다고 그러고 출장 갔다 그러고, 개쉐이들. 아, 열 받어 안 받어. 갈 때마다 맨날 기다리라고 쭝얼쭝얼하는 딸띨한 사위놈이 있길래 그 쉐이를 열나게 패버렸거든요, 아저씨. 나중에 요것들이 진단서 끊네 뭐이네 떠들더니만 치료비하고 공사비하고 쌤쌤하자고 그러더라고. 내가 정말 집에 있는 마누라하고 새끼만 아니면 깜빵 갈 각오하고 그 똥만이 배때시기를 드라이바로 팍 찔러서 곱창을 꺼내가지고 순대국 끓여서 개 줄라고 했어요, 아저씨. 그 개쉐이들 어디서 흘러왔는지 순 양아치 같은 쉐이

들이 남의 동네 와가지고 물 다 흐려놓고 분양은 무슨 개지랄이 분양이
야. 동네 사람들은 한 사람도 그 사기꾼쉐이 집 지은 데 가서 사는 사람
없어. 아저씨도 좀 알아보고 가지 그랬어요."

그는 비누거품처럼 몸에 아주 약간 남아 있던 그 무엇, 그나마 가볍
던 그 무엇이 톡톡 터지는 소리를 듣는다. 터지며 그의 몸은 무거워진
다. 그의 몸은 중력에 복종하며 아래로 끌려내려간다. 그는 자신이 직
접 떼를 입히고 비료 주고 가꾸어 이제 무성해진 남의 잔디밭 한구석에
주저앉는다. 아래쪽을 굽어본다. 구름이 걷힌 마을길이 곱창처럼 드러
난다. 그는 세상의 곱창 속에서 남들이 모두 아득바득 살아가고 있는
데 비하면 자신은 세상을 너무 쉽게 살아왔다고 생각한다. 어느새 봉이
따라 내려와서 그의 곁에 쭈그리고 앉아 담배를 권한다. 그는 삼 년 전
에 담배를 끊었다는 말을 하지 않는다. 처형대의 사형수처럼 묵묵히 담
배를 받아 피울 뿐이다. 그리고 다시 마을을 굽어본다. 마을에서 뻗어가
는 긴 창자 같은 길과 내장기관 같은 논밭이며 구릉이 있다. 구름이 다
시 해를 가리며 스푸마토 기법을 쓰듯 산과 들, 하늘의 경계를 허물어
뜨린다. 그는 담배 한 대를 금방 다 피우고 봉의 손에 들려 있는 담뱃갑
에서 새 담배를 꺼낸다. 봉의 라이터를 빌려 불을 붙이고 폐 깊숙이 연
기를 빨아마시자 머리가 핑 돈다. 처음 담배를 배웠던 군대 시절처럼.

"그런데요, 나중에 알고 나니까 전국에 건설현장이 있는 거야. 똥만이
쉽쉐이, 돈 많아요. 우리 같은 사람한테 줄 돈 안 주고 돈 모은 것만 봐도
그래. 아저씨도 빨리 그 사기꾼 재산 파악해서 싹 압류 걸어버려요."

전동만이 돈이 많다는 이야기에 그는 일말의 희망이 느껴지면서 마

음이 급해진다. 그는 사나이는 독할 때 독해야 한다고 생각한다. 식칼이든 톱이든 무엇이든 가지고서라도 무슨 수를 내야 한다. 그는 다시 담배를 하나 더 피운다. 봉은 아예 담배를 갑째 그에게 준다. 봉이 다시 전동만의 이야기를 꺼내려 하자 그는 봉을 제지하고 지붕 수리는 알아서 해달라고 말한다. 가능하면 빨리 시작해서 끝내달라고 한다.

집으로 돌아온 그는 세미가 거실의 컴퓨터 앞에 앉아 있는 것을 본다. 채팅을 하면서 고스톱 게임을 하고 음악까지 틀어놓고 있다. 그는 지금 뭘 하고 있느냐고 세미를 꾸짖는다. 늙은이처럼 고스톱을 하고 있는 게 한심하다. 애초에 고속인터넷을 설치한 것은 인터넷 아니면 공부를 할 수 없다, 숙제를 할 수 없다고 했기 때문이다. 부담스러운 월정액 사용료를 무릅쓰고 부담스러운 크기의 신형 모니터와 용량이 큰 하드디스크가 장착된 컴퓨터를 거실에 놓은 것도 인터넷을 통해 과외 동영상을 다운받아서 저장해놓고 두고두고 보라는 의미였다. 그런 것들이 더욱 그의 부아를 돋운다. 세미는 키보드를 탕 하고 들이밀고는 제 방으로 들어가버린다. 그는 그 등에 대고 다시 고스톱을 치면 인터넷을 끊어버리겠다고 소리친다.

그는 식탁에 앉아 숨을 고른 뒤 봉에게 들은 이야기를 그의 아내에게 전한다. 최악의 경우라도 집주인의 재산을 압류하면 전세금을 지킬 수 있다, 아니 잘하면 집이 그냥 생길 수도 있다고 말한다. 법무사의 비관적인 이야기를 전할 필요성은 전혀 느끼지 못한다. 그는 다음날부터 자신이 좀 바빠질 것이라고 한다. 그의 아내는 처음과는 달리 많이 안정되어 있다.

"이런 일 때문에 당신 할 일 못하고 시간 뺏기는 건 싫지만…… 어쩌겠어. 우리집, 우리 식구 위한 일인데. 근데 나 오늘 보청기 못 맞추고 왔어. 의사가 한번 더 검사를 해보자고 하더라고."

그는 아내가 무슨 말인가 하지 않은 것 같다고 느끼지만 자신 역시 법무사가 말한 사소한 이야기는 하지 않았기 때문에 아내가 하지 않은 말 역시 사소한 것이라고 여긴다. 부부는 그날 오랜만에 함께 잠든다. 신혼 때 그랬듯이 손을 잡고.

***
***
***

결혼하기 전 아내는 아버지를 닮은 큰 덩치에 비해 손이 유난히 가늘고 희었다. 그는 자신의 어머니를 닮아 몸이 작고 이목구비가 뚜렷한 대신 장사꾼인 아버지의 주판 같은 손을 그대로 물려받았다. 아내는 그의 투박한 손에서 나온 것이라고는 도저히 믿을 수 없게 세밀하고 아기자기한 그림에 매혹되었다고 했다. 신혼 때부터 두고두고 해온 이야기다.

"설마 그 재주 있는 손으로 굶겨 죽이기야 하겠어, 했지. 내가 속았어. 일을 하기는 하는데 참 쓸데없는 일만 하시데."

대학을 졸업했을 때만 해도 그는 화가로서의 자신의 앞날에 의구심을 품은 적이 없었다. "제대로 된 예술가가 하나 나오려면 삼대가 적선을 해야 한다"고 말하던 아버지는 아들이 결혼 뒤 유학을 가고 싶다고 하자 직접 영국의 학교와 집을 알아보기까지 했다. 그런 아버지가 느닷

없이 교통사고를 당해 죽었다. 줄 빚이 있는 사람들은 문상도 오지 않았고 받을 빚이 있는 사람들은 화장터까지 쫓아왔다. 아버지 명의의 부동산은 나오는 족족 압류, 경매, 소송과 연루되었고 남김없이 남의 손에 넘어갔다. 그는 갑자기 동업자라고 나타난 브로커들과 서류, 은행과 법원 사이에서 어린아이나 다름없이 무력했다. 최후로 남은 것은 시골 농가의 축사를 개조한 그의 작업실이었다. 그는 그 작업실을 지키기 위해 돈을 벌어야 했고 주말에는 작업실에서 그림을 그렸다. 생계를 꾸려나가는 것은 그의 아내가 맡았다.

그는 선배가 만든 디자인 회사에 나갔고 처음 육 개월 동안은 밤샘을 밥 먹듯 했다. 회사가 자리를 잡고 나서 동업하자는 제안을 받자 그는 더이상 출근하지 않았다. 그림쟁이가 이사(理事)라니. 왜 그만두었느냐는 아내의 물음에 그는 그렇게 대답했다. 미술학원의 선생이 되었을 때도 일 년을 지탱하지 못했다. 인테리어 회사의 임시직으로도 일했다. 부자들을 상대하는 고급 일감이었다. 그가 맡은 일을 썩 잘해내고 그를 다시 찾는 고객이 생기자 회사 사장이 정식 직원으로 채용하려고 했다. 그때 그는 정색을 하고 자신이 주말일망정 그림을 그리는 화가임을 밝혔다. 사장은 예술가를 못 알아봐서 미안하다고 웃어버렸는데 신경에 거슬렸는지 그 다음부터는 일을 주지 않았다.

그는 직업 화가로서 자립하지 않으면 화가로서 자격이 없다고 생각했으므로 자비로 개인전을 열 생각은 전혀 없었다. 그런 그에게 어떤 화랑에서 초대전을 제안했다. 그때부터 그는 오로지 그림만 그리고 그림으로 살았다. 초대전만 끝나면 무슨 일이든 다 하겠다고 마음먹었다.

나중에 그는 그 무슨 일을 안 해도 되었다. 초대전을 열지 못했으므로. 초대전을 열어주겠다고 한 화랑에서 그가 가장 아끼는 작품을 요구했기 때문이었다.

"미전 특선 작가가 일 년에 수십 명씩 나오는데 우리가 그 사람들 초대전을 다 열어줄 수 있는 것도 아니고요. 물론 대관료 받자는 건 아니죠. 관장님한테 인사를 할 때 작품으로 성의 표시를 하라는 건데 사실 그건 우리 동네 관행이잖아요. 그런데 관장님이 꼭 그 작품들이어야 된대요."

그가 화를 내자 화랑의 큐레이터는 억울해하면서, 한심해하면서 그에게 말했다. 자그마한 화랑이라 관장이라는 칠십 노인이 돈 좀 있고 겉멋 든 사람인 줄 알았더니 작품을 보는 안목은 있어서 그가 가장 힘들여 그린 작품이며 야심작을 귀신처럼 알아차리고 그것들만 찍어서 달라고 하는 것이었다. 결혼한 첫날밤 늙은 영주에게 처녀성을 빼앗기는 신부의 마음을 알 것 같았다.

초대전이 무산된 후 그는 결국 작업실을 처분할 수밖에 없었다. 야심작이고 귀신이고 간에 초대전에 걸려고 했던 그림을 몽땅 이사 간 작업실 부근 임대아파트의 옥상 한구석에 처박았다. 비닐로 그림을 싸고 그 위에 비닐장판과 나무판을 덮었다. 처음 보름가량은 매일 옥상에 올라가 그림을 깔고 앉아 혼자 소주를 마셨다. 한 달도 되지 않아 그림들은 곰팡이가 나고 습기가 차서 못쓰게 돼버렸다. 전시가 되지 않았으니 미술계의 기득권자나 화랑, 평론가들에게 실력을 인정받을 기회가 없었다. 몇 작품씩 출품하는 그룹전에 한두 번 끼었지만 그것으로 끝이었다. 그림에 관한 한 그에게는 다시 기회가 오지 않았다. 그리고 사는 일이 남았다.

자존심 때문에라도 그는 이발소 그림은 절대 그리지 않았다. 일자리가 많은 서울에는 다시 진입하기 어려워서 시골에서 할 수 있는 일을 할 수밖에 없었다. 전원 카페의 실내장식을 맡기도 했고 온천탕 공사장에서 타일을 붙이기도 했으며 동화책의 일러스트도 그렸다. 그가 버는 얼마 안 되는 돈은 제도권에서 직업 작가로서 그림을 그리지 못하는 데 대한 울화를 푸는 데, 제도권의 주변을 배회하는 데 쓰였다. 자신보다 재능이 없다고 생각하는 선후배들이 각광을 받을 때는 술값으로 대부분의 수입이 빠져나갔다.

그가 그렇게 세월을 보내는 동안 그의 아내는 보험회사에서 다단계 회사로 옮겼고 마침내 텔레마케터가 되었다. 헤드폰을 끼고 책상 앞에 앉아 전기담요 같은 상품을 팔기도 하고 부동산 구입을 권유하기도 하면서 아내는 매일 열 시간 이상을 보냈다. 때로 헤드폰 밖으로 튀어나오는 목소리로 알 수 있듯이 아내가 전화를 거는 상대들은 그냥 말로 하는 사람보다는 고함 아니면 욕설로 응대하는 사람이 훨씬 많았다. 그렇게 몇 년이 지나자 귀에 이상이 온 것이었다.

"내가 두 살 때 홍역을 앓았는데 열이 너무 많이 나서 엄마가 죽는 줄 알았대. 사실 그때부터 귀가 약해진 건데 지금 귀를 너무 혹사하니까 청력이 나빠진 거야."

아내는 그렇게 스스로를 진단했다.

"어어, 원래 불량품이었네. 장모님한테 에이에스 신청해야 하는 거 아냐, 이거."

그의 말에 아내는 힘없이 웃었다. 이어서 그가 산업재해에 해당하니 아내를 텔레마케터로 고용한 회사들에서 보상을 받아내야겠다고 하자 아내는 또 그를 말렸다. 회사가 친정이라도 되는 양.

***
****
***

그는 아이를 학교에 보내고 다시 잠든 아내의 얼굴을 들여다본다. 귀가 잘 안 들리게 되면서 그의 아내는 눈에 띄게 굼떠졌다. 워낙 말을 똑똑하게 잘하는 사람이다보니 더욱 그런 것 같다. 대화를 하면서 상대방의 눈을 보지 않고 입술이나 표정을 살피는 사람은 비굴하거나 불성실하게 보인다. 사람들은 눈이 나쁜 사람이 안경 없이 사물을 잘 분간하지 못하면 당연하게 여기면서 귀가 나쁜 사람들은 얼빠진 사람, 백치로 취급하는 경우가 많다. 그 스스로도 그렇게 하지 않으려고 해도 어쩔 수가 없는 때가 있다.

아내가 잠자리에 누우면 그는 보통 그의 작업실로 합의되어 있는 방에서 컴퓨터에 매달려 있었다. 한동안은 컴퓨터로 그림의 돌파구를 찾을 수 있을 거라는 생각으로 컴퓨터에 몰두했다. 그래픽 프로그램 사용법을 남달리 빨리 익혀 아르바이트도 했다. 그러나 그것으로 그만이었다. 아르바이트가 본업이 될 수 없는 것처럼 컴퓨터는 캔버스가 될 수 없었다. 인터넷을 하게 되자 자료를 찾아 돌아다니느라 밤을 새웠다.

자연히 그의 생활은 밤낮이 바뀌었고 잠이 든 아내의 옆자리는 비어 있기 일쑤였다.

지방도로 나가는 길이 마침 장날을 맞아 노점으로 뒤덮여 있어서 그는 차를 면사무소 앞에 놓고 농협까지 걸어간다. 완연한 봄인가 싶다가 날이 다시 추워져서 그런지 양지쪽에 앉은 사람들까지 얼굴이 만원짜리 지폐 같은 빛깔이다.

그가 들고 간 서류봉투의 내용을 훑어본 사십대 초반의 농협 직원이 안으로 들어오라고 한다. 그는 직원의 뒤쪽에 있는 소파에 앉아 담당자를 기다린다. 십여 분이 지나고 삼십대 남자가 푸른 줄무늬 와이셔츠에 붉은 넥타이를 매고 나타난다. 직업상 그처럼 색깔에 민감한 사람이 아니더라도 긴장을 느낄 수 있는 색 배합이다. 그가 봉투 속의 내용물에 관해 설명을 시작하자마자 넥타이 맨 남자는 오른손 손바닥을 가볍게 보였다 내린다.

"아, 이거 잘 압니다. 제가 여기 대출계 와서 처음 일으킨 대출이거든요. 그 사장님 정말 너무하데요. 이자를 한 일 년 냈나…… 그러고는 지금까지 연락 한 번 없이 연체예요. 우리도 참을 만큼 참았지만 규정상 도저히 안 돼서 경매를 신청한 겁니다. 절대 오해하지 마세요."

상대는 그가 무슨 행패를 부리기라도 할 것처럼 생각하는 것 같다. 아니면 울며불며 하소연을 하러 왔든가. 그는 자신이 그런 사람이 아님을 보여주고 싶다. 자신이 양복에 넥타이를 매고 왔으면 좋았을 거라고 생각한다. 세무서나 경찰서에 갈 때 양복을 입고 간다는 건 상식이지만 그는 이제까지 세무서도 경찰서도 가본 적이 없다.

자신이 입고 있는 건 갈색 점퍼다. 안에 입은 셔츠도 갈색이지만 색이 진하고 질감이 달라 지루하지 않다. 그 세련됨을 아는 사람은 알아볼 것이다. 그런데 남자는 그의 옷이 낡았다는 것만 알아볼 것 같아 조바심이 난다.

"얼마 전에 법원에서 통지서가 왔길래 어떻게 된 건가 하고 알아보러 온 거거든요. 그거밖에 없어요. 나 말고 벌써 누가 왔다 갔나요?"

남자는 푸석푸석한 눈가를 쓸어내린다. 전날 술을 많이 마신 모양이다.

"누가 왔던 건 아니고…… 하여튼 여러 군데 잘 알아보세요. 우리는 우리대로 사정이 있고 그쪽, 사장님 아니 선생님은 선생님대로 임차보증금을 받아야 하니까, 이것 좀 보세요."

남자는 응접탁자 아래서 파일을 꺼낸다.

"보세요. 세 가구 합쳐서 담보로 넣고 대출을 육천 빼갔거든요. 채권최고액은 보통 백삼십 퍼센트까지 설정합니다. 그 동안 이자도 안 냈고 감정이며 경매에 드는 비용 해서 우리쪽 손해가 원리금 말고도 몇백 더 됩니다. 법정 비용도 있고…… 우리 같은 면단위 농협에서 이 정도 금액이 결손이 나면 시말서 써야 합니다. 딴 데 가도 평생 기록이 따라다녀요."

남자가 자신의 경력을 걱정하는 말을 하는 동안 그는 느닷없이 출구를 발견한 것 같은 느낌이다.

"쉽게 말해서 한 집에서 이천씩 내면 이 집을 인수할 수 있다는 거죠? 그럼 우리가 이 사람한테서 명의 이전을 받으면 그 융자를 우리한

236

테 해주시면 되겠네요."

남자는 뭔가 탐색하는 눈길로 그를 바라보더니 천천히 말한다.

"그런 걸 대위변제라고 합니다. 그렇지만 우리가 또다시 융자를 해주는 보장은 못 합니다. 하기야 뭐 우리 말고 새마을금고도 있고 신협이나 캐피탈 같은 다른 금융기관도 있긴 하니까……"

그는 희망에 부풀어 빠르게 말한다.

"집주인이 이 집을 우리 명의로 넘겨주고 우리가 각자 이 집에 걸려 있는 빚을 떠안으면 되는 거네요. 그래서 경매를 취소하면 농협도 좋고 우리도 좋고 다 좋은 거죠."

남자는 처음으로 고개를 약간 끄덕인다.

"그렇지만 절차라는 게 있으니까요. 우리는 항상 최악의 경우를 생각하고 일을 진행하거든요. 다른 세입자들도 합의한다고 할 수도 없고. 여기 다른 가구분들은 우리보다는 후순위지만 재작년에 전세권 설정까지 하셨네요."

남자는 101호와 102호가 전세권 설정을 한 것을 능력으로 평가하는 듯하다. 자신들끼리만 살 길을 찾은 것 같아 그는 다시 불끈 뿔이 돋는다.

"이게 확정일자 받는 거하고 다릅니까?"

"자세한 건 모르지만 효력은 비슷하다고 알고 있어요. 그래도 둘 다 되어 있으면 더 낫겠지요."

그는 전세권 설정 날짜의 유효기간이 세 달이 지난 것을 발견해내고 내심 즐거움이 솟아오른다. 제깟 것들이 뛰어봤자 벼룩이지. 말을 하지는 않는다. 벼룩 따위는 언급할 가치도 없다고 생각한다.

"명함 좀 주세요. 소유권 이전을 하려면 무슨 서류가 필요한지 알아 봐야 할 거고, 아이고 이거 바쁘네."

남자의 명함을 건네받은 그는 마음이 급해져서 자리에서 일어나면서 손을 내민다. 붉은 넥타이가 혀처럼 천천히 손을 마주 내밀어온다. 그 손은 차고 축축하다. 손만으로도 책상물림의 전형이다. 행동 부족. 감각 부족.

소파에서 일어서서 나오는 그를 넥타이는 다시 탐색하는 듯한 눈길로 바라본다. 그는 속으로 '쪼잔한 놈'이라고 시원하게 판결해버린다.

***
*****
***

노인이 사는 101호의 문은 문을 꼭 닫을 힘조차 없는 노인을 상징하듯 약간 열려 있다. 그는 101호를 포기하고 102호의 벽에 붙어 있는 비디오폰을 누른다. "누구세요?" 하는 소리가 나는가 싶더니 곧바로 문이 열린다. 슬리퍼를 신은 여자는 얼굴이 푸석푸석하고 머리가 부스스한 게 그의 아내와 비슷하다.

"저, 401호에서 왔는데요. 바깥분 집에 계십니까? 집 때문에 의논드릴 게 있어서……"

여자가 몸을 조금 비키는 시늉을 하는데 안쪽에서 "누구야!" 하는 남자의 목소리가 들린다. 여자가 "302호에서 오셨대요" 하고 대답한다.

그러자 방문이 열리며 담배연기가 남자와 함께 쏟아져나온다. 사십대 초반의 남자는 소매 없는 러닝셔츠에 헐렁한 반바지를 입고 있는데 겨드랑이와 정강이의 털이 무성하다. 눈은 충혈돼 있고 뺨에도 홍조가 올라 있다.

"왜 그러슈?"

그는 남자의 정강이 뒤쪽 황금색 햇빛이 비쳐드는 방의 바닥에 놓인 녹색 소주병을 발견한다.

"401호에서 경매 때문에 왔습니다. 의논 좀 하려고요."

그는 남자의 표정이 일그러지는 것을 보고는 얼른 "저도 똑같은 피해자거든요" 하고 덧붙인다. "들어오슈" 하고 남자가 고개를 끄덕인다. 그가 방에 들어가자 남자는 거실에 서 있던 여자를 향해 "쏘주 사와" 하고 소리를 지르고는 문을 닫는다. 밖에서 여자가 불평하는 소리가 들린다. 바로 그 경매 때문에 남자는 일도 나가지 않고 아침부터 술을 마셨던 모양이다. "재수 없는 년" 하고 남자는 중얼거린다. 소주병 중 두 개는 바닥에 쓰러져 있고 세워져 있는 병에는 담배꽁초가 반쯤 차 있다. 연기는 병 속에서도 나고 있다.

"아 씨발 좆같은 거. 내 이때까지 살면서 이런 개 같은 경우는 처음 당해보네. 아씨도 요번에 완전히 좆됐지요? 내 딱 나 같은 사람 또 있을 줄 알았지."

401호를 302호로 부르는 여자의 남편은 아저씨를 아씨, 또는 아이씨라고 발음해서 그의 신경을 거스른다. 남자가 담배에 불을 붙이는 라이터에는 '단란노래카페 타임'이라는 글자가 들어 있다. 여러 업종을 한

군데로 잘도 모았네, 하는 그의 생각에 박자를 맞추듯 '미녀 미시 군단 항시 대기'라는 글자가 세 개의 느낌표를 거느리고 반대편에 인쇄되어 있다.

"뭐 경황은 없지만, 그래도 정신을 차려야 하지 않겠습니까. 피해자끼리 잘 단합하고 의논을 해서 대비책을 세워야지요."

"의논이나 마나 뭐 될 게 있어야지, 씨발. 아씨는 뭐 뾰족한 수라도 있수?"

그는 농협에서 들었던 이야기를 전한다. 집주인을 찾아가서 명의 이전을 한다는 각서에 도장을 찍게 해야 한다. 모가지를 잡아 비틀든가 무릎을 꿇고 사정을 해서라도.

"내 참, 이 아이씨도 참 착하시구만. 세상이 어떤 세상인데 그렇게 말랑하게 넘어갈 것 같애……요? 집주인이라는 놈, 아예 연락도 안 돼. 내가 벌써 그 씹새 집에 찾아가봤다고. 마누라라고 한 칠십 된 늙은 할마씨가 퍼질러앉아 있는데 자기는 이혼한 지가 이 년 넘었고 그 씹새 집에서 토긴 지 백만년 됐다고 그러더라고. 내가 정말 성질 같애서는 마누라고 뭐고 다 때려죽이고 그 좆같은 집구석에 불을 확 싸지를라다가 하도 더러워서 일단 기양 나왔다니까. 내가, 내가 그 씹새 집 앞에서 며칠이고 잠복하고 있을라다가 일단 옷이 더럽고 냄새도 나고 해서 집에 와서 옷 갈아입고 갈라다가 주저앉은 거라니까."

남자는 술잔의 술을 쪼옥 소리를 내며 들이켠다. 그러고는 그에게 잔을 내민다. 그는 얼떨결에 잔을 받는다. 남자는 병에 남아 있는 술을 탈탈 털어 그의 잔에 따른다. 그가 고개를 젖히고 술을 마시는 사이 방문을 연 남자는 다시 바깥을 향해 소리를 지른다.

"야 이 씨팍년아, 술 사가지고 오라고 그런 게 언젠데 아직 개기구 있는 거야? 너 뒈지고 싶어?"

여자가 마주 소리를 지른다.

"야, 이두식! 돈이 있어야 술이고 지랄이고 사가지고 오지. 네가 나한테 돈 갖다준 게 언제야!"

남자는 갑자기 피식 웃는다.

"아, 씨부랄. 사장 글마가 월급날 쩐 찾아가지고 나오다가 오도바이한테 날치기를 당했대잖아. 되는 과부는 자빠져도 가지밭이고 안 되는 놈은 뒤로 자빠져도 코 깨진다고 씨발 거 복도 더럽게 없지, 응. 월급 안 주는데 뭐가 재미있어서 일을 하냐고. 야, 진숙아, 요 앞 슈퍼 가서 외상 좀 해달라 그래. 미안하다, 미안해. 명성여상에서 제일 기깔나던 박진숙이가 좆같이 한심한 나 같은 놈 만나가지고 대학 문전에도 못 가보고 애새끼부터 까더니만 뭐 한 번 제대로 잘 먹어본 적이 있나 잘 놀아본 적이 있나, 어디 존 데 데리고 놀러간 적이 있나. 이 추운 데 나앉게 생겼으니 너도 열 안 받겠냐…… 미안해."

여자가 현관문을 열고 나간 뒤에도 남자의 넋두리는 계속된다. 그는 최악의 경우 집주인이 감춰둔 재산을 함께 찾아서 차압을 들어가자는 말을 할까 말까 망설이고 있는데 남자의 넋두리가 말을 꺼내는 데 방해가 된다. 아직 모든 것이 결정된 건 아니니 혼자만의 마지막 카드는 가지고 있어야 된다고 누군가 머릿속에서 끈덕지게 속삭인다.

"그 씹새 잡기만 하면 모가지부터 비틀어버릴 거 같애서 내가 겁나.

아이씨도 같이 갑시다. 그놈 집 근처 어디에 짱박혀 있을 거야. 내 피 같은 돈 처먹고 잘살 것 같으냐. 꿈 깨라이, 씹새야."

그는 남자에게 101호의 노인에 대해 물어본다. 뜻밖에도 노인은 남자와 사돈지간이다. 노인에게는 나이 마흔에 장가도 못 간 아들이 있었다. 그 아들이 101호에 전세권 설정한 것을 담보로 보험사에서 대출을 받아 트럭을 사서 행상을 한다고 나섰다. 지금은 교통사고가 나서 병원에 누워 있다고 했다. 아들은 자동차보험을 연체했고 가해자였기 때문에 보상금은커녕 치료비도 제대로 받지 못했다. 사고를 낸 트럭은 피해자 쪽에서 가져갔다. 혹시 전세금을 찾게 된다 해도 남은 돈은 아들의 병원비로 다 들어갈 것이었다. 경매가 아니더라도 이미 그 전세금은 노인의 돈이 아닌 것이다.

"처음엔 밥도 안 먹고 우리집에 찾아와서 그렇게 우시더라고. 참 우리 처지에 어떻게 할 수도 없고. 니기미, 좆같은 인생이지, 너도 나도, 사돈에 팔촌도."

그가 자리에서 일어날 때까지 여자는 돌아오지 않는다. 술이 깨면서 남자는 온순하고 평범한 사람으로 돌아온다. 돌아가려고 일어선 그가 현관문을 열자 열 살쯤 된 아이가 태권도장 이름이 씌어진 도복을 입은 채 그를 빤히 올려다본다. 그는 얼떨결에 지갑에서 오천원 지폐를 꺼내 아이에게 내민다. 아이는 그와 그의 등 뒤에 서 있는 아버지를 번갈아 보다가 "감사합니다" 하고는 두 손으로 돈을 받는다.

****
****
****

"네 애비 돈 없다. 학원비 한 달 뒤에 내겠다고 해봐."

벌써 세 달이나 밀렸다고 세미가 말한다.

"그럼 장학생으로 계속 다니게 해주든지. 저희들도 공부 잘하는 애들이 있어야 못하는 애들이 올 거 아니냐."

세미가 중학생이 되고 얼마 안 있어서 학원에서 먼저 전화 연락을 해왔다. 전교 1등부터 3등까지는 학원비 전액 면제, 4등에서 10등까지는 반액을 면제해주는 조건이었다. 전교 3등 안에 들었던 세미는 1학년 1학기 동안에는 면제를 받았고 2학기 들어 성적이 조금 떨어지는 바람에 반액만 면제를 받아왔다.

"여보, 나하고 얘기해요."

눈치를 챘는지 아내가 나와서 그를 부른다. 세미는 제 엄마와 바통 터치를 하듯 안방으로 들어가서 텔레비전 앞에 철퍽 소리를 내며 주저앉는다. 그는 계집애가 조심성도 없다고 다시 나무라려는 참인데 코미디 프로그램이 나오는지 금방 깔깔거리며 방바닥을 구르는 소리가 나기 시작한다. 인상을 찌푸리는 그와 세미의 가운데를 막으며 아내는 세미의 학기말 성적이 전교 10등도 아니고 반에서 10등이 되었다고 한다.

"무슨 지랄맞은 소리야, 그게. 이 짜식이 하고한 날 컴퓨터로 고스톱이나 치더니 이렇게 된 거 아냐."

그는 버럭 화를 낸다. 당장 인터넷 선을 끊어버리겠다고 부엌에서 가위를 찾아들고 나선다. 아내는 그의 말이 무슨 말인지 알아듣지 못한 듯 멍하니 서 있는데 세미가 방에서 튀어나온다.

"엄마, 나 아빠가 인터넷 끊으면 피씨방 갈 거야. 인터넷 못 하면 애들한테 따 되는 거 몰라?"

그는 어이가 없다. 한 해 사이에 딸의 키는 제 엄마를 넘어서 그와 비슷해졌다.

"어절씨구. 이 자식이 지금 누구를 협박하는 거야."

"우리 반 애들 중에 거기 가서 사는 애들도 있다구. 왜 나만 가지고 그래."

"걔들하고 너하고 같애? 나는 그런 딸내미 못 키워."

"그럼 나는 뭐 하고 놀란 말이야."

"학생이 공부를 해야지, 놀긴 뭘 놀아. 학생의 본분이 뭐야?"

"아빠도 맨날 밤새도록 인터넷 하고 놀면서 왜 나는 못 하게 해!"

"아빠가 너하고 같애!"

결국 그는 딸의 뺨을 때리고 만다. 생전 처음 아버지에게 뺨을 맞은 딸은 눈물을 주르르 흘리며 서 있을 뿐이고 그 역시 어떻게 할 줄 모르다가 자신의 방으로 들어가 누워버린다. 아내가 누웠다 일어난 자리인 듯 이불이 깔려 있다. 이불은 계절에 안 어울리게 눅눅하다. 이놈의 여편네가 청소도 안 하고 뭐 하고 맨날 자빠져 있는 거야. 그는 고개를 뒤흔들다 옆으로 눕는다.

잠깐 삼십 분만 자고 나면 머리가 맑아질 것 같지만 세미의 말을 생각할수록 잠은 달아난다. 너도 밤낮 놀지 않느냐. 너는 사이버머니 갖고 고스톱 치고 야동 보고 놀면서 왜 나는 못 놀게 하느냐. 앵앵거리며 세미가 말하는 소리 같은 것이 계속 들린다. 물론 그의 생각일 뿐이다.

그는 충동적으로 벌떡 일어나 거실로 나가 컴퓨터의 인터넷 선을 뽑고 랜카드까지 빼버린다. 인터넷 공유기를 전선으로 둘둘 말아 신발장속에 처박는다. 그가 결과를 통보하기 위해 안방 문을 열자 그의 딸과 아내가 끌어안고 울고 있다.

"지금 뭣들 하는 거야?"

그가 소리치자 그의 아내는 그에게 나가라는 눈짓을 한다. 눈이 벌겋게 되어 있다. 그러나 그는 체면 때문에라도 그냥 물러날 수 없다.

"지금 둘이서 뭐 하자는 짬뽕이야. 뭐 하자는 거냐고. 고스톱하고 인터넷 게임이 뭐라고!"

세미가 고개를 홱 돌린다. 그의 짐작과 달리 그 눈은 맨송맨송하다.

"아빠는 왜 돈이 없어?"

그는 공격을 완화시킬 필요성을 느낀다. 어떻든 자신이 아직은 강자니까. 자신이 가해자가 될 가능성이 높으니까.

"야, 세미야, 그까짓 놈의 학원, 치사하니까 가지 마라. 촌 학원 선생한테 배우는 것보다 위성방송으로 전국 최고 과외강사한테 배우는 게 훨씬 더 효과적이야. TV로 공부해."

그런데 모녀가 울고 있던 건 학원이나 인터넷과는 상관없다. 딸의 하소연을 엄마가 제대로 알아듣지 못하는 것을 보고 세미가 엄마에게 따져물은 결과, 엄마의 귀가 치료가 거의 불가능한 감각신경성 난청에 이명까지 겹쳤다는 것을 알게 되었기 때문이다.

"엄마는 보청기 갖고도 안 들리고 수술을 해야 된대. 수술을 해도 나을 가능성이 반도 안 된대. 우리 엄마 이제 못 들으면 어떡해. 엄마, 엄마, 불쌍해서 어떡해, 우리 엄마. 돈 내놔, 아빠. 엄마가 귀 다 닳아가면서 전화기에 매달려가지고 이때까지 벌어준 돈 내놓으란 말야. 돈! 돈!"

****
*****
****

그는 전화를 걸고도 용건을 쉽게 말하지 못한다. 연월리 작업실 지붕을 고치고 있는 중이며 비용은 예상보다 적게 들 것 같다, 봄이 오면서 풍경이 하루가 다르게 바뀌고 돋아나는 새싹과 꽃잎은 너무나 아름답다, 지붕 수리하는 대로 바람을 쐬러 내려오라고 자신이 생각해도 과장되고 수식적인 웃음소리를 섞어가면서 이야기했을 뿐이다. 만모는 당분간은 바빠서 작업실에 가기는 어려울 것이라고 한다.

"그러면 말이야, 내가 요새 서울 구경을 안 한 지가 하도 오래돼서 그런지 좀이 쑤셔서 그러거든. 술 생각도 간절하고 한데 목 좀 축여주면 안 될까."

만모는 자신이 작업실에 갈 수는 없지만 그가 서울에 오면 술 한잔 정도는 살 수 있다고 한다. 빈말 같지만 그가 기회를 놓치지 않고 얼른 가겠다고 하자 만모는 마침 며칠 뒤 대학 회화과 동기 모임인 삼수회가 있다고, 그때 오면 좋겠다고 한다. 삼수회는 한 달에 한 번 세번째 수요일 저녁에 모인다고 해서 붙여진 이름이다.

작가들끼리는 모임이 거의 없지만 작가의 길을 포기하고 사회적으로 어느 정도 자리잡은 동기들끼리는 여느 학과의 동기처럼 자연스럽게 모이기도 하는 모양이다. 그에게는 그런 동기 모임도 없다. 사회적으로 전혀 자리를 잡지 못했고 작가의 길을 완전히 포기한 것도 아니니까.

****
******
****

"에구 난 증말 몰라유. 그 양반이 어데서 죽었는지 살았는지 모른다 니께유. 일루 쫓아와서 아무리 그래싸도 소용이 없슈. 나두 위자료로 받기로 한 돈 삼천을 받아야 되는데 이 양반 어데로 꺼졌는가 모르겠 슈. 혹시 맴 잘못 먹구 워디 높은 벼랑에라도 안 갔는가…… 애들도 지 들 애비를 애비로 쳐다보지 않은 지도 오래됐구만유. 베룩이도 낯짝이 있지, 애들 월급 받은 거 한 푼 두 푼 모아서 돈 오백만 만들어놓으면 홀짝 들구 나가설랑 무슨 공사판인지 노름판인지 홀딱 쓸어넣고 사람 이 반쪽이 돼가지고 오구…… 인제 부자지간이 웬수지간이 됐슈. 여게 와서 워치키 해봤자 아무 소용도 없구 찾으시거들랑 제발 존 일 하니라 구 나한테도 좀 데리고 와주슈."

102호 남자가 준 전화번호로 전동만의 처라는 여자에게 전화를 걸자 여자는 계속 모른다는 말만 계속한다. 102호 남자는 식전부터 그에게 와서 전동만의 처가 산다는 인천으로 가자고 했다. 자신은 차가 없으니 그의 차로 같이 가야 된다는 것이었다. 당장은 못 갈 사정이 있다고 빌 다시피 남자를 보내면서 얻은 전화번호다. 아침을 먹으면서도 그는 전화를 걸지 말지 무척 망설였다.

이제까지 하기 싫고 어렵고 귀찮은 일이 생기면 가만히 앉아 그림 그리는 게 직업이며 필생의 소명이라는 변명으로 대충대충 처신해왔다. 그 뒤에 그런 일은 꼭 세 배 열 배의 고역이 되어 다시 덤벼왔다. 그렇게 되면 전력을 다해서도 막기 힘들었고 다른 사람의 손을 빌려서야 겨우 수습이 되었다. 그런 일들을 기억해내고 스스로를 다그치느라 오전을 다 보내고 그는 겨우 전화를 건 참이다.

구입한 지 칠 년 된 전화기는 삼 년쯤 지나자 배터리가 다 닳아서 충전이 되지 않았다. 제조사에 직접 연락해서 받은 배터리를 두번째 갈아끼워 쓰고 있다. 몸체와 배터리를 묶은 건 테이프가 아닌 고무줄이다. 테이프는 여름에 끈적끈적해지기 때문이다. 그 전화기에 대고 그가 화를 낸다. 힘을 다해 억지로 화를 내는 척한다. 사람을 이렇게 곤경에 빠뜨려놓고 나 몰라라 하면 되느냐. 그냥 명의 이전 서류에 도장만 찍어달라. 그러면 모든 게 끝난다. 그러나 전동만의 전처가 주도권을 잡는 데는 그리 오랜 시간이 걸리지 않는다. 아무것도 모른다. 어떻게 됐는지 모른다. 어디 있는지 모른다. 어떻게 하는지 모른다. 연락이 안 된다. 도와주고 싶어도 방법이 없다. 오히려 사정이 어려운 건 나다. 모른다. 모른다. 잡아먹어라.

그는 기회를 보아 더 화를 내면서 전화를 끊으려고 했지만 번번이 좌절된다. 하긴 전동만의 전처도 어지간히 많은 사람들에게 비슷한 내용의 전화를 받았을 것이고 가장 효과적으로 대응하는 방법도 알게 되었을 것이었다. 그는 무협영화에서 마음껏 기분을 내며 급소를 골라 찌르

248

는 고수의 손길에 내맡겨진 엑스트라가 된 기분이다.

****
****
****

'떼인 돈 받아드립니다.'

보통 때는 전혀 눈에 들어오지 않던 현수막이 곳곳에 붙어 있다. 그는 현수막에 적혀 있는 전화번호로 전화를 건다. 그가 짐작했던 것과는 달리 젊은 여자의 목소리가 들려온다. 그는 법무사 사무실의 앳된 여직원을 떠올리며 남자 책임자를 바꿔달라고 말한다. 그러자 그 목소리가 딱딱해지더니 무슨 일 때문에 그러느냐고 한다.

"임의경매 들어간 임대주택 전세보증금 때문인데 아가씨가 좀 알아요?"

상대의 목소리는 더욱 딱딱해진다. 자신들이 취급하는 업무는 정상적인 상거래에서 발생한 물품대금이나 공사대금, 미수금, 용역대금 등의 채권을 고객을 대신해서 전문가가 추심해서 돌려주는 것이라고 말한다. 자신 역시 그 전문가의 일원임을, 여성에 차별적인 관점을 가진 멍청한 사내를 응대하고 있음을 목소리의 딱딱한 정도와 용어로 증명하고 있다.

"그럼 우리 같은 집 없는 서민이 농협에서 담보대출을 받아먹고 일부러 부도내고 도망간 악질 집주인을 만났을 때 어떻게 해줄 수 있는 방법이 없다는 거요?"

목소리는 자신들의 회사는 재경부와 금감위에서 허가를 받은 신용정
보회사로서 상법상의 상행위를 통해 발생한 금전채권에 한해 채권추심
을 대행한다고 고속도로 톨게이트의 기계음처럼 되풀이한다.

*****
******
*****

삼수회의 모임 장소는 그가 나온 대학 앞에 있는, 제주도에서 직송되
는 해산물을 취급하는 음식점이다. 가장 먼 곳에서 시외버스와 지하철
을 타고 간 그는 서울에 사는 사람은 물론이고 걸어와도 되는 거리의
만모보다 한 시간 일찍 도착했다. 만모는 참석자 중에서 제일 나중에
오더니 그를 보자 대뜸 돌아갈 버스 시간부터 확인한다. 그가 사우나에
서 밤을 보내고 아침에 갈 수도 있다고 하자 왠지 기분 나쁜 모양이다.
자신의 영지에 들어온 거지발싸개를 한 거지를 못마땅해하는 젊은 영
주가 지을 법한 인상이다. 그 역시 기분이 나빠진다. 기분은 거지 같은
데 표현할 수는 없다.

"아이구, 종호 형님. 선배님, 이게 얼마 만입니까. 제 잔 받으시죠. 저
도 이제 나이 마흔 바라보는데 형님이라고 불러도 되죠?"

대학 시절 그보다 한 해 아래인 후배들이 워낙 몽둥이 찜질로 그 밑
의 후배들 기를 죽여놓았기 때문에 만모의 동기들은 그에게 감히 형이
라는 말을 붙이지도 못했다. 게다가 졸업하기 전에 이미 민관의 공모전
에 숱하게 이름을 올린 그는 그에게 잔을 권하는 성철 같은 후배로부터

거의 선생 대접을 받았던 것이다.

이제 그 후배들은 저마다의 직업이나 환경을 반영하는 태도며 차림을 보여주고 있다. 대학에서 미술을 전공한 사람치고 미술과 관련된 직업을 가진 사람은 얼마 되지 않을 터였다. 자리를 잡았다면 대부분이 미술과 관계없는 일에 종사하고 있었다. 현역 작가보다도 더 작가답게 빨랫감 같은 옷을 입고 온 그는 양복 입은 후배들로부터 여러 잔을 받아마신 뒤 말이 많아진다.

"확실히 우리 학교 다닐 때보다는 세상이 좋아졌어. 지금 대한민국에서는 그림 그리다가 굶어 죽지는 않아. 인간답게 못 산다는 정도지. 19세기에 인상파들 배 끌어안고 인상 쓸 때보다는 예술 인프라가 잘돼 있다는 거야."

자신의 말을 주의해서 듣는 사람이 없다는 것을 알고 그는, 요즘 미술이 미디어를 이용한 미술, 평면회화로 복귀하는 추세에 맞춰 본격적으로 노안이 오기 전에 '마스터피스'의 본래 의미에 해당하는 회심작을 그릴 거라고 허세를 부리기까지 한다. 성철만 간간이 예예 하면서 듣는 시늉을 하고 있고 선거를 앞두고 있어선지 모두 자신의 정치적인 주장을 상대에게 강요하느라 바쁘다. 성철이 "우리야 재능이 없어서 일찌감치 포기했지만 형님은 끝까지 가셔야죠. 형님은 학교 다닐 때 우리한테는 정말 신이었어요, 신의 손"이라고 한 뒤 자리를 떴을 때 문득 그는 뒤통수에 고드름처럼 박히는 차가운 무엇인가를 느끼고 고개를 돌린다.

만모가 그를 주시하고 있던 눈을 돌린다. 만모는 서로 말을 많이 하려고 모인 자리에서 아무런 말도 하지 않고 사람들을 관찰하고 있었다. 그는 그게 바로 강자의 태도임을 인식한다. 그는 그 강자에게 할 이야기가 있다.

계산을 할 때가 되자 총무라는 후배가 돈을 건다. 주로 광고지를 만드는 디자인 회사를 하다가 부동산 중개사 자격증을 따자마자 회사를 걷어치우고 신흥개발지역에 부동산 사무실을 냈다는 친구다. 그는 당황한다. 주머니에 있는 돈은 사우나 갈 돈과 돌아갈 차비 정도밖에 되지 않는다. 자신이 돈 낼 차례가 되자 만모가 자리에서 일어선다.

"야, 우리 오늘 오랜만에 선배님도 오시고 했는데 그냥 가서 되겠냐. 어디 가서 한잔 더 하자. 이 자리는 니들이 내고 다음 자리는 내가 쏜다."

총무가 손뼉을 치면서 "좋습니다아. 자, 나머지는 더치페이" 하면서 만모를 지나쳐 그에게 다가온다. 이삼만원씩을 보태는 것 같다. 많은 액수는 아니지만 그의 주머니에 있는 돈은 만원짜리 한 장과 천원짜리 몇 장뿐이다. 그가 양말에 땀이 척척해지도록 고민을 하고 있을 때 성철이 그를 구원한다.

"야 총무, 선배님은 면제해드려야지."

그는 살았다 싶어서 얼른 일어나서 구두를 신는다. 이차로 간 단란주점에 앉은 그는 맞은편의 총무에게 102호 남자가 겪고 있는 일을 이야기한다. 총무는 지붕 수리업자인 봉과 비슷한 말을 하면서 뒷조사를 대행해주는 심부름센터의 전화번호를 자신의 휴대전화에서 뽑아준다.

"이런 건 불법이 아니겠지?"

그가 말하자 듣고 있던 성철이 끼어든다.

"아, 형님, 참 답답하시기는. 지금 불법 합법 따지게 생겼어요? 쥐꼬리만한 전세금 떼먹고 도망가는 놈한테 신사적으로 해줄 게 따로 있지."

"아니, 그 친구가 워낙 물정 모르고 착해가지고 그러는 거야. 내가 아주 세게 이야기할게. 정말 아주 쎄게. 그런데 이런 일 할 때 돈을 많이 달래지 않나?"

머리가 벗어진 후배는 벗어진 부분을 쓸어내리며 대답한다.

"많이는 아니고 한 돈 일이백은 달라겠죠. 그 친구분 완전히 대책 없는 백수 같은데 그것도 부담이겠네."

그때 도우미라는 여자들이 네댓 명 등장한다. 노래가 시작되고 더이상 대화는 불가능하다. 도우미들과 후배들이 얼싸안고 춤을 추기 시작하고 탬버린을 울리면서 합창을 하기 시작한다. 그는 자리를 끝내는 데는 아무 소용이 없는 줄 알면서도 부지런히 자신의 엉덩이를 들썩거린다. 도우미들을 부르는 데 드는 돈은 그다지 많지 않다. 그 대신 노래와 함께 춤이 끝날 때마다 각자의 팁이 들어간다. 그는 화장실 가는 척하고 밖으로 나와서 계산대 앞 의자에 앉는다. 할 일이 없어 계산대의 남자와 함께 텔레비전을 본다. 이십 분쯤 지난 뒤 만모가 지퍼를 내리며 밖으로 나온다. 그는 화장터, 아니 화장실까지 만모를 쫓아간다.

"무슨 일인데 그래요?"

만모는 이미 그의 용건을 알고 있다는 듯 냉정하다. 냉정하게 오줌을 누고 있다. 그는 만모의 팽팽하고 높은 엉덩이를 부러워하며 말한다.

"정말 자네 볼 면목이 없는데, 이런 이야기까지는 안 할라고 그랬는데 너무 급해서 말일세. 마누라가 원래 귀가 나쁜 건 자네도 알지? 며칠 전에 병원에 갔더니 의사 말이 빨리 조치를 취하지 않으면 완전히 귀머거리가 된다는 거야. 마누라가 일을 해야 돈이 돌아가는데 지금 몇 달째 귀 때문에 일을 못 했거든. 다음달 말쯤에 출판사에서 돈이 들어오는데 급하니까 병원비만 잠깐 빌려주게."

만모는 고개를 젖히고 천장의 푸른 야광 바탕에 그려진 별을 쳐다보고 있다.

"또 얼마나요?"

그는 '또'라는 말은 없는 것이라고, 못 들었다고 생각하기로 한다. 자존심이나 논리를 따져서 될 일이 아니다. 불법 합법, 거짓말 참말 가릴 계제가 아닌 것이다.

"인공와우관인가 하는 거 수술비가 한 이천 한다는데……"

"뭐, 이천요?"

"아니, 꼭 그걸 해야 한다는 건 아니고 한 이백이면 급한 대로 어떻게…… 부탁하네."

"나 참. 집에 돈 이백도 없습니까. 요새 카드 현금서비스를 받아도 몇백은 나오는데."

그는 조그맣게 "나는 카드 안 쓰네" 하고 대답한다. 못 쓰는 것을 안 쓰는 것이라고 말하는 게 거짓말인지 아닌지 그가 생각하는 사이 만모의 팽팽한 엉덩이가 앞으로 나아가기 시작한다. 그는 짧은 다리를 바삐 옮겨 그 뒤를 따라간다. 만모는 편의점으로 들어가서 카드로 현금서비스를 받는다. 그러고는 지금 본 대로 자신도 빌린 돈이니까 다음달 결제일까지 분명히 갚으라고, 이자가 얼마인지는 나중에 알려주겠노라고 말한다. 그는 기왕 빌리는 김에 오십만원만 더 빼달라고 한다. 끝까지 미소를 잃지 않으려 애쓰며.

*****
******
*****

부족한 잠을 보충하려고 누운 그의 귀에 전화벨 소리가 울린다. 그의 아내가 전화를 받고 그 바람에 잠을 깬 그의 귀에 "다녀왔습니다"라는 아이의 목소리가 들려온다. 토요일인가. 그는 벽에 걸린 시계를 보려다가 고개를 들기가 귀찮아서 그냥 누워 있는다. 이윽고 아내가 들어와 그의 어깨를 흔든다.

"일어나봐. 오후에 엄마랑 윤이가 온대."

그는 기지개를 켜며 앉는다. 잠잔 시간은 평소보다 많은데 몸이 개운하지 않다. 그는 하품을 하며 묻는다.

"몇시에? 왜?"

그의 아내는 그의 입술 모양을 집중해서 지켜보고 있다가 손가락을 셋 펴 보인다. 말이 잘 안 들리면 말을 잘 안 하게 되는 것 같다. 입력이 줄어들면 출력도 줄어드는 것일까. 그는 습관적으로 컴퓨터를 켠다. 켠 김에 생각이 나서 워드 프로그램을 실행한다.

윤이는 장인의 유복녀다. 맏딸인 그의 아내와는 나이 차이가 스무 살 가까이 된다. 직업군인이었던 그의 장인은 그의 아내가 대학에 막 입학했을 때에 전사했다. 그때에는 군인이 전사할 만한 전쟁이 없었지만 어쨌든 전시처럼 전사통지서가 왔고 전사통지서대로 당사자는 죽었다. 장인은 장모와의 사이에 딸만 둘 두었는데 죽기 전 장모가 또하나의 딸을 임신한 사실을 몰랐다. 장모는 혹시 아들일지도 모르는 뱃속의 아기를 낳기로 했다.

많지 않은 연금으로 태어난 아기를 포함한 유족들이 살아가기는 힘이 들었다. 장모는 막내딸과 서울의 단칸방에서 어렵게 살아오고 있다. 서로 말은 하지 않았지만 아내의 수입 중 일부, 극히 일부가 그 모녀에게 보내져왔다. 그런데 그의 아내의 수입이 몇 달째 하나도 없자 마침내 내려오는 것이라고 그는 생각한다. 워드 프로그램이 화면에 뜨는 몇 초 동안 바로 거기까지 생각이 미친다. 그런데 문제는 그게 아니다.

"윤이가 취직을 하게 됐대. 막상 출근을 하려니까 입고 갈 옷이 없다는 거야. 그래서 옷이라도 하나 사입으려고 온다는데……"

그는 키보드를 두드린다. 글자가 화면에 나타난다.

'우리 사는 시골 동네에 무슨 옷가게가 있냐. 왜 여기까지 온다고 그래.'

"돈도 없는데 그럼 강남 어디로 가란 거야? 진짜 잘사는 제 작은언니는 남아공에 있는데. 나라도 정장 하나 정도는 사줬으면 싶어서 오라고 했지."

그는 아내의 말이 끝나기도 전에 입력한다.

'취직됐다니까 그건 정말 잘됐네. 쥐구멍에도 볕 들 날 있다더니만.'

그러고 나서 그는 입으로 말을 한다.

"나는 막내처제하고 장모가 서울에서 더 못살겠다고 더부살이하러 내려오는 줄 알고 허파가 다 뒤집어지는 줄 알았다. 지금 우리 형편이 얼마나 니주가리 하빠빤데."

그가 중얼중얼하며 군대말을 섞어 말하면 아내는 그의 말을 전혀 알 아듣지 못한다.

"요새 여자들 옷값이 몇만원 가지고는 어림도 없어. 최소한 삼사십 만원은 있어야 하는데. 이따가 윤이 데리고 시내 옷가게 갈 거니까 돈 좀 줘요."

'카드. 나 돈 없어.'

카드는 그의 아내 명의로 된 것으로 두 장이 있었다. 카드사들이 마구 카드를 발급할 때 받은 것이었는데 연체가 잦고 실적이 현금서비스에 집중되다보니 한도가 많지 않았다. 하지만 그 카드에서 온 식구의 생활비가 조달되었다. 일단 쓸 수 있을 때 한도를 채우고 다음달에 어찌어찌 결제를 하고 난 뒤 바로 다음날 한도까지 채워서 돈을 찾아쓰는, 이른바 돌려막기다. 그의 아내는 카드 두 장 다 합쳐봐야 남은 한도가 십오만원 정도밖에 없다고 한다. 그러면서 책상 위에 멀끔하게 놓여 있는 그의 점퍼 속주머니에 있던 돈봉투를 가리킨다. 봉투를 보자 그의 팔에 소름이 오소소 돋는다. 그게 포르노테이프라도 되는 것처럼.

'이 돈 안 돼. 나 쓸 데 따로 있어.'

그 돈을 마련하느라 자신은 아내의 병까지 팔았다.

"여보, 윤이가 첫 출근을 한다는데 언니가 옷 하나 못 해준다는 게……"

'아 시꺼. 그 돈 죽어도 손 못 대. 처제 구십 프로 왕대박세일 공판장

에 데려다줄 테니까 거기서 카드로 사주든가.'

입력을 하고 나서 그는 정작 자신이 하고 싶은 말을 중얼거린다.

"온 식구 굶겨가면서 대학까지 나온 처녀가 출근할 때 입고 갈 옷 하나가 없어가지고 지랄이야. 당장에 땡전 한 푼 못 받고 전셋집 쫓겨날 판인 언니한테까지 손 벌리고 자빠졌어."

그러자 그의 아내가 그의 얼굴을 물끄러미 쳐다본다. 이 사람이 지금 내가 한 말을 알아들은 건가. 그는 생각일 뿐이라고 고개를 흔든다. 그렇지만 그의 아내의 눈에는 눈물이 고이기 시작한다. 그는 아차 싶지만 무를 수가 없다. 아내의 입에서 나오는 말은 자신의 볼 위에 굴러내리는 눈물처럼 분명하다.

"휴게소 공판장은 원래 카드가 안 돼요. 그래, 윤이랑 엄마 오지 말라고 할게. 우리가 당장 땡전 하나 없이 집에서 쫓겨나게 생겼다고."

그 다음부터 그는 아내가 완전히 귀가 먼 사람인지, 그렇게 행동하는 것인지 알 수 없게 된다. 그는 이번 일만 해결되면 용서를 빌겠다. 101호 노인의 아들이 그랬듯이 보험회사에서 전세금 융자라도 받아서 귀를 고쳐주겠다고 맹세한다. 말을 해봐야 소용이 없을 것 같아 말은 하지 않는다.

*****
****
*****

심부름센터 사람들은 전문가들이다. 그들은 그가 원하던 대로 남자

의 굵직한 목소리로 전화를 받았다. 영수증 같은 건 발행하지 않는다고
했다. 지붕 고치는 봉처럼 사무실은 없이 전화번호로만 존재하는지도
몰랐다. 그냥 전문가라고 알고 있는 게 속 편했다. 그는 전동만이라는
이름과 임대계약서에 적힌 주민등록번호를 말해주었고 그들이 불러주
는 계좌로 오십만원을 송금했다. 그들의 일은 틀림없이 불법적인 것을
포함하고 있겠지만 그는 모르는 게 낫다고 생각한다.

시일이 갈수록 전동만에 대한 증오가 강해진다. 어디에 뭘 하고 처박
혀 있는지 얼굴이라도 보고 침이라도 뱉으면 속이 시원할 것 같다. 집
을 사면 새시공사를 해주고 비디오폰을 달아주고 가스레인지를 설치해
주겠다던 그 기름진 목소리로 살려달라고 애원하는 말을 듣고 싶다. 그
런 상상을 하노라면 신이 나서 잠이 오지 않을 정도다. 못질을 제대로
못 하는 사위의 사타구니를 가리키며 "야 이 개자식아, 너는 도대체 밥
처먹고 할 줄 아는 게 그 짓밖에 없냐"고 소리를 지르던 그 두꺼운 입술
을, 이가 다 드러나고 부러져나가고 턱뼈가 다 부서져나갈 때까지 패주
고 싶다. 사위의 손에 들렸던 망치로.

******
****
******

계단을 내려가던 그는 102호 현관문이 벌컥 열리는 바람에 옆으로
비켜선다. 아랫도리는 반바지, 위에는 러닝셔츠만 입은 남자가 털이 부
숭부숭한 겨드랑이를 보이며 나온다. 그와 눈이 마주치자 남자는 인사

를 한다.

"아이고오. 이거 401호 주인어른 아니쇼. 요새도 농협하고 등기소하고 혼자서 많이 알아보시고 다니십니까."

그는 속이 뜨끔해서 남자의 겨드랑이 아래를 빨리 지나간다. 자동차 문을 여는 그에게 남자가 술냄새를 풍기며 계속 시비를 건다.

"아니 그렇게 육수 졸졸 흘림시로 어디를 그렇게 다니시냐고, 씨부랄. 같이 좀 삽시다, 아이씨. 혼자만 살면 똥창이 흐뭇하시겠냐고."

남자의 수단은 오로지 전동만을 만나면 목을 비끄러매자는 단순한 것이다. 전동만이 나타나지 않으니 진척은 전혀 없고 술만 늘어가더니 이제는 닥치는 대로 시비를 걸고 있다. 그는 지금 와서는 전동만이 도장을 찍어봐야 별 소용이 없다는 것을 말해주지 않는다. 어떻든 잠정적으로 남자는 그의 경쟁자가 될 수 있다. 전동만의 다른 재산이 많으면 몰라도 적다면 누가 먼저 재산을 압류하는가가 중요하다. 남자가 엉뚱한 데 힘을 쏟고 의욕이 소진되는 게 그에게 유리하다.

그는 차에 들어가 앉아 차문을 힘주어 당겨 닫는다. 시동을 걸면서 창문을 조금 연 뒤에 말한다.

"각자 사정이 있으니까 각자 알아서 기는 거죠. 내가 무슨 죄졌습니까. 형씨가 나한테 이러시면 안 되죠."

사내가 손잡이를 잡아당길지도 몰라 그는 잽싸게 차문을 잠근다.

"뭐, 형씨? 야 인마, 대추씨만한 놈이, 좆만한 놈이 뭐 안다고 각자가 알아서 겨? 야 이 좆만아, 너 오늘 나한테 뒤져볼래?"

그는 창문을 닫고 차를 후진시킨다. 남자가 차를 몇 걸음 따라오다가 차가 출발하는 줄 알고 멈춘다. 그는 가속기 페달에 발을 얹은 뒤 다시 창문을 연다.

"사람 그렇게 안 봤는데 참 상종을 못 하겠네. 서로 껄쩍지근하니까 건들지 말자고."

남자는 주먹을 쥐어 하늘로 쳐들더니 비틀거리며 소리친다.

"야 인마, 시내에만 가면 내 동생들이 쫙 깔렸어. 걔들 시키면 너 같은 새끼는 한나절이면 끝나. 이 좆만 쉐이들이 어따 대고 까불어. 사나이 이두식이를 뭘로 보고, 사나이 이두식이를……"

"그렇게 잘났으면 됐시다. 나 같은 개털 더 볼 일 없겠네."

돌아오는 길에 그는 구멍가게 앞의 평상에 오그리고 누워 자는 남자를 본다. 털은 여전히 무성하지만 방한복 역할을 해주지는 못하는 모양이다. 그는 차소리에 남자가 깰까 조심하며 지나간다.

******
****
******

웬만한 장맛비처럼 비가 많이 내린다. 만모의 별장 지붕이 다 고쳐졌다는 연락을 받고 그는 별장으로 향한다. 안으로 들어가서 새로 덮은 천장과 벽 사이의 이음새가 뜬 것을 확인하고 못과 망치를 들고 의자 위에 올라선다. 그가 작은 못을 거의 다 박았을 즈음에 봉이 머리의 빗방울을 털며 안으로 들어선다.

"뭐 해요, 사장님. 그거 아무나 아무렇게나 하는 게 아닌데."

그는 못을 입에 문 채 혀 짧은 아이처럼 대꾸한다.

"하여간 우리나라 사람들은 뒤가 물러. 마무리만 잘하면 세계 어디 가도 대접받고 살 건데."

봉은 벽난로 앞에 있는 흔들의자에 털썩 주저앉아 몸을 앞뒤로 흔들기 시작한다.

"그렇게 완벽하게 다 해놓으면 우리 같은 사람들이 뭘 먹고 사느냐고요. 의사가 환자를 한 번에 싹 낫게 하면 명의 소리 못 들어. 조금씩 조금씩 낫게 해주면서 죽을 때까지 치료를 해줘야 의사도 오래 살고 환자도 오래 사는 거야. 그게 명의다 이 말입니다. 사장님도 그렇게 남의 일 잘해주고 나면 인사 못 받아요. 적당히 욕도 하고 사바사바도 하면서 사는 게 좋은 거지, 뭐. 그런데 그거 아파트 해결 봤어요? 똥만이 그 사기꾼 쉐이는 잡았나?"

금방 한 이야기로만 봐도 봉 같은 사람이야말로 세상을 살아가는 데는 그보다 훨씬 윗길 같다. 전동만은 전국에 연립주택을 여러 채 지은 사람이고 봉과 같은 업자 수십 명을 다루어본 경험이 있을 터였다. 전동만은 처음부터 그와 차원이 다른 사람일 가능성이 많다.

"수리비 영수증 가져왔죠?"

봉은 당장 수리하거나 교환해야 할 정도로 닳고 낡은 지갑에서 영수증을 꺼낸다. 그러면서 자신은 정식 사업자가 아니기 때문에 정식 영수증을 쓸 수 없다고 한다. 그 순간 그의 머릿속에 무슨 생각인가 풍선처럼 떠올랐다가 터진다. 그는 마치 만모가 그 집의 화장실에나 앉아 있는 것처럼 조심스럽게 봉에게 영수증을 다시 써다줄 수 있느냐고 묻는다. 그가 고개를 약간 숙이면서 은밀하게 말을 꺼내자 봉은 금방 그의 뜻을 알아챈다. 그러고는 아무것도 씌어 있지 않은 영수증을 지갑에서 꺼내 그에게 내민다.

처음 영수증에 적힌 지붕 수리비는 이백오십만원이고 그가 만모에게 영수증에 적어 보여준 금액은 삼백오십만원이다. 따라서 며칠 뒤 만모가 봉의 계좌로 입금한 금액은 삼백오십만원이다. 그는 봉에게서 은행 계좌를 쓸 수 없다는 근본적인 이유를 들어 현금으로 차액을 받는다. 봉이 봉투에 넣어준 돈은 백이십만원이다. 이십만원은 자신의 성의라고 봉은 말하면서 소년 같은 미소를 짓는다.

******
****
******

'조사보고서'라는 굵은 고딕체 글자 아래에 씌어진 'Investigation Report'라는 영문자를 읽으면서 그는 대학 시절 그렸던 그림에 '무제'라고 한글 제목을 붙인 뒤 'Untitled'라고 영문자를 관습적으로 따라 썼던 일을 떠올린다.

의뢰한 지 한 달 가까운 시간이 흐른 뒤 우편으로 배달된 보고서의 결론은 전동만이 근화연립 2차의 101, 102, 401호 말고는 가진 게 아무것도 없다는 것이다. 전동만의 전 주소지의 주택은 원래 전동만 소유였지만 두어 해 전에 다른 사람의 명의로 넘어갔고 그 앞뒤 주소지의 집은 원래부터 남의 것이다. 현 주소지는 전라남도 어느 섬으로 집주인과 전동만은 아무런 관계도 없다. 전동만 명의로 된 자동차도 없다. 신용정보 조회 결과 농협에 의해 불량거래자로 등록되어 있다. 한마디로 전동만은 깨끗이 털어먹고 달아나 어디 숨어 있는지 모를 사람이다. 그건 그가 바라는 보고서가 아니었다, 전혀.

"이렇게 끝나는 겁니까? 이것밖에 없어요?"

"아니, 싸장님. 이런 작자들 뻔하지 않습니까. 다 이런 식이에요."

그러나 그의 돈은 뻔한 게 아니다. 그는 심부름센터, 아니 정체 모를 회사의 기획실장이라는, 처음 전화를 받았던 신뢰 가는 목소리가 아닌 상대의 무성의한 말투에 더 화가 치민다.

"마 남은 방법은 민사로 조지는 긴데 재산이 하나도 없으니 그거이가 쉽지는 않겠고…… 이런 인간들은 금융거래도 실명으로는 절대 안 하니까 통장 압류도 못 할 거이고…… 기양 법원 경매에 들어가는 기속 편할 깁니다. 경매에서 그런 시골 연립주택 값은 완전히 똥값이라는 건 아실 기고. 마 감정가 반만 해도 낙찰받고 싶으네요."

그는 최대한 천천히 말하려고 애쓴다.

"경매를 우리 같은 서민이 어떻게 할 수 있나요."

"아니, 싸장님, 경매 그거 동네 아지매들도 다 하는 거예요. 차라리 잘됐다 생각하고 이참에 반의 반값에 아담한 연립 하나 건지봐요. 마 정 어려우시다 카마 우리가 경매 쪽에 아는 사람이 있는데 소개시켜드리까."

"이봐요, 남의 피 같은 돈을 그렇게 가져가놓고 그 따위 이야기나 하면 다요? 당신들 항상 이렇게 무성의한 거예요? 등본 몇 통 떼고 보고

서라고 몇십만원씩 받아먹어?"

"아니, 싸장님. 그 따우라니, 지금 무산 이야기 하는 거예요. 직접 가서 주민등록등본 떼봐. 누가 해주기나 하는가. 우리도 다 위험부담을 안고 하는 거다 이 말이에요. 아예 붙잡다 앞에다 무릎을 꿇리달라 카는 기야 뭐야. 그랄라마 처음부터 돈을 더 내든동. 이런 일 하다가 걸리마 우리 혼자 가는 게 아이야. 주범은 그쪽이고 우리는 심부름만 했다 이 말이야. 인제 쪼매 알겠어요? 뭣도 모르면서 성의 무성의 따지기는. 그러니까 그 지경이 되는 기지. 아우, 아침부터 재수가 없을라니까 별 빙신 같은 기……"

스트레스까지 푼 상대는 전화를 끊고 그는 전화기를 집어던진다. 고무줄이 풀리며 배터리가 분리된다. 그들 역시 가난한 사람의 마지막 남은 동전 하나를 빼앗아가는 부류다. 그 동전 하나하나를 모아 몇 사람은 거부가 되고 가난한 사람들은 아무것도 없는, 아무것도 아닌 사람들이 된다.

그는 전화 통화를 하는 동안 뽑은 머리카락을 줍기 위해 테이프를 잘라 손가락에 뭉쳐들고 의자에서 방바닥으로 엉덩이를 옮긴다. 허리를 굽히는 그의 머릿속에서 뚝, 하고 무엇인가 부러지는 듯한 소리가 난다. 순간적으로 머릿속이 하얘지는 느낌이다. 그는 천장을 향해 고개를 젖히고 가만히 서 있다. 세상에 종말이 있다면, 그 종말이 핵폭탄 수만 개가 한꺼번에 폭발하는 것이라면, 마지막 순간은 그렇게 하얀, 아무것도 칠해져 있지 않은 캔버스처럼 순백의 빛만 있고 그것이 비추는 것의 윤곽조차 지워진 순수한 무일까. 그는 생각한다. 이게 아무것도 없는 사람이, 아무것도 아닌 사람이 그릴 수 있는 최후의 작품이리라. 마스터피스이며 필생의 걸작이리라.

그의 머리 위에서 형광등이 깜박인다. 그는 눈을 뜬다. 코가 따뜻한 것이 코피가 나는 것 같다. 그는 휴지를 뽑아 조심스럽게 코밑에 가져다댄다. 생각일 뿐이다. 코는 맨송맨송하고 여전히 자그마하다.

****
****
****

101호 노인이 마당 곁 텃밭에 앉아 마른 고춧대를 뽑고 있다. 봄나물이 많이 자랐다. 그는 차 안에 앉아 노인의 행동을 보고 있다. 노인은 기운을 차린 것 같다. 자신이 할 일을 잘 아는 사람처럼 끈기 있게 몸을 움직인다. 고춧대와 줄이 매였던 나무막대를 뽑아서 태울 건 태우고 밭과 주차장의 경계를 이루는 부분의 울타리를 정리한다. 농사일을 준비하는 게 분명하다. 그의 생각으로는 노인이 그 농사의 수확을 거둘 수 있을 확률은 거의 없지만, 노인은 관성으로부터 힘을 얻는 법을 알고 있는 것 같다. 나보다 낫다. 다 나보다는 낫다. 그는 중얼거린다.

어떻든 노인은 세 가구 가운데 피해가 가장 적은 편이다. 전세권을 설정해서 생명보험회사에서 천몇백만원의 돈을 뽑아썼으니까. 나이 덕분에, 나이 때문에라도 신용불량자로 살아갈 날이 가장 적을 것이다.

노인이 앉곤 하는 의자 바로 옆에 차를 대고 내리는 그의 코에 어디선가 기름 냄새가 흘러든다. 102호 현관문이 조금 열려 있다. 현관에는 신발이 가득하다. 그러고 보니 낯선 트럭이 102호 창문 바로 앞에 하나 서 있다. 그 옆에 있는 승합차며 트럭 화물칸에 가구회사 상호가 붙어 있는 것이 남자가 근무하는 회사 사람들이 온 듯하다. 사장이 오토바이 날치기에게 월급을 도둑질당해 월급을 못 받았다는 말이 진실이었던 것 같다. 진실이 아니면 또 어떤가. 없으면 함께 굶고 있으면 함께 먹을 사람이 저렇게 많은데. 그는 어깨를 늘어뜨린 채 계단을 천천히 오른다. 비닐봉지 안에서 소주병이 짤깡짤깡 소리를 낸다.

****
****
****

경매 사이트에 제시된 근화연립 물건들의 최저매각가는 101, 102호가 삼천삼백만원이고 401호는 삼천사백만원이다. 우리집이 뭐 잘났다고 백만원이 더 많은 거지? 소주병이 마이크라도 되는 양 붙들고 혼잣말을 하던 그는 감정가 삼천삼백만원짜리 근화연립 2차 401호 뒷들에 오르는 연기를 본다. 그 전망이 감정평가사 마음에 들었던 것 같다.

인터넷에는 1차 매각기일도 함께 나와 있다.

인터넷을 검색해보니 그와 비슷한 사례가 적지 않다. 피해자 대부분은 연립주택이나 다세대주택으로 전세금이 많아야 사천만원이다. 당하는 과정은 비슷하다. 집이 아파트거나 전세금이 많은데 일방적으로 당하는 경우는 많지 않다. 재산가치가 높은 만큼 법적인 보호도 잘 되는 것이고 삶의 밑바닥에 떨어지기까지 시간이 오래 걸린다. 그와 같은 경우에는 최단시간에 떨어지게 되어 있다.

인터넷에 나와 있는 대로라면 그는 매각기일에 신분증과 도장, 최저매각가의 십 퍼센트인 입찰보증금을 가지고 입찰 법정에 가면 응찰할 수 있다. 대부분 1차 기일은 유찰되므로 구경 삼아 가서 한번 지켜보는 것으로 충분할 것이라는 충고도 있다. 그렇게 1차 매각기일에 낙찰이 되지 않으면 삼십 퍼센트씩 최저매각가가 떨어지게 되고 대략 한 달 간격으로 낙찰이 될 때까지 경매가 계속된다. 낙찰을 받으면 한 달 후 잔금을 납부하게 되고 등기를 하게 된다.

그의 집은 조용하게 냉기만 흐르고 있다. 그와 아내가 말을 안 한 지는 오래되었지만 딸도 그도 서로 할말이 없다. 밥을 먹고 나면 모두 각자의 방, 컴퓨터와 텔레비전 앞에 앉는다.

그는 하루 평균 한 병 반의 소주를 마시고 한 갑 반의 담배를 피운다. 인터넷의 P2P 사이트에서 자료를 다운받고 자신의 컴퓨터에 있는 자료를 다운받는 상대에게서 사이버머니를 받는다. 그는 부자다. 사이버머니가 수십억원이고 다른 사람들이 탐낼 만한 선별된 자료는 딸의 컴퓨터에서 떼어내서 붙인 대용량 하드디스크를 꽉 채울 정도로 많다. 그는 역시 거실에 있던 큰 모니터로 새로 다운받은 영화를 본다.

이만하면 나쁘지 않다고 그는 생각한다. 하루 소주 한 병, 담배 한 갑으로 줄이는 게 건강에는 더 좋겠지만.

****
****
****

그는 만모의 별장에 들어서자 곧바로 냉장고 문을 연다. 문이 양쪽으로 달린 대형 냉장고다. 당연히 그 안에는 그의 집 냉장고에 들어가 있는 음식물의 두 배가량 되는 음식이 들어 있다. 그는 냉동실에서 비닐에 싸인 등심과 삼겹살을 꺼낸다. 등심을 도끼로 내리쳐 잘라 전자레인지에 해동해서 프라이팬에 굽고 나머지는 다시 싼다. 구워진 고기를 죽염에 찍어 먹으면서 냉장실의 과일주스를 담는다.

유기농 야채는 냉장고에 두어도 오래가지 못한다. 야채뿐만 아니라 유기농 농산품 대부분이 오래 저장할 수 없다. 그는 만모에게 그 사실을 전화로 알리고 상한 것들을 버릴까 하다가 나중에 설명하자고 마음먹는다. 아직 상하지 않았지만 언젠가 상해 버릴 것들, 유기농 쌀, 유기농 밀가루, 우리밀 라면, 유기농 설탕을 그는 봉투에 담는다. 치즈나 계란은 유기농은 아니지만 오래 두면 상하고 맛이 없어지므로 나중에 설명할 것들에 포함시킨다.

****
****
****

법원 청사 뒷마당으로 돌아가자 현수막을 들고 선 사람들이 보인다. 경매 물건의 주소와 내역을 쓰고 그 뒤에 '두 눈 크게 뜨고 다시

보자 남문시장 117번지!!!!!!!' '낙찰받는 인간 폭탄 안고 같이 죽는
다!!!!!!!'라고 붉은 글씨를 써붙였다. 시장 상가 사람들이다. 현수막
을 들고 있는 두 남자에게 커피를 뽑아다주는 여자, 주변을 서성거리
는 몇몇 남자들의 얼굴에는 긴장감이나 긴박함이 별로 느껴지지 않
는다.

경매 법정에는 의외로 많은 사람들이 와 있다. 기분 때문인지 사람들
대부분은 시름이 있고 궁색한 얼굴이다. 그는 왠지 안심이 된다. 그런
식으로 마지막 순간까지 위안을 받을 것이다. 그게 필요하다면.

그는 경매물건 대장에서 근화연립 2차 401호를 찾아본다. 주소와 면
적, 최저매각가, 임대차관계 등이 나와 있다. 다 알고 있는 사실이지만
그는 분노와 무력감을 느낀다.

판사가 자리에 앉고 경매가 시작된다. 판사는 부드러운 말투로 절차
를 세세하게 설명해준다. 입찰표를 작성하고 보증금 봉투의 배가 부르
도록 현금을 집어넣는 사람들이 그는 부럽고도 밉살스럽다. 물건이 호
명되고 판사 앞에 선 사람 가운데 최고가를 써낸 사람이 낙찰자로 결정
된다. 근화연립에는 입찰자가 없다. 그는 빠른 걸음으로 법정을 빠져나
온다.

경매정보지가 쓰레기통에 버려져 있다. 그는 차에 앉아 정보지를 펼
쳐본다. 입찰보증금만 낼 수 있으면 나머지 금액은 대출을 받아 해결할
수 있다는 것을 광고를 통해 알게 된다. 그렇지만 최저매각가의 십 퍼
센트인 입찰보증금을 마련할 길이 없다. 삼백사십만원, 아니 다음 입찰
일에는 삼십 퍼센트 떨어진 이백삼십팔만원이겠지만 그 돈도 없다.

출판사에 연락을 해보지만 선금을 받아온 그림 재촉을 받을 뿐이다. 지금 상황으로서는 도저히 그림을 그릴 수 없다. 인상파 거장의 마스터 피스가 아닌, 어린이책에 들어가는 민들레, 고양이, 나비의 세밀화라도. 그는 투박한 자신의 손을 들여다본다. 주먹을 움켜쥐고 핸들을 가볍게 내리쳐본다. 소용없다. 다 소용없는 짓이다.

****
****
****

수도료가 연체되어 수도가 끊긴다. 수도국에 전화를 걸려다보니 전화도 수신만 되도록 바뀌어 있다. 전화료도 연체다. 전화는 없어도 살지만 물 없이는 살 도리가 없다. 사전 통고가 있긴 했지만 생존에 필수적인 물을 끊을 줄은 몰랐다. 그는 공중전화기에 대고 사람을 죽일 작정이냐고 수도국 직원에게 소리를 질러대고 목이 쉰다. 세미는 수도가 끊긴 줄 모르고 화장실에 다녀온 뒤 화장실에 들어가지 못하게 한다. 딸은 딸이다. 세미의 저금통의 동전까지 탈탈 털어 수도는 다시 개통된다.

보일러의 기름도 떨어진다. 그는 다시 별장으로 간다.

별장의 보일러실에는 네 드럼이 들어가는 기름탱크가 있고 거의 가득 차 있다. 겨울이 되기 전에 한 번 채우고 난 뒤 보일러를 돌린 적이 거의 없기 때문이다. 별장 주인은 보일러를 돌리는 것보다는 벽난로를 때고 싶어했다. 나무는 집 뒤의 국유림에 무제한 있었고 장작을 패서 불을 때는 게 전원의 별장에 걸맞은 일이기 때문이다. 그게 확실히 작업에도 도움이 되지. 그는 가슴 한구석의 거리낌을 그런 말로 달랜다. 그는 플라스틱 통에 탱크의 기름을 담아서 집으로 나른다. 곧 여름이니 보일러를 아껴서 돌리면 한 말이면 일 주일을 견딘다.

****
****
****

"왜 우리는 외상도 안 된다는 거야? 일층 사람들은 된다는데."

그는 언성을 높인다. 아내는 대꾸하지 않고 방으로 들어가버린다.

"구멍가게 가서 라면 한 박스 못 얻어오냐고? 야, 도대체 살림은 어떻게 하고 이웃은 어떻게 사귄 거야?"

그는 방으로 따라 들어가며 소리친다.

아내는 서랍에서 카드회사에서 날아온 청구서를 꺼내서 그에게 내민다. 보나마나 연체가 되어서 아무것도 할 수 없다는 뜻이지 싶어 청구서를 밀쳐내는 그에게 내역을 보라고 손가락질을 한다. 대부분은 면사무소 옆에 있는 대형 할인점에서 물건을 샀다는 내용이다. 중산층답게 한꺼번에 물건을 사고 카드로 결제하다보니 집 바로 앞의 구멍가게에는 라면 한두 봉지 사러 간 적도 별로 없는 것이다.

"그런데 정말 말 안 할 거야? 입은 뒀다 어따가 써! 왜 만사 손가락질이야! 병신처럼! 말을 해! 말을!"

마침내 하지 말아야 할 말을 하게 된다. 그의 아내는 물끄러미 그를

272

바라볼 뿐이다. 또 울려나 싶었지만 울지 않는다. 이제는 거의 못 알아 듣는 모양이다.

****
****
****

"정말 무슨 일거리가 없겠나. 극장 간판이라도 그릴 테니까 좀 알아 봐주게."

"요새 극장 간판을 누가 손으로 그립니까. 컴퓨터로 다 해요. 요새 나도 일이 없어서 애들 그냥 놀리는 판이에요. 애들 밥값만 해도 하루 십만원씩 나온다니까요."

"정말이지 자네한테 이런 말을 하려니까 입이 안 떨어지네만 한 번만 더 사정을 봐주게. 한 백만원만 어떻게 돌려주면 좋겠구만. 카드가 연체가 돼가지고 아무것도 못 하네."

"선배, 카드 안 쓴다고 했잖아요. 그리고 나한테 이런 식으로 찔끔찔끔 뜯어간 거만 작년 올해 얼만지 알아요?"

"정말 할말이 없네. 염치도 없고. 그렇지만 카드를 못 막으면……"

"내 카드로 현금서비스 빼간 거 벌써 몇 달째야? 나도 그것 때문에 연체됐다구. 내가 이 나이에 노숙자들같이 신용불량자가 되게 생겼다니까. 정말 해도 해도 너무하는구만. 이젠 나도 모르겠어요. 그리고 요새 연월리 작업실에 쥐가 있는 거 같애서 여기 있는 후배 하나가 거기가 있기로 했으니까 그렇게 아세요."

"쥐라니?"

"글쎄 보일러 기름도 갖다 처먹고 냉동실 문도 여는 쥐 같애. 후배가 당분간 거기 살면서 관리도 할 거니까 내 작업실에 더이상 신경 안 써도 돼요."

****
****
****

인터넷 포털의 뉴스에 어떤 신용불량자가 딸 둘과 아내를 칼로 찔러 죽이고 자신은 투신했다는 게 있다. 미친 자식. 그는 중얼거린다. 죽는 건 자기들이 선택하게 해줘야지.

****
****
****

냉장고 냉동실이 그의 담배 말고는 아무것도 없이 텅 빈다. 냉장실에는 물만 들어 있다. 그는 차에 가스를 언제나 가득 넣는다. 할인점에 가서 라면과 소주를 두 상자씩 사서 들여온다. 식구들은 배고프면 각자 라면을 먹고 각자의 자리로 가서 각자의 이불을 뒤집어쓰든가 텔레비전을 본다. 그는 소주를 마시고 담배를 피우고 라면을 먹고 인터넷을 한다.

****
****
****

유선방송이 대금 연체를 한 지 오래되어 보증금을 다 소진하고 끊어진다. 그는 텔레비전을 보지 않았고 다시 연결하려면 보증금을 내야 하기 때문에 연결할 생각이 없다. 세미의 항의에 그는 심심하면 책을 보라고 한다. 전기는 끊어지지 않는데 인터넷과 마찬가지로 그가 필요로 하기 때문이다. 그는 자신이 필요로 하는 것을 제외하고는 어떤 것에도 관심이 없다. 딸의 급식비일지라도.

****
****
****

"왜 아니꼽슝? 꼬우면 찢어지자고. 애 데리고 장모한테 가."

그의 아내는 대꾸하지 않는다.

"세미야, 가방 싸라."

그의 딸도 말하지 않는다.

"장모님, 저 목석하고 못 살겠어서 택배로 보냅니다."

전화기에서는 신호음도 응답도 없다.

"아, 이것들이 다 짰나. 왜 전부 다 말을 안 하는 거야."

그는 취해서 중얼거린다.

****
****
****

세미가 집에 들어오지 않은 지 이틀 만에 서울 외할머니에게 간다는 메모가 발견된다. 친척이 있다는 것도 재산이다. 물론 그는 친척이 없다. 이 분야에도 가난이 그에게 적용된다.

****
****
****

그는 계단을 오르내릴 때마다 당장 쓰지 않는 물건들을 하나씩 차에 갖다넣는다. 자신의 겨울옷과 화집, 등산화 같은 것들이 차례로 트렁크에 실린다. 트렁크에는 가스탱크가 있어서 짐을 많이 실을 수 없다. 캐시미어 담요로 잡동사니를 싸서 들고 나가는 그의 뒤에서 아내는 폭발한다.

"야, 김종호! 너 혼자만 살겠다고 그딴 거 들고 나가니? 이 이기주의자, 야비한 놈아!"

막상 돌아보면 아내는 없다. 생각일 뿐이다. 그는 비틀거리며 자신의 몸만한 짐을 들고 계단을 내려간다. 계단 난간에 꾸러미 속의 무엇인가가 부딪혀 깨진다. 그는 차 뒷자리에 캐시미어 담요 꾸러미를 우겨넣는다. 돈이 되고 중요한 건 실은 게 없는데도 차가 꽉 찬다.

****
****
****

　중고품 재활용센터에서 사람이 온다. 냉장고와 텔레비전은 값을 쳐
주지 않는다. 그래도 가스가 떨어진 가스통과 레인지를 팔 수 있게 된
다. 일회용 중고 가스버너와 가스통을 산다.

****
****
****

　그는 여전히 하루 한 병의 소주를 마시고 하루 한 갑의 담배를 피우
며 인터넷을 쓴다. 그는 자신의 사이버머니를 백 대 일의 비율로 현금
과 바꾸겠다는 광고를 게시판 곳곳에 올린다. 어느새 이백 대 일, 삼백
대 일이 된다. 어느 때는 하루 오만원이 입금되기도 한다. 공짜 P2P 사
이트가 그의 수입을 막는다. 그는 그런 사이트를 비방하는 글을 게시판
곳곳에 올린다. 뉴스 사이트마다 들어가 욕하는 댓글을 남기고 욕을 배
부르게 먹는다. 낄낄거리며 눈물 나게 웃는다.

****
****
****

　그는 여전히 인터넷을 쓰고 있다. 최후의 순간까지 인터넷은 쓸 작정
이다. 인터넷 말고는 그는 아무 일도 하지 않고 아무것도 할 수 없다.

인터넷에서는 그가 여전히 신이다.

신은 자신의 처소에 대한 경매가 끝난 것을 확인한다. 세 번 유찰된 끝에 원래 감정가의 삼분의 일 정도 가액으로 낙찰되었다. 신에게 돈이 있었다면 그 처소를 건질 수도 있었지만 이젠 상관없는 일이다.

****
****
****

옷에서 냄새가 난다. 이불에서도 냄새가 난다. 방에서도 냄새가 난다. 몸에서도 냄새가 난다. 온 집 안에서 냄새가 난다. 온 세상에서 냄새가 난다. 모든 종말에는 냄새가 따른다.

****
****
****

화분이 하나도 남김없이 말라 죽는다.

****
****
****

연립주택 마당에 들어서기 위해 핸들을 꺾던 그는 입구의 의자에 앉은 아내를 보고 놀란다. 아내는 언젠가 그 자리에 앉아 있던 노인처럼

늙어 보인다. 노인이 그랬듯이 아내는 무력하고 슬퍼 보인다. 노인의
집은 창문이 열려 있다. 그는 열쇠를 뽑고 차에서 내린다. 오전 열한시
의 연립주택 앞마당은 물 속처럼 조용하다. 어쩌면 그의 아내가 사는
세상은 늘 그럴지도 모른다. 아내의 시선은 그를 향해 있지만 눈은 그
를 보고 있지 않다. 그 역시 아내를 향해 아무런 몸짓도 하지 않고 비닐
봉지 두 개를 꺼내 들고 계단을 올라간다. 소주병이 짤깡짤깡 소리를
낸다.

****
****
****

　그는 밤중에 아내가 없어진 것을 알게 된다. 그의 기대대로 멀리 가
거나 가출한 것은 아니고 연립주택 입구에 있는 의자에 앉아 있다. 의
자 위의 의자 위의 의자 위의 의자. 오랜만에 베란다에서 담배를 피우
며 그는 아래를 내려다보고 작품을 구상한다. 의자 다리에 흘러내린 니
스 자국, 의자 맨 아래의 음영, 나무판에 긁힌 자국, 두번째 의자에 걸
려 있는 녹색 실, 실을 흔드는 바람, 마지막 의자에 올라앉은 머리, 머
리칼이 듬성듬성한 머리…… 마침내 그는 자신의 야심작, 마스터피스,
회심작, 필생의 역작을 그릴 준비가 된다.

****
****
****

　라면을 먹으면서 맞은편의 캔버스를 바라보던 그는 초인종 소리에 젓가락을 내려놓는다. 무슨 기척을 느꼈는지 방에서 그의 아내가 고개를 내민다. 소리가 전혀 들리지 않아도 느낌은 오는지도 모른다. 그 역시 문 바깥에 사람 여럿이 와 있는 것을 소리가 아닌 느낌으로 알 수 있다.

　"누구십니까?"

　그가 떨리는 소리로 묻자 문 바깥에서 건조한 말투로 말을 받는다.

　"법원에서 왔습니다."

　"법원에서 무슨 일로요. 우린 법원하고 볼일 없어요."

　"선생님, 이러시면 정당한 업무 집행을 방해하시는 게 됩니다. 형사고발될 수도 있습니다. 문을 여십시오."

　"글쎄, 뭐라고 하든 간에 내 손으로 문을 열 수는 없어요. 삶아 먹든 볶아 먹든 맘대로 하세요."

　그는 간신히 두 팔로 팔짱을 끼어서 덜덜 떨리는 가슴을 감싼다. 그런데 다른 목소리가 끼어든다.

　"싸장님요, 저 경매 낙찰받은 사람입니데이. 몇 분 전화 드렸지요? 오늘이 마지막입니데이. 지금 문을 살짝만 여시마 지가 이사 비용하고 뭐하고 해서 성의 표시를 하겠심다. 지가 요 앞 농협에서 빠닥빠닥한 현금을 찾아서 봉투에다가 꽉 채워왔어요. 문만 열마 이거 사장님 딱 드립니데이. 만약에 지금 문을 안 여시마 열쇠공 확 불러가이고 문을 콱 딸 기고 그 비용까지 싸장님 내시야 합니데이. 그라지 말고 문 여세요. 문 열어주세요."

마지막 말은 꼭 어린아이를 어르는 듯 억양이 올라간다. 낙찰을 받았다는 사내의 말이 맞다. 문을 연다면 일이백만원이라도 건질 수 있을지도 모른다. 집행을 하러 와 있는 집행관이나 인부들은 모두 제삼자다. 그들과 싸움을 벌일 수도 없는 노릇이다. 그러나 그는 온몸이 떨려서 아무것도 할 수 없다. 그냥 서 있다.

"말씀하세요, 싸장님요. 말씀해보세요."

밖에서 재촉하는 소리가 간신히 그의 입을 떼게 한다.

"당신들은 당신들 하고 싶은 대로 해요. 난 나 하고 싶은 대로 할 거예요. 지금 몇 사람 죽어나가도 모릅니다. 지금 우리보고 어디로 가란 말이에요. 우리가 뭘 잘못했는데. 우리가 도대체 뭘 잘못했습니까. 왜 집을 빼앗습니까. 왜 나가라고 합니까. 우리보고 어디로 가라고 그럽니까. 식구들을 왜 찢어놓습니까. 누가 찢어놓습니까. 아니, 우리가, 내가, 아니⋯⋯"

그는 눈알이 터질 듯 커지고 눈시울이 불덩이처럼 뜨거워진다는 느낌을 받는다. 그렇지만 눈물이 나는 것은 아니다. 생각일 뿐이다. 손으로 만져보지 않아도 안다. 그 순간 그는 누군가 자신을 잡아끄는 듯한 느낌에 뒤돌아본다. 아내다. 아내는 문을 열라고 좌우로 손을 흔들고 있다. 그는 머리가 돌아버릴 것 같다. 생각만 그런 게 아니다. 머리가 빙빙 돈다. 폭발한다.

"문을 열어?"

아내는 고개를 끄덕인다.

"왜 열란 거야?"

그는 아내에게 다가간다. 아내는 뒤로 물러서며 고개를 빠르게 끄덕인다.

"왜? 왜? 왜? 너 인제 진짜 돌았냐?"

그가 소리를 지르자 아내는 고개를 연신 끄덕이며 그에게 눈을 고정한 채 옆걸음으로 거실을 가로지른다. 그는 아내를 따라가며 소리를 지른다.

"야, 나가고 싶어? 이딴 집 줘버리라는 거야? 듣지 못하면 말도 못하냐, 이 등신아! 말을 해!"

아내는 베란다로 가는 유리문에 부딪히자 문을 연다. 그는 계속 말하라고 소리친다. 말, 말, 말, 말, 말, 말, 말해! 말을 해! 베란다로 내몰린 아내는 그를 돌아본다. 그 태연한 태도가 그를 더욱 미치게 한다. 문득 아내가 잘못을 저지른 소년처럼 계면쩍은 표정으로 씩 웃는다. 그러고는 난간을 넘어 순식간에 아래로 사라진다.

"여보!"

베란다에서 그는 아내가 의자 옆에 떨어져 있는 것을 내려다본다. 그는 다급하게 문을 열고 사람들을 밀치며 계단을 달려내려간다. 그의 아내는 귀와 입에서 피를 흘리고 있다.

"여보!"

그는 달려든다. 그의 아내의 눈이 뒤집히고 있다. 머리에서 피가 솟아난다. 피는 뜨겁고 미끄럽다. 미끄럽다. 그리고 뜨겁다.

"여보!"

그는 바닥에 주저앉아 아내를 끌어안고 머리를 받친다. 119에 전화를 걸어야 한다고 생각한다. 노인이 베란다 창으로 얼굴을 내민다. 그는 전화, 전화 하고 외친다. 노인은 무기력하게 손을 젓는다. 그는 102호를 향해 119라고 목이 터져라 외친다. 그러나 102호에서는 아예 사람 기척이 없다. 그는 아내를 내려놓고 전화를 걸러 가려다 다시 아내를 붙든다. 피는 금방 식는다. 피가 식으면 죽을지도 모른다는 생각에 그는 몸서리친다. 전화, 119, 아내의 피, 집 안에 들어갔을 집행관 일행…… 그는 어떻게 해야 할지 모른다. 무엇부터 해야 할지도 모른다. 그때 그의 아내가 무슨 말을 하는 것 같다.

"뭐라고? 왜?"

그는 귀를 그의 아내의 입에 갖다댄다. 그러나 아무 말도 들리지 않는다. '집행'이라는 글자가 적힌 모자를 쓴 사내들이 베란다에서 그와 그의 아내를 내려다보고 있다.

"말을 해, 말을 해! 말을 해요!"

그는 울부짖는다. 생각일 뿐, 눈물도 소리도 나지 않는다. 아무 소리도 없는 세상에 들어온 것 같다.

****
****
****

401호에는 새 현관문이 달려 있다. 페인트 냄새가 채 가시지 않은 문 앞에 부동산 중개사가 서서 열쇠를 꺼냈다.

"이 집은 등기 평수보다 실평수가 훨씬 잘 나왔어요. 말이 십팔 평이지 사실은 이십사 평보다 낫다니까요."

문을 열고 그는 뒤에 자신을 따라온 남자를 들어오게 했다. 점퍼 차림에 삼십대 후반인 남자는 현관에서 신발을 벗으려고 허리를 굽혔다. 중개사가 그냥 신발 신고 구경을 해도 된다고 말했다.

"밑에 같이 나온 101, 102호보다 훨씬 밝잖아요. 애들 발 굴리는 소리 없지요, 조용하지요. 바람도 잘 들구요. 베란다 한번 나가보세요. 창문만 열면 앞뒤로 바람이 쳐가지고 여름에도 이불 덮고 자야 돼요."

남자는 조심스럽게 방문을 열어보고 거실 앞뒤를 왔다갔다했다. 벽지와 장판이 모두 새것이었고 싱크대 말고는 가구가 하나도 없어서 집 안은 무척 넓은 느낌을 주고 있었다.

"정말 일층보다는 훨씬 낫네. 여기가 일층보다 전세금도 비싼가요?"

남자는 말을 하며 베란다로 나가는 문을 열었다. 중개사는 수첩을 열고 잠시 살피고는 베란다로 남자를 따라 나갔다.

"주인이 같은 사람인데요. 여기가 백만원 더 싸네요. 뭐 새시도 없고 비디오폰도 없고 해서 그런 거 같은데 주인한테 해달라고 하면 해줄 거예요. 마음에 드시죠?"

남자는 푸르른 여름 들판을 넘어온 바람을 호흡했다. 앞집 농가의 때 아닌 닭 울음소리에도 귀를 기울였다.

남자는 손을 들어 햇빛을 가린 뒤 잠시 더 들판을 바라보다가 안으로 들어왔다. 중개사가 바닥에 앉으며 여기서 계약을 할 것인지, 사무실

가서 할 것인지 물었다. 남자가 아무 데서나 해도 상관없다고 하자 중개사는 준비해온 계약서와 인주를 꺼냈다. 남자는 자신의 신분증을 꺼내 중개사에게 건네주었다.

중개사가 허리를 구부리고 계약서에 남자의 인적사항을 적어넣는 사이 남자는 거실을 서성거리다 베란다로 나갔다.

"지난번 왔을 때도 저 차가 저러고 있던데 누가 버리고 간 찬가요?"

앞유리가 부서지고 타이어가 주저앉은 차가 D동 입구 정면을 막고 있었다. 중개업자는 고개를 숙인 채 대답했다.

"별거 아녜요. 나중에 경찰에 신고하면 가져갈 거예요."

남자는 눈살을 찌푸리며 말했다.

"안에 짐도 있는 거 같은데, 저렇게 놔두고 가면 어떻게 해. 참 우리나라 사람들, 무책임해."

절단(을 절단)하는 이 사람

—말이 말이 아니고, 법이 법이 아니며, 인간이 인간이 아닌

황호덕(문학평론가, 일본 조사이국제대학 교수)

그 옛날의 '말이 말을 낳는 성석제만의 문체'를 기대했던 사람들이라면 아마, 고개를 갸우뚱거리며 묻게 될지 모른다. 이 처절한 살풍경 속에서 성석제는 과연 무엇을 쓰려 했던 것일까. 성석제식 희극의 독자들, 아니 숭고의 독자들, 숭고한 희극의 독자들은 외치게 되리라. "집필자, 아니 성석제 나와라." 그러나 어쩌겠는가, 이것이 '말이 말이 아니게 된', 우리 시대의 소설의 운명인 것을.

1. 말을 잃은 사람—말이 말이 아니다

여기 말을 잃은 한 사람이 있다. 처음에는 귀를, 그 다음에는 입을, 마지막으로 목숨을 잃은 한 사람이 있다. 이 사람, 그녀는 "원래 말이 무척 빠른 편이다. 그러면서도 정확한 단어로 하고 싶은 말을 하는 사람이다"(「저만치 떨어져 피어 있네」, 202쪽). 그는 또 어떤가. "그는 온순하다. 조용하게 살고 싶어하는 사람이다. 누가 통지서 따위로 건드리지만 않는다면"(204쪽) 어느 하루 한 장의 통지서, 법조문이 그들에게 온다. 절대적인 말-명령-법이 그들에게 육박해오자, 그는 법의 언저리를 떠돌고, 아내는 점점 귀가 멀기 시작한다. 법이 오고, 난청(難聽)이 오고, 말은 말이되 그걸 말이라고 할 수는 없는 욕설이 지면을 채워나간다. '언어'는 사라진다. 수다도 사라진다. 허풍도, 유머도, 웃음도. ""정말 말 안 할 거야? 입은 뒀다 어따가 써! 왜 만사 손가락질이야! 병신처럼! 말을 해! 말을!" 마침내 하지 말아야 할 말을 하게 된다. 그의 아내는 물끄러미 그를 바라볼 뿐이다. 또 울려나 싶었지만 울지 않는다. 이제는 거의 못 알아듣는 모양이다."(273쪽) 그리고 소설은 다시는 이 부부의 '대화'를 써내지 못한다. 하지 말아야 할 말도, 그걸 말이라고 하는지 알 수 없는 말도 사라진다. 그들이 우리가 사는 세상 밖으로 빠져나가기 때문이다. ""말을 해, 말을 해! 말을 해요!" 그는 울부짖는다. 생각일 뿐, 눈물도 소리도 나지 않는다. 아무 소리도 없는 세상에 들어온 것 같다."(283쪽)

그 옛날의 '말이 말을 낳는 성석제만의 문체'를 기대했던 사람들이라면 아마, 고개를 갸우뚱거리며 묻게 될지 모른다. 이 처절한 살풍경 속에서 성석제는 과연 무엇을 쓰려 했던 것일까. 성석제식 희극의 독자들, 아니 숭고의 독자들, 숭고한 희극의 독자들은 외치게 되리라. "집필자, 아니 성석제 나와라." 그러나 어쩌겠는가, 이것이 '말이 말이 아니게 된', 우리 시대의 소설의 운명인 것을.

생각해보면, 성석제의 소설은 미천한 삶과 위대한 삶, 지나가버린 나날과 도래해온 시간 사이의 통절한 역전과 가치 전도 속에서 특유의 웃음을 만들어왔다고 할 수 있다. 상례적 삶의 비상(非常)함과 비상한 삶의 덧없음을 표현하는 허풍과 유머, 상례성과 비상함을 전도시키는 과정에서 증폭되는 '수다'는 즐겁고도 아름다웠다. 스스로를 상황으로부터 분리해내고 무관심한 외부적 관점에서 자아를 관찰하는 '유머'의 주체, 미천한 인간의 길에서 그 어떤 정신적 위대함을 찾아내는 '허풍'의 주체—그답게 번다하고 그답게 무심한 초자아의 상태야말로 성석제 소설의 집필자였던 것이다. 유머가 순수한 메타언어의 (불)가능성에서 기인하는 자신에 대한 '과소평가'를 동반한다면, 허풍은 순수한 공감과 부분적 동일화에서 발생하는 '과대평가'로 나타난다. 이 불일치를 매개하며 웃음과 전도를 만들어내는 언어의 다발. 미천한 삶에 가장 고결한 문체를, 욕과 사투리와 폭력의 일생에 가장 영웅적인 서사를 덧씌우던 이사람. 성석제 소설의 웃음이자 윤리이자 빛인 이것들. 그를 기른 양반 문화, 지역, 사투리, 폭력과 '거리'를 두면서도, 그를 가르친 계몽, 도시, 표준어, 법 따위에 쉽사리 귀의하지 않는 이 초자아는, 삶의 가장 위대하거나 가장 비천한 계기들을 질료로 상례적 삶과 위대한 삶, 숭고와 희극, 양반과 시민 사이의 분할들을 넘어서는 어떤 '숭고한 희극'을 만들어왔다. 요컨대 그는 유장한 다변가였고, 무심하게 쓰는 한편 연민으로 넘치는 사람이었다. 흥건한 말과 수다, 연민과 거리 의식이야말로 미천한 삶에 위대함을, 거대한 삶에 희극성을, 살벌한 '지역'의 풍경에 노스탤지어를 새겨넣을 수 있는 방법이었던 것이다. 그래서 그의 소설은 우스꽝스럽지만 아름다웠고, 사소하면서도 위대했으며, 수다스러우면서도 숭고할 수 있었다. 그리고 무엇보다도 윤리적인 한편, 즐거운 것이었다.

그런 그의 문체가 눈에 띄게 짧아지고, 메말라졌다. 연민도 사라졌다. 작가는 더이상 웃(기)지 않는다. 우리도 웃지 못한다. 고결하고도 장황한 말투는, 살과 뼈를 발라내는 살벌한 대화체와 바싹 마른 무덤덤한 지문 뒤로 퇴각한다. 그런데 놀랍게도 이 소설은 여전히 성석제, 그만의 것이다. 왜냐하면 그는 여전히 상례적 삶과 비상한 삶이 뒤집히는 지점, 정확히는 상례(rule)와 예외(exception)가 하나가 되는 문턱을 쓰고 있기 때문이다.

예의 그 세 개의 계열체가 있다. 우선 양반계 소설. 법과 정의를 위해 일어서자마자 법에 의해 찢겨지고 마는 헐벗은 육체의 절개를 집록한 「집필자는 나오라」는 어떤 이동의 순간을 표시하며, 한 위대한 삶의 가없고 잔혹한 죽음을 써나간다. 둘째, 특별한 우리 시대의 삶들을 써나가는 약전(略傳)류 소설로서 두 편의 소설이 존재한다. 차에 깔려 죽는 데 단 몇 초면 충분했던 웰빙 전문가의 죽음의 순간을 다룬 「고귀한 신세」, 공통의 추억 따위로는 넘어설 수 없는 가진 자와 몫이 없는 자 사이의 경계선을 이야기하면서, 한 아름다웠을 여인의 삶을 써나가는 「고욤」. 마지막으로 예의 그 사투리 넘실대는 지역계 소설로서 두 편의 소설이 자리한다. 사투리 발음에 얽힌 말들의 미끄러짐을 통해 추억의 몇몇 장소를 소묘한 「환한 하루의 어느 한때」, 또 선배와 형과 남과 동생 따위의 '인간' 관계를 일거에 뛰어넘곤 하는 적의(敵意)의 발톱들에 대해 써나간 「악어는 말했다」(물론 이 분류는 서로 겹쳐지고 교차한다).

그리고 여기에 더해 이 소설집의 주조음을 형성하며 압도해오는 법 비극—날생명의 생정치(biopolitics)가 있다. 압류와 경매에 얽힌 가족잔혹사를 그린 「저만치 떨어져 피어 있네」와 아버지와 아들이 서로를 죽이고, 아우와 동생이 서로의 것을 빼앗는 파국의 시간을 그린 「아무것도 아니었다」가 바로 그것이다. 이들 두 소설은 과거의 성석제 소설에서는 좀처럼 볼 수 없었던 메마른 문체의 잔혹극을 시도하고 있으며, 바로 이 법의 안팎에서 일어나는 살기등등한 전쟁의 언어가 이 해설의 주요 분석 대상이 될 것이다.

성석제의 소설 목록 안에서 여기에 실린 일곱 편의 소설이 한결같이 어떤 단절을 보여주고 있다고는 말할 수 없을지 모른다. 다만, 분명한 것은 훨씬 살벌하고 잔혹하며, 그러하기에 끔찍이도 리얼한 지금 여기의 인간, 웃음도 눈물도 필요 없는 어떤 상례화된 예외적 삶의 순간을 그가 새삼 써내려가고 있다는 사실이다. 인간이 더이상 인간이 될 수 없게 되는 그 순간을, 말이 더이상 말이 아니게 되는 그 장소를.

2. 법의 문턱―법이 법이 아니다

나는 우선 이 소설집을 뒤에서부터 읽어나간다. 그렇게 한다. 「저만치 떨어져 피어 있네」를 열어젖히자 한 통의 편지가 거기에 있다. 이 편지는 왠지 카프카의 엽편(葉片) 「법 앞에서」를 연상시킨다. "발신처인 지방법원이며 '타경2169' 같은 생전 처음 보는 기호가 그의 신경을 자극한다. 그건 그가 지상에 거주해오면서 무엇인가를 빼앗길 때 언제나 먼저 오던 신호다. 사냥꾼을 인도하는 사냥개 같은 게 바로 그런 기관의 이름과 숫자, 기호다. 부동산 임의경매, 최선순위 담보물건, 배당요구 같은 생소한 단어와 임차보증금, 확정일자부 임차인, 주택임대차보호법 등등이 나열된 문안"(211쪽). 그러나 국민, 특히 서민을 보호하는 법이 있지 않은가. 말을 놓치는 일이 잦아지는 아내에게 그는 큰소리친다. "야, 지금 우리 국민 절반은 우리처럼 전세 들어서 사는 사람일 텐데 이렇게 간단하게 전세금 뺏기고 쫓겨나면 이게 무슨 국가고 법이냐 말이야. 우리 같은 중산층이 살아야 나라도 잘되고 법도 의미가 있지."
(213쪽) 과연 법은 존재한다. 나라도 존재한다. 다만 그가 생각지 못한
것이 있다면 국민임을 선언할 권리는 국민에게는 없다는 사실이다. 상
례적 삶에 법이 오는 때, 그때는 이미 그 삶이 예외적인 장소로 밀려난
순간이다. "주택임대차보호법이 서민들을 보호한다고 해서 주민등록도
옮기고 확정일자도 받고 했는데⋯⋯" "글쎄, 법이 있으나 마나 한 경
우라니까요. 선생 같은 분이 한두 사람 오는 게 아니에요."(222~223쪽).
아내는 점점 귀가 멀어가고, 딸은 점점 성적이 떨어지고, 돈이 없는 가
장(家長)의 사이버머니는 점점 커져간다. 대화가 사라지자 냄새가 그
자리를 대신한다. 집 안의 모든 사물들이 냄새를 피워올릴 때, 또 여기
한 무리의 '인간동물'이 생겨나고 사라진다.

　(카프카의 「법 앞에서」에 대한 데리다의 독해를 참조하자면) 과연 이
소설의 남자는 법의 부름을 받아 그 앞에 선다는 점에서 확실히 법 앞
에 출두해 있는 법적 주체이다. 그런데 이 남자는 법의 안에 들어가지
못한 채 법의 '앞'에 있으며, 따라서 법의 '밖'에 있기도 하다. 다음의
구절을 보라. "그는 노련한 백정이 짐승의 뼈와 살을 분리하듯이 숙련
된 솜씨로 일목요연하게 문제를 정리하는 전문가에게 경외심마저 느낀
다. 하나씩 법조문이 제시되고 자신에게 적용되었다가 아무것도 안 된
다는 것이 확인되는데도 어쩐지 남의 집 돼지가 해체되는 것처럼 실감
이 나지 않는다."(224쪽) 지방법원 '타경2169', 등기소, 법무사, 법률상
담, 채권자(농협), 집주인, 채권추심 대행소, 심부름센터, 경매 사이트,
경매장, 죽음. 확실히 그는 내내 법의 언저리를 떠돌며, 언어와 비언어

의 경계가 애매해지는 욕설들로 말하며, 결국 새끼의 가출과 암컷의 죽음에 울부짖는 짐승이 된다(실제로 법 앞에 불려나간 이 화가는 점점 더 '법 밖'의 법전문가들 곁으로 가까이 다가간다. 심부름센터, 채권추심 대행소, 경매장과 같이 폭력과 욕설이 넘실대는 법 곁의 기관들이, 바로 법의 코앞에 존재한다는 사실을 우리는 떠올려볼 수 있을 것이다).

그는 법의 아래, 혹은 법의 안에 있는 것이 아니다. 그가 법의 '밖'에 있다는 사실이야말로, 그가 법적 주체라는 의미이다. 이 소설집의 가장 야심적이고 잔혹한 소설 「저만치 떨어져 피어 있네」의 주인공. 이 전직 화가는 세무서, 경찰서, 법원에는 가본 적도 없는 남자다. 법이 그를 처음 불러주었을 때, 그는 법에게로 가서 자연적 생명, '벌거벗은 생명'이 된다. 법의 밖, 혹은 문턱으로 내몰리는 과정의 언어는 피와 해체와 살의 언어로 점철된다. 언어가 만약 인간 사회의 관계와 법·질서의 산물이라면, 성석제의 이번 소설집이 그려내는 언어는 그러한 법정치적 인간의 삶이라기보다는, 그러한 삶의 경계에 놓인 벌거벗은 생명의 한때에 집중되어 있다.

딸이 아비에게 말한다(아비가 그렇게 느낀다). "너도 밤낮 놀지 않느냐. 너는 사이버머니 갖고 고스톱 치고 야동 보고 놀면서 왜 나는 못 놀게 하느냐."(245쪽) 남편이 아내에게 내뱉는다. "왜 아니꼽송? 꼬우면 찢어지자고. 애 데리고 장모한테 가."(275쪽) 이웃도 예외가 아니다. "각자 사정이 있으니까 각자 알아서 기는 거죠." "뭐, 형씨? 야 인마, 대추씨만한 놈이, 좆만한 놈이 뭐 안다고 각자가 알아서 겨? 야 이 좆만아, 너 오늘 나한테 뒤져볼래?" "그렇게 잘났으면 됐시다. 나 같은 개털 더 볼 일 없겠네."(260~261쪽) 이게 다가 아니다. 임금은 신하를 절단내고, 아들은 아비를 부순다. "매를 치는 것을 하나하나 살피면서 혹독하게 치게 하니 드디어 무릎뼈가 부서지고 골수가 샘처럼 솟아나왔다."(「집필자는 나오라」, 188쪽) "아들은 그의 팔을 뒤로 꺾었다. 소파에 얼굴을 닿게 한 뒤 무릎으로 등을 짓눌렀다." "맨날 먹고 놀고 자빠져 자고, 그러고서 뭐 보태준 거 있다고 컴퓨터를 부순다 만다 지랄발광이야? 아빠면 다야?"(「아무것도 아니었다」, 137쪽) 놀이하는 인간은 사라지고, 말리는 사람도 구경하는 사람도 없는 싸움이 지면을 채우기 시작한다. 법 밖, 아니 법의 문턱에서 인위적으로 만들어진 예외상태 안에서, 언어는 언어가 아니라 자연적 폭력의 다른 표현이 된다.

　말이 사라진 자리에 무엇이 남는가. 살풍경 사이를 채우는 침묵들. "그의 아내는 대꾸하지 않는다 (……) 그의 딸도 말하지 않는다. (……) 전화기에서는 신호음도 응답도 없다"(「저만치 떨어져 피어 있네」, 275쪽). 더이상 말이 말이 아니기에, 아무도 대답할 수 없다. 침묵만이, 그 다음엔 말이 없는 동물들에게 따라다니는 냄새만이 이 생명들이 여전히 살아(는) 있음을 알려준다. "옷에서 냄새가 난다. 이불에서도 냄새가 난다. 방에서도 냄새가 난다. 몸에서도 냄새가 난다. 온 집 안에서 냄새가 난다. 온 세상에서 냄새가 난다. 모든 종말에는 냄새가 따른다. (章의 교체—인용자) 화분이 하나도 남김없이 말라 죽는다."(278쪽) 말이 사라져가는 자리에 말로 발화될 수 없는 감정들, 적의들, 절망들이 들어차고, 이는 더해져만 가는 휴지 표시와 함께 한 가족이 겪는 몰락의 낙차를 증언한다. 대화문을 흥건하게 채우는 욕설과 피, 해체되는 육체의 수에 비례하여 지문은 점점 메마른 단문(短文)이 되어간다. "*" 너머로 사라져 가는 '인간'과 그들의 말들. 처음에는, 욕설이, 그 다음엔, 침묵이, 마지막으로 냄새가 지문들 사이를 채운다. 집필자는 말하고 있는 것이다. 결국, "서로 이름 다르고 나이도 꿈도 다르"(「집필자는 나오라」, 196쪽)다 하나, 결국 남는 건 사람 목숨 뺏고 뺏긴 기록 아닌가, 라고.

그가 이 소설집에서 그려가는 세계는 법이나 질서, 경제에 의해 어떤 인간이 배제되는 순간이며, 그런 까닭에 여기서 하나의 신체가 둘로 분리되어나온다. 실감도 고통도 느끼지 못하는 '법정치적인 생명'과 이제 곧 죄를 짊어진 채 고통 속에 저물게 될 '벌거벗은 생명'이 그들이다. "법원의 '문턱'을 '손과 발이 닳도록' 넘나들었다"는 상투구야말로, 법에 소환되어 맨몸이 된 자들이 느끼는 모종의 진리라고 해야 할 것이다. 중요한 것은 누구보다도 말에 민감한 이 소설가가 그 분리의 순간을 그 자신의 문체와 언어적 배치를 통해 드러내고 있다는 사실이다.

언어와 비언어 사이를 오가며 끝내 상대의 육체를 난도질하고야 마는 극한의 언어들, 문자와 음성 간의 결합으로부터 미끄러져나가며 폭력의 형태로 들이닥치는 사투리들, 신념으로 시작해 부러진 뼈에서 솟는 골수와 고통스러운 죽음만으로 남는 절개. 법과 돈에 의해 문명 안에 재구성되는 자연상태 혹은 전쟁상태의 이 언어. 그리고 그 언어를 오롯이 중계하는 메마른 문체의 단문들. '인간의 길'을 증언해왔던 이 작가가, 이제 그 길의 끝 혹은 경계에 있는 사람들, 그러니까 네 발로 기며 으르렁거리는 '인간동물'의 지금을 갑작스럽고도 충격적으로 제시하고 있는 것이다.

3. 벌거벗은 삶과 숭고의 예술 — 머릿속이 하얗게 된다는 것

메타언어, 메타포, 거리는 사라지고, 폐허의 알레고리가 그 자리를 대신한다. 불과 피, 고문과 죽음, 추락. 법과 질서와 예의와 도덕 등등의 경계 위에 선 벌거벗은 생명들을 묘사하는 건조한 지문과, 법의 문턱에서 포효하는 인간동물에 의해 내뱉어지는 살벌하기 짝이 없는 음성기호. 이들이 보여주는 추락의 경이적인 속도로 인해, 우리는 이것이 추락이 아니라 이미 상례 안에 있었던 예외성이 드러난 것임을 알아챈다. 그 예외성이란 법정치적 생명의 이면에 포개져 있던 벌거벗은 생명의 현현이다.

국가와 법에 의한 폭력의 독점으로부터 해방되자마자, 그들은 상대의 수중에 있는 폭력을 경험하게 된다. 아버지와 아들이 수컷으로서 살육전을 벌이는 파국의 시간을 그려낸 「아무것도 아니었다」의 경우를 보라. 원수와도 같은 형제의 화해 장면에서 시작한 소설은, 이내 이 화해가 여동생의 돈, 즉 먹이를 앞에 둔 자들의 타협임을 드러낸다. "그는 등기를 하면 계숙에게는 미안하지만, 자신의 피치 못할 사정을 설명하고 무조건 거기 들어가서 살 생각이었다. 등기만 되면 자신의 것이라고 주장해도 되었다. 미안하지만, 미안하지만. 그런데 결정적으로 오늘밤이라도 여동생이 전화를 걸어올 것인데 그 전화를 못 받으면 아파트를 못 받게 될 수 있었다."(142쪽) 그런데 휴대전화는 육두문자로 다툰 택시 기사의 수중에 있다. 전화를 걸어야 하는데, 게임과 '야동'에 중독된 아들은 휴대전화를 빌려주지 않을 뿐 아니라, 아비의 말을 무시한다.

밤거리 위의 아내는 아예 노골적으로 그를 상대해주지 않는다. 그가 '암컷'을 저주할 때 쓰는 모든 말을 동원해, 말이 아닌 소리를 내기 때문이다.

그리고 예의 그 부자(父子) 간의 살육에 가까운 말과 실제상의 격투가 시작된다. 목격자는 딸이다. "연이 울먹거리자 윤이 소리를 질렀다. "이 쌍년이 들어가래니까, 확 죽여버릴라." 그의 머릿속에 윤이 연의 목을 조르는 광경이 그려졌다. 애벌레처럼 살찌고 퉁퉁한 손가락 하나하나가 연의 가녀린 목을 조이고 연의 목이 늘어나면서 눈이 튀어나오고 감긴다. (⋯⋯) 곧 손에 잡히는 대로 아무거나 주워들었다. 윤이 들고 있던 빈 콜라병이 손에 잡혔다. 그는 윤의 머리를 그 병으로 갈겼다. (⋯⋯) "이 개자식아, 이 개 같은 놈아 (⋯⋯) 그래, 네가 먼저 죽어봐라." 그의 코에서 흘러나온 콧물이 말할 때마다 인중에서 푸륵거렸다." (138~139쪽) 인간이 인간에게 이리라는 것. 전쟁상태가 보통상태라는 것. 아버지의 반격에 정신을 잃었던 아들. 아들을 죽였다는 곤혹에 떠는 아버지. 방 안에 갇혀버린 딸. 밖에 머무는 아내. 그리고 파국처럼 타오르는 불길. 누구에 의해 지펴졌어도 이상할 게 없는 이 불. 이 법과 경제가 만들어낸 인공적 자연상태=전쟁상태에서, 인간은 인간들에 대해 에누리 없이 이리(狼)로서 나타난다.

여기에 유머가, 허풍이, 연민이 끼어들 자리란 없다. 여전히 존재하는 것이라고는 종종 그의 소설을 가장 서정적인 것으로 만들어온 정확하고 메마른 단문의 문체뿐이다. 벌거벗은 생명으로 추방당한 이 사람의 눈에 비로소 자신을 둘러싼 풍경의 진경(眞景)상태가 드러난다.

'살' 생명에 의해, '살' 풍경은 가장 빛나는 몰락의 표현을 얻는다. "그는 삼 년 전에 담배를 끊었다는 말을 하지 않는다. 처형대의 사형수처럼 묵묵히 담배를 받아 피울 뿐이다. 그리고 다시 마을을 굽어본다. 마을에서 뻗어가는 긴 창자 같은 길과 내장기관 같은 논밭이며 구릉이 있다. 구름이 다시 해를 가리며 스푸마토 기법을 쓰듯 산과 들, 하늘의 경계를 허물어뜨린다."(「저만치 떨어져 피어 있네」, 228쪽)

여기에 하나의 상례적 삶이 있다. 가족, 부권, 법, 언어, 일용할 소유, 신념, 정의로움과 융통성, 합리적 현실주의, 약간의 농담, 요컨대 인간적임. 그러니까 상례 안에 존재하는 듯 보이는 별(別)날 것도 없고 비상할 것도 없는 이 '보통상태'. 그리고 소설들이 시작되면, 법과 권위와 경제가 그들을 소환하고, 그들의 삶은 빠르게 추락한다. 아니, 밀려난다. 상례로부터 밀려나 어떤 추방의 상태 — 예외적 삶에 다다르는 것이다. 거기서 그들은 인간이라기보다는, "알아서 기는" 어떤 동물들이 된다. 그리고 기어도 기어도, 다시는 법 안으로 들어가지 못한다. 문턱에 걸려 울부짖을 뿐, 이 인간동물은 '밖'으로 나갈 수도 없다. 왜냐하면 '밖'이란 추방의 형식일 뿐, 근본적으로는 존재하지 않는 까닭이다(어떤 의미에서 그는 '안으로' 추방되었다고도 말할 수 있다).

웃을 일이 아니다. 울 수도 없다. 저 불운했던 한 화가의 삶처럼 바로 지금 우리의 앞뒤로 인간과 인간 아닌 것의 경계가 그어질 수도 있는 까닭이다. 빈자나 병자를 향하는 연민도 여기에는 없다. 지금의 성석제는 곧 우리 생이 절단되고, 마침내 절단나는 그 순간을 그리려 했던 것은 아닐까.

벤야민과 카를 슈미트를 거쳐 데리다와 아감벤에 이르는 오늘의 정치신학의 몇몇 테제를 나는 여기서 떠올려본다. 그러니까, 예외상태는 추방관계다. 추방되는 자는 실제로는 단순히 법의 바깥에 놓여서 법과 무관하게 되는 것이 아니라, 법에 의해 유기된(abandoned) 자, 즉 삶과 법, 바깥과 안이 구별 불가능하게 되는 문턱으로 노출되는 자이다(조르조 아감벤). 주권권력의 역설은 '법 바깥에는 아무것도 없다'는 형식에 있다. 그러나 삶에 대한 법의 본래적 관계는 적용이 아니라 '유기'에 있다. 본래적인 법의 힘은 벌거벗은 삶을 유기함으로써 그 추방으로 정치적 삶을 만들고, 추방의 공포를 통해 벌거벗은 삶 역시 포섭하는 데 있다. 우리 시대의 정치에 있어서 예외는 상례이다. 예외(exception)라는 말의 어원에는 이미 '밖에 있는 것을 (포섭하여) 붙잡는다'는 의미가 내재한다(따라서 데리다의 법 '밖'은 법의 '문턱'으로 수정되어야 할지 모른다). 늘 숭고와 골계, 도시와 지역, 표준어와 사투리, 양반과 시민의 경계에서 작업해온 우리 시대의 가장 뛰어난 한 작가가, 바로 그것들이 압착되는 예외=상례의 순간을 그려내고 있다. 숭고한 삶과 웃음 사이의 '전도'를 소설의 방법으로 삼아왔던 성석제는, 이제 '전도'가 아니라 그러한 분할을 한꺼번에 뛰어넘는 그 어떤 '절단' 면의 제시를 원하는 듯하다.

비천하거나 위대한 서사를 구성하고 그 안에 자아(이를테면 『궁전의 새』의 '원두'와 '나')를 삽입하고, 이를 초자아적 운동 속에서 전도시켜 웃음을 만들어내는 것이 아니라, 그 순간 자체에 내재한 예외적=상례적 순간을 절단해 보여주고 있는 것이다. 이 '숭고한 희극'의 사라짐은 우리 삶에 있어서의 거리의 상실, 즉 '무관심 판단'을 가능하게 하는 초자아의 사라짐을 의미한다. 위대함과 인간적임, 동물적인 무도(無道)성이라는 분할을 응시하고, 또 이를 전도시켜 보여줄 수 있는 거리 의식은 동요하고 있으며, 점점 불가능한 것이 되어간다. 그러니까, 자기 앞 혹은 뒤로 법의 안팎, 인간과 인간동물의 절단면이 그어질 수 있다는 것.

그렇다면 예술인들 무엇을 할 수 있단 말인가. 그런데 보라, 이 여전히 숭고의 순간을 향해 있는 이 문자들을. "순간적으로 머릿속이 하얘지는 느낌이다. 그는 천장을 향해 고개를 젖히고 가만히 서 있다. 세상에 종말이 있다면, 그 종말이 핵폭탄 수만 개가 한꺼번에 폭발하는 것이라면, 마지막 순간은 그렇게 하얀, 아무것도 칠해져 있지 않은 캔버스처럼 순백의 빛만 있고 그것이 비추는 것의 윤곽조차 지워진 순수한 무일까. 그는 생각한다. 이게 아무것도 없는 사람이, 아무것도 아닌 사람이 그릴 수 있는 최후의 작품이리라."(「저만치 떨어져 피어 있네」, 266쪽) 이 '머릿속이 하얗게 되는 순백의 순간', 이 절대적 숭고의 순간에야 드러나는 벌거벗은 생명의 제시야말로, 현재의 시점에서 성석제라는 윤리적 인간이 시도하는 숭고와 경계의 미학인지 모른다. '인간' 최후의 작품이 그려지지 못한 채, 완성되는 순간. 어떤 의미에서 성석제는 벌거벗은 생명에 의해 갑작스럽게 달성되는 탈경계의 감각, 막막한 숭고의 감각이 뛰쳐나오는 그 순간을 쓰고 있는 것이다.

4. 지역과 역사, 사투리와 표준어 — 사람이 사람이 아니다

이러한 인간의 존재성은 법이 실현되는 곳이라면 어디든지 나타난다. 인간이 벌거벗은 생명이 되는 것은 법과 신념을 지키려는 순간, 정치적 생명을 의식하는 바로 그 순간이다. 과연 그다운 또 한편의 '양반'계 소설에서 성석제가 그려낸 법과 신념의 세계는 하드고어에 가깝다.

법이 자연적 생명에 가하는 폭력으로 점철된 소설 「집필자는 나오라」에서, 주인공 박태보는 인현왕후 폐비가 잘못된 일임을 진언하기 위해 분연히 일어선다. 법을 바로잡기 위해 일어선 순간은, 바로 그 법의 제물이 되는 순간이기도 하다. "매를 치는 것을 하나하나 살피면서 혹독하게 치게 하니 드디어 무릎뼈가 부서지고 골수가 샘처럼 솟아나왔다."(188쪽) 소설은 고문에 관한 법을 나열하며, 정교한 살육의 법에 의해 한 육체가 해체되는 과정을 세밀하게 써나간다. 법을 지켜내기 위한 말은 법에 의해 금지되며, 박태보 역시 법 폭력 — 계속되는 고문 앞에서 더는 할말을 잃고 만다. 아니 하지 않는다. "이로부터 아무리 지지고 달래도 눈을 감고 입을 봉한 채 한마디도 하지 않았다."(187쪽) 그리고 말이 멈추고 뼈와 살이 다 타서 헐벗은 몸만이 남는 그때에야 추방의 의식은 끝을 본다(물론 고문과 귀양도 법의 안이며, 따라서 그는 법 '밖'으로 추방당한 것은 아니다). "단근질을 여러 차례 하여 기름과 피가 끓고 힘줄이 끊어지고 뼈가 다 타서 형용이 극히 참혹했다. 누린 냄새가 어전으로 올라가니 임금이 오래 보고 있는 것이 메스꺼워서 "마땅히 원정을 받고 죄를 정하는 도리가 있으니 국문을 그만 파하라"고

명했다."(187쪽) 물론, 중요한 것은 실어(失語) 자체가 아니라, 인간임을 부정당한 한 생명이 마지막까지 '인간의 말'을 하려 한다는 사실이다. 성석제는, '말하려는 의지' ― 인간임을 선언하는 의지를 마지막 순간까지 놓치지 않는다.

위대한 생으로 그려져야 할 이 삶에 대해 소설가는 묻는다. 인간이란 무엇인가. 숭고하다는 것, 비참하다는 것은 무엇인가. 인간이 인간인 때, 그 이상이거나 그 이하가 되는 순간은 어떤 때인가. 여전히 그다운 재치가 이 액자식 역사소설에 개입하고 있지만, 이 피투성이 삶을 간단히 '위대한 인간의 숭고한 삶'으로 전도시킬 수 없는 집필자의 위치는 애매하며, 그런 까닭에 재치는 활력보다는 허무감에 관여하게 된다.

죽고 죽이는 일들에 대한 소설가의 질문에 시골의 노인은 대답한다. "사람다움이라는 기 뭐냐, 그때 자기가 꼭 안 해도 되는데 나서게 하는 힘이 뭐냐. 이런 걸 어렵고 까시롭기 여길 거 없다."(198쪽) "역사를 자세히 보마" 그것이 그렇다. 그렇다 한들, 여기에 어떤 위안이, 허풍이, 또 유머가 들어설 수 있겠는가. 그 어떤 돈키호테 식 서사가 겹쳐질 수 있겠는가. 단지 법 앞의 결단과 법 문턱의 죽음만이 거기에 있다. 정당성은 언제나 합법성과 결렬하고, 숭고함은 언제나 벌거벗겨진 삶의 저편에서 신기루처럼 피고 진다.

사투리와 표준어 사이의 부딪침, 화용론과 문법 사이의 미끄러짐도 이번에는 '즐거움'이나 '유머'와는 관계가 멀다. 침천정(沈泉亭)에서 심청전으로, 늦출이에서 넙춘이로, 영빈관(迎賓館)에서 인빈관으로 미끄러지는 언어공간(「환한 하루의 어느 한때」)을 그리는 그의 말투는 놀랄 만치 무덤덤하다. 흔히 그의 사투리는 정명(正名)의 장소—그러니까 하나의 이름에 하나의 위상을 주는 통치성(표준적 질서)을 뒤흔드는 언어의 힘을 보여주면서, '도시'로 대표되는 삶을 상대화하는 역할을 해왔다고 할 수 있다. 그러나 이 소설에서 구어공간과 표준어적 세계 사이의 불일치는 어떤 유머도 허풍도 만들어내지 않고 있다.

또 한 편의 '지역'계, 혹은 '약전(略傳)'계 소설 「고욤」이 그려내는 지역 역시 황량하기는 마찬가지이다. 신용불량과 소환과 냄새와 추방과 신체 포기와 고문과 차 아래로 뭉개지는 신체들을 그려나가는 이 소설집에서 위안의 장소가 될 법도 한 두 편의 '지역' 소설이 보여주는 것은 오히려 경계의 선명함이다. 법과 경제는 '지역' 안에서 예의 그 분할선을 좀더 촘촘히 그어낸다. 법(과 경제) 위의 삶과 법(과 경제) 앞의 삶 사이의 그 경계 말이다. 옛날의 깡패 아들은 재산가 교수가 되고, 옛날의 낭만적 도주자는 몫이 없는 자가 된다. 문턱을 넘어서버린 사람은 절대로 이 분할의 좀더 윤택한 안쪽으로 들어가지 못한다. 인간과 인간 이하의 경계가 압착되는 것과 함께, 인간과 인간 이상의 경계는 더 날카롭게 분절된다. 문턱의 인간은 본다. 그 날카로운 경계선을. "고욤나무의 가지 끝이 어쩐지 날카로워진 것 같았다. 검은 고욤들이 더욱 동그랗게 웅크린 것처럼 보였다. 웅크린 채 자신을 둘러싼 세상과 정밀한 경계선을 새로 만들어내고 있었다. 태호는 눈을 비볐다. 그러면서 눈이 문제가 아니라는 생각을 했다."(34쪽) 정밀한 경계선을 그어나가는 '지역'—여기에 그 어떤 그리움이 들어갈 수 있을까. 이 소설집을 통해 방언의 공간이란 표준어적 삶의 극한, 외부에 있는 듯 내부에 포섭되어 있는 공간으로서 나타난다.

　추방된 누군가가 죽는다. 그러나 누구에게도 죄를 물을 수 없다. 웃을 수 있는가. 죽여도 죄가 되지 않는 사람들(아감벤, 『호모 사케르』)의 지금. 여기 한 사람의 작가가 그 피의 광경을 기록해둔다. 상례와 예외, 도시와 지역, 시민과 양반이 한꺼번에 이 절단면들 속에서 하나의 단면으로 드러난다. 신과 인간과 동물이 이 절단면 속에서 한꺼번에 그 삶(zōē)을 드러낸다(그리스인들은 생명(vita)을 의미하는 서로 다른 두 단어를 가지고 있었다 한다. 인간의 생명(bios)과 동물·인간·신이 함께 가진 생명(zōē)이 그것이다). 인간과 동물과 위대한 삶 사이의 분할은 사라지고, 이들을 직각으로 가르는 새로운 절단 즉, 인간적 생(bios) 안에 존재하는 자연적 삶(zōē)과 예외상태가 갑작스럽게 출현한다.

　성석제는 이 법경제의 경계선을 '보여주는' 한편, 직각으로 절단하고 있는 것이다. 그러자 갑작스럽게 새로운 문턱이 드러난다. 법의 안팎에, 상례와 예외의 안팎에 위치한 잔인한 문지방, 추방 전야의 풍경이 한꺼번에 압도해온다. 인간과 동물, 법과 법의 외부, 상례적 삶과 예외적 상태를 한없이 예리하게 분절하는 방식이 아니라, 포섭하면서 배제하는 구조 자체, 법과 상례라는 삶의 가운데를 횡적으로 절단해 보여주고 있는 것이다. 다시 말해 절단 자체를 절단해버림으로써 그는 상례적 삶 안에 이미 예외적 상태가 전제로서 놓여 있음을, 법적 생명이라는 것 안에 이미 법으로부터의 추방이 잠재해 있음을, 법과 질서는 언제나 적용이 아니라 그로부터의 추방의 형태로 도래하게 됨을 제시해

보인다. 법과 주민등록과 경제 밖으로 쫓겨나 인간의 도시에 머무는 인간동물들의 전야를 그는 그리고 있다.

말 아닌 말과 말을 잃어버리는 상황을 교차시키며 성석제는 그가 지금껏 써온 숭고한 희극들과 결정적인 결별을 선언하고 있는 것일까. 아니면, 잠시 너무 가까이 온 생정치의 오늘을 써두고 싶었던 것일까. 다만 말할 수 있는 것은, 내 안에서나마 틀림없어 보이는 하나의 선분이 있다는 사실이다. 절단을 절단하기.

인간과 동물과 위대한 자(神)를 나누는 두 개의 선분, 그러니까 평행하고 날카로운 선분들이 여기에 있다(이 경계는 점점 더 날카로운 것이 되어간다). 그리고 이 두 선분을 구십 도로 관통하며 그것들에 공통되는 날것의 생명을 절단해 보여주는 메시아적 선분이 여기에 있다. 분할 규칙 안이 아니라 밖으로부터 분할선 자체를 두 동강 내는 외부의 선. 선분의 안이 아니라, 밖으로부터 도래하여 한 방향을 한 그 모든 평행선을 중간에서 두 동강 내는 절단. 성석제의 이번 소설을 통해 예감되는 절단을 나는 바로 그러한 절단의 예조(豫兆)로서 이해하고 싶다.

상례적 삶과 예외적 삶, 도시와 지역, 과거와 현재를 예리하게 나누고 뒤집던 그는 과연 어디로 가고 있는 것일까. 혹 신과 인간, 인간과 동물을 나누는 분할 자체의 가운데를 직각으로 절단하며 동물·인간·신이 공통적으로 지닌 '날생명(zōē)'의 지금을 그려내고 있는 것은 아닐까. 인간을 동물로 전도시키는 거짓된 포스트모던의 방법(요컨대 "인간은 원래 그렇고 그런 동물이다")이나, 벌거벗은 생명을 인간으로 고양시켜 상징적으로 구원하는 거짓된 동정(요컨대 "불쌍한 그들도 '우리'와 같은 인간이다")이 아니라, 그러한 절단면 자체를 절단하는 일. 여전히 인간임을 선언하며 말을, 또 인간학 기계(anthropological machine)를 멈추는 그 순간. 오늘의 어떤 젊은 작가들과 함께, 이 윤리의 인간은 지금 인간학 기계를 공중에 거는 그 일을 하고 있는 것은 아닐까.

이 소설의 근원적인 탈경계의 미학은 백색 숭고의 시작인가, 아니면 숭고한 희극의 변주인가. 어려운 대로, 지역과 양반과 사투리와 관련된 원체험과의 거리 의식이 빚어낸 모든 것들—노스탤지어와 유머, 숭고한 희극성이 사라지고 있다는 것, 그것들이 사라지는 지점에서 상례가 예외이고 지역이 도시이고, 양반이 고깃덩어리인 우리 시대의 생정치가 한꺼번에 드러나 있다는 것만은 말할 수 있으리라. 어떤 의미에서, 이러한 절단의 순간에 드러나는 메마르고 살벌한 삶에 대한 쓰기야말로, 또 폐허의 순간에서 제시되는 인간의 삶이야말로, 숭고함과 희극성의 경계에서 작업해온 성석제만이 물을 수 있는 가장 윤리적인 질문일지 모른다. '말'에 가장 유능했던 그는 쓰고 있다. 아니 멈추고 있다. 말이 말이 아니고, 법이 법이 아니며, 인간이 인간이 아닌 지금을. 또 어제를. 그러나 내일은 아니어야 할 그 시간을. 그 모든 분할 기계 자체를. 아마 우리는 지금까지와는 다른 방식으로 이 작가를 사랑하는 '법'을 배워야 하리라.

작가의 말

    세상이 바뀌어도 사람은 그대로다. 그대로 있다는 기분이 든다. 생활과 방편이 바뀌어도 내가 아는 사람들 얼굴은 그대로다. 나아지는지 나빠지는지 알 수 없다. 빠른 건 언제나 같다. 내가 바뀐 것인가. 그럴지도 모른다. 바뀌는 게 당연한가. 그럴지도 모른다. 고마운 건 언제나 같다. 소설을 쓰게 해주는 존재들, 실재하는 또 실재하지 않는.

2006년 12월

성석제

| 수록작품 발표지면 |

「고욤」 …… 『문학·판』 2006년 봄호

「환한 하루의 어느 한때」 …… 『문학수첩』 2004년 겨울호

「고귀한 신세」 …… 제50회 현대문학상 수상소설집 기수상작가 수록작품

「악어는 말했다」 …… 『현대문학』 2006년 1월호

「아무것도 아니었다」 …… 『한국문학』 2006년 여름호

「집필자는 나오라」 …… 『문예중앙』 2005년 가을호

「저만치 떨어져 피어 있네」 …… 웹진 문장 2005년 6월호

문학동네 소설집

참말로 좋은 날

ⓒ 성석제 2006

1판 1쇄 │ 2006년 12월 18일
1판 9쇄 │ 2021년 1월 20일

지은이 성석제
펴낸이 염현숙
책임편집 이상술
마케팅 정민호 이숙재 우상욱 정경주
홍보 김희숙 김상만 이소정 이미희 함유지 김현지 박지원
제작 강신은 김동욱 임현식 │ 제작처 한영문화사

펴낸곳 (주)문학동네
출판등록 1993년 10월 22일 제406-2003-000045호
주소 10881 경기도 파주시 회동길 210
전자우편 editor@munhak.com │ 대표전화 031)955-8888 │ 팩스 031)955-8855
문의전화 031) 955-3576(마케팅) 031) 955-8864(편집)
문학동네카페 http://cafe.naver.com/mhdn

ISBN 89-546-0258-4 03810

www.munhak.com